KB157467

1930년대 한국 프롤레타리아 문학 연구

김 진 석

새미

▍머리말

　한국 프롤레타리아문학은 1920년대 초반부터 1930년대 중반까지 강력한 시류성을 띠고 전개되었다. 이 시기는 한국문학사의 전개 과정에서 근대문학의 결산기이자 현대문학의 이론적 근거를 마련해야 하는 입지점에 해당된다. 민족주의 문학과 프롤레타리아 문학은 넓은 의미에서 한국문단을 이끌어 가는 양대 축으로 문학운동뿐만 아니라 문화운동까지 주도했다. 이 과정에서 카프에 의해 촉발된 '계급문학시비론'은 다분히 정론적인 성격을 띠고 진행되었다. 그럼에도 불구하고 이것은 비평의 과학주의 확립뿐만 아니라 그 논쟁의 대상이었던 민족주의 작가들의 의식의 개안과 확립에도 적지 않은 영향을 미쳤다. 이런 사실 자체가 변증법적 지양을 위한 치열한 논의와 논쟁의 과정이었던 만큼 한국문학의 발전을 위한 촉매로 작용했다.

　프롤레타리아 문예는 창작보다 비평이 승勝한 입장이었듯, 그 문학 논쟁도 민족주의보다는 카프 자체 내에서 정론성을 띠고 전개되었다. 그 중에서도 창작방법론과 관련하여 리얼리즘에 대한 논의가 논쟁의 핵심을 이루고 있다. 한국문단에서 리얼리즘에 대한 문학적 인식이 싹트기 시작한 것은 창조파 이후부터 이었다. 그런데 이것은 변증법적 논리의 심화 과정을 거쳐 형성된 문예사조라기보다는 이광수의 계몽주의 문학을 배격하고

'인생을 있는 그대로 그린다'는 소박한 묘사주의를 벗어나지 못한 것이었다. 리얼리즘은 프로문학의 등장을 계기로 역동성을 띠고 논의되었다. 이것은 관념적 편향성과 정치적 도식성을 띤 유물변증법적 리얼리즘에 바탕을 둔 창작방법론이었다. 그 한계성을 극복하기 위해 카프는 1933년을 전후하여 계급투쟁 일변도의 소재주의에서 벗어나 사회 현상을 광범위하게 형상화해야 한다는 전제 아래 사회주의적 리얼리즘으로 전환되었다.

　　이 문제와 관련하여 김남천의 「물」, 이기영의 「서화」와 『고향』, 한설야 『황혼』등은 1930년대의 프롤레타리아 문학을 대표하는 작품들이다. 물론, 이들 작가는 성장 배경과 식민지 사회를 바라보는 시각과 대응 양식이 다른 만큼 문학적 성향이나 예술적 형상화에 있어서 적지 않은 차이점을 드러내고 있다. 그럼에도 불구하고 이들의 문학은 공통적으로 '투쟁하는 계급의식'만을 강조했던 이전의 유물변증법적 리얼리즘의 작품과는 뚜렷한 차이점을 보이고 있다. 그 대표적인 창작방법론이 사회주의적 리얼리즘의 수용이다. 이것은 '창작의 질식화 현상'을 타개하기 위한 이론적 출구로 작용했다. 이들의 작품은 그 동안의 프로문학에서 혁명성을 약화시키는 자본주의적 요소로 신랄한 비판의 대상되었던 본능, 연애, 낭만주의 등의 문제를 밀도 있게 반영하고 있다. 이런 의미에서 식민지 사회의 민중들의 삶의 양상을 총체적으로 형상화한 작품일 뿐만 아니라 이데올로기 문학의 새 지평을 연 문학으로 평가할 수 있다.

그 동안 우리 학계에서의 문학 연구는 질과 양의 면에서 비약적인 발전을 했다. 이에 비해 저자는 제자리걸음도 제대로 하지 못했다는 부끄러운 마음을 지울 길 없다. 가을걷이를 한답시고 나온 논밭에서 쭉정이뿐인 나락을 마주 대하고 있는 농부의 심정이랄까. 그러나 곰곰이 생각해보면 그것은 당연한 귀결이다. 늘 관심을 갖고 매만지고 다듬어도 부족한 것이 문학 연구일 터인데, 땀 흘려 가꾸지 않았으니 거둘 곡식이 없는 것은 당연한 이치가 아니겠는가.

이 책이 나오기까지 여러분들의 많은 도움을 받았다. 이것이 작은 성과라도 거둘 수 있다면 그분들의 보살핌의 결과이다. 바쁜 일상 속에서도 학문적 대화자가 되어준 서원대학교의 동료 교수님들과 제자들에게 고마움의 뜻을 표한다. 또한 새미의 정찬용 사장님과 가족 여러분들의 성원에 감사의 말씀을 올린다.

2015년 1월 25일
서원대학교 구룡봉에서
필자 씀

목차

제1부

1930년대의 프롤레타리아 문학

제1장 프롤레타리아 문학의 전개 양상

제1절 머리말

프롤레타리아 문학은 "1917년 러시아 혁명의 성공과 1차 대전 전후의 불안으로 인해 현대사의 전면으로 대두한 계급 사상에 거점을 둔 문학 운동"으로 "1920년대 세계 사상계를 풍미한 이 조류는 또한 그 자체의 속성으로 사회사와 경제 구조에 직결"되어 있다.[1] 사회주의가 국제적인 광범한 사상 문제와 결부되어 있듯, 그 문학 역시 사회운동과 밀접한 연관을 맺고 있다. 이것은 국제적 추수주의로 알려져 있지만 한국의 경우 사회주의 종주국인 소련문학과는 무관한 채 일본 유학생을 주축으로 수용되었다. 그럼에도 불구하고 한국의 프롤레타리아 문학은 항일적 자세나 민족주의와의 대립에서 보듯, 일제의 식민지라는 당시의 시대적 상황과 관련하여 특수한 문학적 환경을 바탕으로 하여 생성된 문학이라고 할 수 있다.

프로문학은 1920년대 초반부터 1930년대 중반까지 강력한 시류성을 띠고 전개되었다. 한국문학사에서 이 시기는 근대문학의 결산기이자 현대문학의 이론적 근거를 마련해야 하는 입지점에 해당된다. 전대 문학의 문제점을 완결감 있게 극복해야 하는 동시에 문학적 성숙을 이룩해야 하는 이중의 부담을 떠맡은 시기였기 때문이다. 한국문단은 새로운 가능성

---

1) 김윤식,『한국근대문예비평사』, 일지사, 1976, 12면.

을 모색하기 위하여 질적으로나 양적으로 많은 실험을 거듭하게 된다. 이 시기의 민족주의 문학과 프롤레타리아 문학은 넓은 의미에서 한국문단을 이끌어 가는 양대 축으로써 문학운동은 물론 문화운동까지 주도했다. 그 중에서도 프로문학에 의해 촉발된 '계급문학시비론'은 다분히 정론적인 성격을 띠고 있음에도 불구하고 비평의 과학주의 확립뿐만 아니라 그 논쟁의 대상이었던 민족주의 작가들의 의식의 개안과 확립에 직접적인 영향을 미친 것으로 볼 수 있다.

그러나 프로문학의 문학 논쟁은 민족주의보다는 KAPF 자체 내에서 정론성을 띠고 전개되었다. 그 중에서도 리얼리즘에 대한 논의는 프로문학의 창작방법론과 직결된다는 점에서 논쟁의 핵심을 이루고 있다. 주지하다시피, 한국문단에서 이것에 대한 문학적 인식이 싹트기 시작한 것은 창조파創造派부터 였다. 그런데 이것은 변증법적 논리의 심화 과정을 거쳐 형성된 것이라기보다는 춘원春園의 계몽주의 문학을 배격하고 '인생을 있는 그대로 그린다'는 소박한 묘사주의(literalism)의 성격을 벗어나지 못한 것이었다.

이것은 프로문학의 등장을 계기로 하여 역동성을 띠고 논의되었다. 이 시기의 프로문학은 "자연과학적 리얼리즘을 극복하고 개인적이 아니라 사회적 관점을 획득하는 것이며 모든 개인적 문제까지도 사회적 관점에서 보려는 방법인 소위 프로 리얼리즘"[2]을 창작방법론으로 택하고 있다. 이러한 프롤레타리아 문학론은 기계주의적 관념적 편향성과 정치적 도식성을 드러내고 있는 유물변증법적 리얼리즘에 바탕을 두고 있는 것으로 그 문학적 한계성을 드러내게 된다. 그 결과 1933년을 전후하여 KAPF 내에서의 논쟁 과정을 거치면서 프로문학도 문학으로서의 예술성을 획득하

---

2) 홍문표, 『한국현대문학사 논쟁의 비평사적 연구』, 양문각, 1980, 317면.

기 위해서는 계급투쟁 일변도의 소재주의에서 벗어나 모든 사회현상을 광범위하게 형상화해야 한다는 전제아래 사회주의적 리얼리즘으로 전환되었다.

프로문예는 "창작보다 비평이 승勝한 입장에 있었고, 그 혁명성의 이데올로기를 근간으로 한 정론성을 띤 것3)"이었듯, 그 작품의 창작 활동도 문학론의 전개 과정과 대체로 일치한다. 이것과 관련하여 그 사적 흐름을 개략적으로 살펴보면, 제1기; 경향파 또는 신경향파 문학 시기로 김기진과 박영희를 중심으로 활동하였던 1920년대 초기, 제2기; KAPF의 결성에 뒤이어 종래의 자연발생적 단계에서 목적의식을 뚜렷이 파악하여 활동함을 의미하는 제1차 방향전환(1927)을 전후한 시기, 제3기; 김기진의 프로문학 대중화론에 맞서 임화를 비롯한 극좌적 소장파들이 '투쟁하는 계급의식'이라는 안티테제를 들고 나온 제 2차 방향전환(1931)을 전후한 시기, 제4기; 창작의 질식화 현상의 타개책의 일환으로 KAPE 내에서 작가적 개성의 다양성과 로맨티시즘 도입의 필요성과 더불어 사회주의적 리얼리즘 수용(1933)을 전후한 시기 등으로 나누어 볼 수 있다.

본고는 한국 프로문학의 본질을 규명해 보기 위한 선행 작업의 일환으로 「낙동강」(1927. 7), 「농민」(1930. 8. 21 ~ 9. 3), 『고향』(1933. 11. 15 ~ 1934. 9. 21) 등 각 시기를 대표하는 작품을 중심으로 하여 그 사적 전개 과정을 분석해 보고자 한다. 문학과 문학이론이 언제나 동일한 관점에서 논의되고 창작되었다고 할 수는 없지만, 대체로 특정한 문학이 생성된 저변에는 그와 상응하는 문학이론이 상관관계를 맺고 발전되어 왔기 때문이다. 이와 같은 연구가 완결감 있게 이루어질 때 프롤레타리아 문학에 대한 연구의 지평을 넓힐 수 있는 동시에 한국문학에 대한 이해도 깊어지리라고 본다.

---

3) 김윤식, 앞의 책, 14면.

제2절 계급의식의 도입과 저항의식의 대두

계급의식과 궁핍의 문제가 한국문단에서 진지한 문제의식을 지니고 제기되기 시작한 것은 1920년대 초부터였다. 이 시기는 <경향파> 또는 <신경향파>라고 일컬어지는 프로문학의 초기적인 구성 단계로서 무산계급 문예운동을 표방하는 『焰群』의 이호·송영·이적효 등과 파스큐라 PASKYURA의 박영희·안다영·김형원·이익상·김복진·김기진·연학년, 북풍회원北風會員인 최승일·박용대·이용 등에 의하여 주도되었다. 이 당시 김기진은 <promenade sentimental>(1925) 및 바르뷔스의 사상을 소개한 <클라르테 운동의 세계화>(1923) 등의 글을 발표하였는데, 이는 경향파 문학의 최초의 이론적인 글로 평가된다.[4] 그러나 이러한 일련의 활동은 이론적인 전개에 치우쳤을 뿐 활발한 창작 활동으로 이어지지는 못했다.

계급의식이 목적의식을 띠고 창작되기 시작한 것은 1920년대 중반부터였다. 이 시기에 이르러 프롤레타리아 문예운동은 조직화된 양상으로 나타나기 시작했다. 이것과 더불어 프롤레타리아 계열의 작가들의 문학적 관심사는 식민지 조선의 궁핍상에 초점을 맞추게 된다. 그 중에서도 궁핍과 연관된 '밥'은 핵심적인 문제가 된다. 이러한 '밥'의 문제는 현대문학의 5가지 주제[5] 가운데 하나이다. 이처럼 인간의 삶에 있어서 사랑이나 죽음 못지않게 중요한 요소로 다루어지고 있다.

그럼에도 불구하고 한국문학에서 비중 있게 다루어지지 않았다. 이것은 프롤레타리아 문학의 형성을 계기로 하여 문학적 탐구의 대상이 되었

---

4) 이재선,『한국현대소설사』, 홍성사, 1979, 298면.
5) E. M. Foster, *Aspects of Novel*, p. 55.

다. 이때의 '밥'은 "삶의 어떤 표준과 관련된 불충분의 상태, 소득 분배의 날카로운 불균형, 어떤 목적을 달성함에 있어서의 무력상태 혹은 행위 패턴이나 행위의 하부문화"[6]를 뜻한다. 이런 의미에서 단순한 의식주의 문제에 국한되는 것이 아니라 삶의 총체적인 문제와 직결되어 있다. 이것이 프롤레타리아 문학을 통하여 본격적으로 한국문학에 수용되면서부터 개인사적인 문제를 넘어선 사회적인 문제로 제기되었던 것이다.

조명희의 소설에서도 궁핍의 사회학적인 측면이 두드러지게 나타난다. 그가 사회주의에 눈뜨기 시작한 것은 동경 유학시절이었다. 그 당시 대부분의 식민지 지식 청년의 이념적 궤적이 그러했듯이 그는 사상적인 "보헤미앤"[7]을 거쳐 "사회운동의 분자"(160면)가 된다. 그 중에서도 프롤레타리아 문학에 관심을 두게 된 것은 "배고픈 고통"(161면)을 체험하면서부터 구체적으로 나타난다. "'타골'류의 신낭만주의냐, 그렇지 않으면 '고리끼'류의 사실주의냐?"(162면)의 갈림길에서 후자를 택하고 있다. 이것은 "현실은 해부하고 비판"(162면)하는 것을 뜻한다.

이와 같은 그의 문학 활동은 프롤레타리아 문학에 대한 인식의 결과라는 점에서 동시대의 대표적인 빈궁문학 작가인 최서해의 경우와도 상당한 차이가 있다. 최서해의 문학이 가족 내적인 혈연의 인간관계만을 다루고 있기 때문에 민족 윤리의 서사시로 확대되지 못하고 있다[8]면 조명희는 가난의 문제를 사회적인 문제로 제시해 놓고 있다. 이것은 한국 프롤레타리아 문학이 계층이론의 차원으로 확대되어 가는 중요한 전거가 된다.

---

6) Marshall B. Clinard, Daniel J. Abbott, *Crime in Developing Countries*, John Wiley & Sons New York, 1973, p.173.
7) 조명희, 「생활기록의 단편」, 『낙동강』, 슬기, 1987, 160면. 이하 「생활기록의 단편」의 원문 인용은 이 책의 면의 수만 밝히기로 한다.
8) 이재선, 앞의 책, 245면.

동경 생활은 별 생활이 없었네. 다만 나의 생활의 큰 전환을 준 것일 뿐일세. 그것은 말하자면, 사상생활의 전환이겠지. 그 때는 한참 일본 천지에 사회사상이 물 끓듯 일어난 판에, 나 역시 지식상으로 또는 생활 경험으로부터 새로운 사상이 나의 피를 끓게 하던 때일세. 나는 또한 같은 동지를 모두어 열렬한 선전 운동에 착수하였네.[9]

그러나 이 시기의 조명희는 사회주의 내지 계급의식에 깊이 침윤되어 있었다고 볼 수는 없다. 「땅속에서」를 비롯한 대부분의 작품에서 사회주의적 리얼리즘의 요소는 거의 발견되지 않는다. 앞에서도 언급했듯이, 1920년대 초에 프롤레타리아 문학론이 도입되었지만 이것을 구체적인 작품으로 형상화하여 제시하기에는 상당한 한계점이 내재되어 있었기 때문이었다. 그보다는 반일 감정에 기반을 둔 민족주의적 색채가 농후하게 드러나 있다. 그 중에서도 궁핍의 문제와 관련된 대표적인 경제적 수탈의 한 예로 고리대금업을 들고 있다.

그 때는 지금 이 집보다도 더 크고 좋은 집인데 아까 그 매방아집에서 너더댓집 건너 집이다. 지금은 이곳이 좀 번화하여진 까닭으로 잡화상 겸 고리 대금업자의 일본 사람이 그집에 들어있다. 지금 들어 있는 집도 물론 그자에게 잡혀있다.[10]

이 시기의 조명희의 문학은 '배고픔'에서 기인하는 병리적 현상에 대한 기록으로 볼 수 있다. 그 중에서도 지식인 계층의 삶의 양상에 초점을 맞추고 있다. 이것은 동시대의 최서해가 "작가 자신의 체험 영역에 대한 존중과 연관"[11]하여 하층민의 생활상을 그린 것과는 대비되는 측면이다.

---

9) 조명희, 「R군에게」, 『낙동강』, 슬기, 1987, 99면. 이하 조명희 소설의 원문 인용은 제목과 면의 수만을 밝히기로 한다.
10) 「땅 속으로」, 70면.
11) 이재선, 앞의 책, 245면.

「땅 속으로」, 「R군에게」, 「저기압」 등의 작품에 공통적으로 그려져 있는 주인공들이 그들이다. 이들은 동경 유학생, 전직 교사, 신문 기자 등으로 1920년대를 대표하는 지식인들이다.

그럼에도 불구하고 이들은 신문화를 대표하는 지식인으로서의 역동성을 보여주지 못하고 있다. 오히려 그 반대이다. "밥"만이 이들에게 있어서 가장 현실적이면서도 절실한 문제로 부각된다. 이 문제와 관련하여 조명희는 1920년대를 "생활의 기초적 조건이 되는 경제가 사회적으로 또는 개인적으로 파멸"(48면)되었기 때문에 "다른 생활도 파멸"(48면)될 수밖에 없는 시대로 인식하고 있다. 이러한 상황 속에서의 지식인의 삶은 경제적인 측면에서 하층민에 비하여 더 많은 대응력의 한계를 드러내게 되는데, 이것은 개인적인 문제라기보다는 식민지라는 부조리한 시대가 지니고 있는 모순이자 비극이라고 할 수 있다.

> 이 땅의 知識階級 …… 外地에 가서 工夫깨나 하고 돌아왔다는 所謂 聰俊子弟들, 나갈 길은 없다. 宜當히 하여야만 할 일은 할 勇氣도 힘도 없다. 그거다. 自由롭게 四肢하나 움지기기가 어려운 일이다. 그런데 뱃속에서는 쪼로록 소리가 난다.[12]

그러나 좌절의 근본 원인이 환경적인 요인에 있다고 하더라도 주인공의 부조리한 행동 양식마저도 정당화될 수는 없다. 일찍이 신채호가 "조선의 주의가 되지 않고, 주의의 조선이 되고[13]"마는 당시의 문화 풍토를 개탄했던 것처럼 이들의 의식이나 행동에서 지식인다운 면모는 찾아볼수 없다. 지식인다운 "사회의식이란 바로 자기 삶의 구체적 연관들을 따지고 갈피 짓는 것"[14]임에도 불구하고 그들은 자가당착적인 모순상과 자

---

12) 「저기압」, 48면.
13) 신채호, 『신채호 전집』, 형설출판사, 1995, 123면.
14) 김인환, 『한국문학이론의 연구』, 을유문화사, 1986, 151면.

기 비하만을 드러내고 있을 뿐이다. 그 예로 「저기압」에서 주인공은 스스로 "인조병신"(50면)임을 자처하며 "여름날 쇠부랄 모양으로 축 늘어져 매달린 생활"(50면)을 하고 있을 뿐 지식인으로서의 사회적인 기능이나 역할에 대하여 전혀 인식하지 못하고 있다. 넉달치나 방세를 내지 못해 쫓겨날 처지에 있으면서도 30원의 돈이 생기자 술값으로 탕진하는 아이러니를 보여주고 있다. 「땅 속으로」의 주인공 역시 마찬가지이다. 그는 끼니를 때우기 위해 힘쓰는 것 이외는 생활의 의의를 찾을 수 없는 인물이다. 타인을 계몽하고 계도하기에 앞서 자아 확립과 자기 정체성을 정립할 필요가 있는 인물이다. 그럼에도 불구하고 온 세계 프롤레타리아를 고통에서 구한다는 명제 아래 사회주의 투쟁을 전개할 것을 결심하고 있다.

> 이때부터 내 사상 생활의 전환의 동기가 생기었다. 이때껏 '식, 색, 명예만 아는 개 도야지 같은 이 세상 속중들이야 어찌 되거나 말거나 나 혼자만 어서 가자, 영혼 향상의 길로'라고 부르짖던 나는 나 자신 속에서 개를 발견하고 도야지를 발견한 뒤에는 '우로 말고 아래로 파들어 가자. ─ 온세계 무산대중의 고통 속으로! 특히 백의인의 고통 속으로! 지하 몇천 층 암굴 속으로! 라고 부르짖었다.[15]

사회주의는 아시아 · 아프리카의 식민지 제국에서 정치 체제에 대한 저항운동의 중요한 이데올로기의 하나였다. 한국의 경우 "동경 유학생들이 이러한 방면의 주도역할을 담당했던 것"[16]으로 되어 있다. 이렇듯 주인공 역시 경제적 파탄으로 인한 대응 방안을 정치성과 연관이 짙은 사회주의를 통하여 찾고 있다. 그런데 이것은 사회주의에 대한 완벽한 이해나 인식의 결과로 이루어진 선택은 아니다. 자살이나 도피 이외 다른 것을

---

15) 「땅 속으로」, 75면.
16) 김준엽 · 김창순, 『한국공산주의 운동사』 제1권, 고대 아세아문제연구소, 1967, 156~157면.

선택할 수 없는 한계 상황에서의 '사상 생활의 전환'은 당위성이 결여되어 있다. 이것은 한 개인이 외부 세계로부터의 소외·고립·격리라는 상황에서 빚어지는 불안과 고통을 극복하기 위하여 본능적으로 택하는 방법이라는 점에서 에리히 프롬이 말한 "권위주의(authoritarianism)의 매커니즘"[17]에 다름이 아니다. 생활 파탄자로서의 현실 도피를 사상운동으로 위장하고 있는 것이다. 이 과정에서 이념의 파탄과 허위의식이라는 부정적인 측면이 필연적으로 드러나게 되는데, 이것은 현실적인 대응력을 상실한 당시 지식인의 사상적 방황 이상의 의미를 지니지 못한다.

이와 같은 측면은 「낙동강」에 이르러 상당히 극복된 양상으로 나타난다. 이것은 조명희의 문학 가운데 가장 많은 주목과 논란의 대상[18]이 되었던 작품이다. 그것은 프롤레타리아 문학의 진로 설정과 밀접한 연관이 있었기 때문이었다. KAPF는 1927년 9월 1일 역사적인 연맹원 총회를 열어 방향전환을 시도했다. 이것은 "종래의 자연발생적 단계에서 목적의식을 뚜렷이 파악하여 활동"[19]했음을 의미한다. 이 때의 문학은 "빈궁의 사회적 계급적 원인이 추구되고 그에 대한 반항의 혁명적 근거를 명백"[20]히 한 작품으로 빈궁에 대한 반항이 혁명적 이론의 기초 위에 서 있지 않은 전대의 자연발생적인 문학과는 대별된다.

---

17) 조남현, 『한국 지식인소설 연구』, 일지사, 1984, 225~226면.
18) 이 문제와 관련하여 김기진은 「시감 2편」(『조선지광』 1927. 8)에서 절망이 아닌 열망의 인생을 그렸다는 점, 독자의 감정의 최후에 이르러 어떤 방향으로 할 것인지를 제시했다는 점, 작품 개개 인물에 그에 상응하는 성격과 풍모를 그렸다는 점 등을 들어 자연발생기의 작품과 명백히 구별되는 것으로 보고 있다. 이에 반하여 조중곤은 「「낙동강」과 제 2기 작품」(『조선지광』 1927. 10)에서 현단계의 정확한 인식, 맑스주의적 목적의식, 작품 행동, 정치주의적 사실, 표현 등 각 분야에서 자연발생적인 수법을 그대로 답습했기 때문에 목적의식기의 작품으로 볼 수 없다고 주장하고 있다.
19) 김윤식, 앞의 책, 32면.
20) 조연현, 『한국현대문학사』, 성문각, 1973, 296면.

이것은 작중인물의 설정에서부터 분명하게 드러난다. 주인공 박성운은 앞에서 살핀「땅속으로」,「저기압」등의 주인공과 마찬가지로 지식인이다. 그러나 그 의식이나 행동 양식은 분명한 차이점을 보여주고 있다. 이전의 주인공들이 하나같이 현실적인 대응력을 상실한 무기력한 인물이었다면 박성운은 구체적인 목적성을 띤 이념형 인물로 설정되어 있다. 그는 신교육을 통하여 자기 성취를 이룩한 인물이다. "농업학교를 마치고 나서, 군청 농업 조수"[21]로 일제하의 새로운 직업군에 편승되었다는 사실이 그것이다.

이러한 박성운의 의식 전환은 독립운동의 시작과 더불어 그것에의 적극적인 참여를 통하여 이루어진다. 이것은 경제적 안정을 비롯한 모든 기득권을 자의적인 선택에 의하여 포기하고 투쟁의 일선에 나섰음을 의미한다. 일제하의 대부분의 지식인소설의 주인공들이 옥살이를 하고 있듯이, 그도 독립운동의 참가와 낙동강변의 국유지 불하사건과 관련하여 두 번의 옥살이 체험을 하고 있다. 이러한 저항은 "부적절하다고 생각되는 문화적·사회적 제도와의 친밀한 관계를 포기해 버리고 대신 새로운 세계를 건설해 보겠다는 그런 사람들의 대사회적 응전"[22]을 의미하는 것이다.

박성운의 저항의식은 독립운동을 하는 과정에서 민족주의자에서 사회주의자로 변모한다. 그는 귀국 후 농촌 야학과 소작조합운동을 통하여 저항 활동을 전개하고 있는데 이것은 계급혁명을 목적으로 하고 있다는 점에서「흙」이나「상록수」에서의 농촌계몽운동과는 근본적인 차이점이다. 소작조합운동은 농민의 문제를 다룬 프롤레타리아 문학에 공통적으로 드러나듯 좌파의 대표적인 농민운동의 하나였다. 사회주의 진영은 코민테

---

21)「낙동강」, 13면.
22) Albert K. Cohen, *Deviance and Control* (New Delhi; Prentice Hall of India Private Limited, 1970), p. 77.

른으로부터 노동자 농민에 의한 공산주의 운동이 지시된 이후 농민운동을 공산주의 운동에 끌어넣고 있는데, 이것을 계기로 하여 프로문학 내에서는 농민소설의 증폭화 현상이 나타난다. 이것은 독립운동의 사상적 기반을 러시아 혁명(1917)의 성공과 제 1차 세계대전 직후 전쟁의 불안으로 인하여 현대사의 전면으로 대두한 계급사상에서 찾았음을 뜻한다. 따라서 그가 전개하는 농민운동은 좌파의 계급혁명과 밀접한 연관을 맺고 있는 것으로 볼 수 있다.

> 그는 먼저 일할 프로그람을 세웠다. 선전, 조직, 투쟁―이 세 가지로, 그리하여 그는 먼저 농촌야학을 설시하여 가지고 농민교양에 힘을 썼었다. 그네와 감정을 같이 할 양으로 벗어붙이고 들어 덤비어 그네들 틈에 끼어 생일도 하고, 농일터나, 사랑 구석에 모인좌석에서나, 야학시간에서나 기회가 있는대로 교화에 전력을 썼었다.
> 그 다음에는 소작조합을 맨들어 가지고 지주 더구나 대지주인 동척의 횡포와 착취에 대하여 대항 운동을 일으켰다.[23]

그럼에도 불구하고 「낙동강」은 사회주의 혁명을 전제로 한 정치적인 투쟁의식이 강하게 드러난 작품으로 볼 수는 없다. 프로문학은 "유물론적 변증법에 의거하여서 현실을 분석하고 탐구하고 파악"[24]하는 것을 창작 방법론의 근본으로 삼고 있다. 이것은 사회를 부르주아와 프롤레타리아의 양극의 관계로 규정하고, 그 변동을 위한 "사회계급간의 이원적인 갈등을 예각화"[25]하고 있다. 그러나 「낙동강」은 사회주의적 관점이 강하게 반영되어 있지는 않다. 이에 반해 민족주의적인 측면에서의 일제에 대한 저항의식이 밀도 있게 제시되어 있다. 그 중에서도 경제적 착취와 관련하

---

23) 「낙동강」, 15~16면.
24) 김기진, 「투르게네프와 빠르뷰스」, 『사상계』 1958년 5월 호, 39면.
25) 이재선, 앞의 책, 302면.

여 동양척식주식회사가 일차적인 비판의 대상이 되고 있다. '동척'을 앞세운 일제의 토지 수탈로 한국의 농촌사회는 급격히 붕괴된다. 이것을 계기로 일본인의 한국으로의 농업 이민이 추진된 것과 비례하여 한국 농민의 해외로의 농업 이민이 추진되었던 것이다. 그리고 간도의 한국인들이 '관헌의 압박, 호인의 횡포, 마적의 등쌀' 등으로 참혹한 생활을 하고 있는데 반하여 한국의 일본인들은 일제의 비호 아래 경제적인 부를 축적하고 있음을 제시해 놓고 있다. 이와 같은 일본 자본의 융성과 한국 농민사회의 몰락을 다음과 같이 대비적으로 묘사해 놓고 있다.

> 그가 처음으로, 자기 살 던 옛 마을을 찾아와 볼 때에 그의 심사는 서글프기가 가이 없었다. 다섯 해 전 떠날 때에는 백여호 촌이던 마을이 그 동안에 인가가 엄청나게 줄었다. 그 대신에 예전에는 보지도 못하던 크나큰 함석지붕이 쓰러져가는 초가집들을 멸시하고 위압하는 듯이 둥두렷이 가로 길게 놓여있다. 그것은 묻지 않아도 동척창고임을 알 수 있다.[26]

제2차 방향전환 직후 KAPF는 예술운동의 볼셰비키화를 위하여 "사회주의, 민족주의 ○활동의 본질을 ○○하는 것" "조선 푸로레타리아─트와 일본 푸로레타리아─트의 연대적 관계를 명확하게 하는 작품"을 창작할 것을 요구하고 있다.[27] 그런데 이것은 프로문학의 지향점을 밝혔다기보다는 딜레마를 드러낸 것이었다. 로자 룩셈부르크는 민족과 계급투쟁과의 관계에 대하여 프롤레타리아트의 통일된 정치투쟁이 무모한 민족투쟁으로 대치되어서는 안 된다는 점을 밝힌 바 있다.[28] 그러나 KAPF는 프로문학론의 원칙에 민족주의를 덧붙이는 변용을 시도했다. 이러한 민족주

---

26) 「낙동강」, 14~15면.
27) 권 환, 「조선 예술운동의 당면한 구체적 과정」, 『중외일보』 1930. 9. 4.
28) M. 레위, 『마르크스주의와 민족문제』(배동문 역), 한울, 1986, 137면.

의는 계급투쟁론의 관점에서 볼 때 사회주의와는 양립할 수 없는 "부르조아의 사기"[29]에 해당된다. 따라서 이 둘의 관계는 "전 자본주의에 걸친 거대한 두 계급진영에 상응되며, 민족문제상 두 정책(아니 두 세계관)을 표현하는 화해할 수 없이 적대적인 두 슬로건"[30]으로 간주될 수밖에 없었다.

이와 같은 KAPF의 딜레마는 당시 한국의 정치적인 상황과 밀접한 연관이 있다. 그것은 다름 아닌 일제의 식민지라는 특수한 정황 때문이었다. 그런데 조명희는 사회주의 계급투쟁보다는 민족주의를 우위에 놓고 있다. 아래의 인용문에서 (a)가 사회주의에 입각하여 계급투쟁의 범세계적인 필요성을 논한 것이라면, (b)는 저항운동의 구체적인 목표를 민족의 문제에 둔 것이다. 이처럼 민족의 문제에 더 많은 책임감과 의무감을 느끼고 있는데, 이것은 사회주의 측면에서 보면 세계 노동계급 운동의 가장 큰 장애 요인인 "분트주의"[31]를 뜻하는 것이 된다.

> "아니다. 그래도 여기 있어야 한다. (a) 우리가 우리 계급의 일을 하기 위하여는 중국에 가서 해도 좋고 인도에 가서 해도 좋고 세계의 어느 나라에 가서 해도 마찬가지이다. (b) 하지마는 우리 경우에는 여기 있어서 일하는 편이 가장 편리하다. 그리고 우리는 죽어도 이 땅 사람들과 같이 죽어야 할 책임감과 애착을 가지고 있다."[32]

---

29) V. I. 레닌, 『레닌의 문학예술론』(이길주 역), 논장, 1988, 128면.

30) 위의 책, 132면.

31) 위의 책, 129면.
「"민주주의 및 세계 노동계급운동의 국제문화"라는 슬로건을 개진하는 데 있어, 우리는 각 민족문화로부터 오직 민주주의적 요소 및 사회주의적 요소만을 취한다. 즉, 우리는 각 민족의 부르조아 문화와 부르조아 민족주의에는 반대하며, 오직 절대적으로 민주주의적 요소 및 사회주의적 요소들만을 취한다.」

32) 「낙동강」, 16면.

「낙동강」은 식민지 치하의 한국인의 삶을 포괄적으로 조망한 작품으로 볼 수 있다. 이념형 인물로 설정된 박성운은 단순한 개인이라기보다는 민족의식을 상징하는 대표자적인 개인에 해당된다. 일제와의 투쟁 과정에서의 그의 죽음은 '각 단체 연합장'으로 치루어질 만큼 이념을 넘어서는 민족적인 문제로 부각되어 있다. 이것을 계기로 '파벌'과 '다투기'가 일수인 사회운동 단체들이 새로운 사회적 통합(social intergration)을 이루었음을 뜻한다. 이런 의미에서 「낙동강」은 적지 않은 구조적인 모순에도 불구하고 민족주의적 관점에서 일제에 대한 저항의식과 정치적 응전력을 제시한 작품으로 볼 수 있다.

제3절 예술운동의 볼셰비키화와 유물변증법적 리얼리즘

1930년을 전후한 프롤레타리아 문학은 KAPF의 제 1세대인 김기진, 박영희 등의 제 2선으로의 후퇴와 더불어 안막, 조중곤, 권환 등 강경한 소장파의 등장으로 그 볼셰비키화가 가속화된다. 이것은 「낙동강」과 『농민소설집』(별나라, 1933)에 수록된 작품들을 대비해 보면 뚜렷하게 드러나듯, 이 시기의 프로문학은 전대의 경향파 작품에 비하여 심화된 계급의식과 목적성을 띤 이데올로기 문학으로 나타나고 있다. 앞에서 언급했듯이, 「낙동강」은 사회주의와 민족주의 경향을 아울러 드러내고 있다. 또한 「낙동강」이 발표되었을 당시 이 작품에 대한 비평가들의 반응도 상치되게 나타나는데, 이것은 KAPF내에도 상반된 창작방법론이 존재했음을 뜻하는 것이다.

이에 반하여 1930년대의 작품들은 민족의식이 제거되고 계급투쟁 의식이 강조되어 있다. 이 시기 KAPE 연맹원의 문학적 관심사는 소련 우크

라이나Ukraina의 수도 하리코프Kharkov에서 1930년 11월 1일부터 10일 간에 걸쳐 진행된 '하리코프대회'를 기점으로 도시 노동자로부터 소작인을 중심으로 한 농민문제로 전이되었다. 이와 관련하여 안함광은 프롤레타리아 농민문학은 같은 농민일지라도 자본주의와 결탁한 토착 부르주아는 단호히 배격하고 빈농이나 소작인 같은 프롤레타리아를 노동자 계급의 입장에서 다루어야 한다고 주장했다. 그 구체적인 창작방법론으로 "그 실천영역에 잇서서 분산된 농민들의 힘을 한곤대로 집중식힐 것, 그리고 이에 대한 푸로레타리아-트의 헤게모니-의 주입 밋 그들에게 역사적 계열에 잇서서 현실을 이해식힘과 동시에 재료에 대한 광범한 취급으로서 과학적인 그리고도 ○○한 현실적 지식을 획득식히지 안흐면 아니 될 것[33]"을 요구하고 있다.

그 결과 1930년대의 프로문학에는 전대의 문학에 비하여 계급투쟁 의식이 강화된 양상으로 나타났다. 그 예로 권환의 「목화와 콩」(1931)은 공업 원료인 목화를 강제로 심게 하려는 관청 직원과 식량인 콩을 심으려는 농민과의 대립을 통하여 자본주의와의 투쟁을 강조하고 있으며, 이기영의 「부역」(1931)은 지주와 소작인의 대립 과정에서 당시 농민들의 소작쟁의 요구 조건을 소설 속에 그대로 삽입해 넣는 예술운동의 볼셰비키화를 시도하고 있다.

> 1. 부역을 식히지 말 것. 1. 사음을 업새일 것. 1. 박근행의 치료비를 무러줄 것. 1. 농자금을 무변리로 대부해 줄 것. 1. 농자와 비료는 무상 배부할 것. 1. 소작권은 상당한 리유업시 리동치 말 것. 1. 소작료는 사할 이내로 할 것.[34]

---

33) 안함광, 「농민문학 문제에 대한 일고찰」, 『조선일보』 1931. 8. 31.
34) 이기영, 「부역」, 『농민소설집』, 별나라, 1933, 103면.

이 시기 "목적의식을 주체적으로 드러내는 방향 전환 이래의 소설에서는 광란적인 폭력 대신에 프롤레타리아의 파업"35)을 주된 소재로 택하고 있다고 할 때, 「홍수」의 박건성은 그 전형적인 인물에 해당된다. 자본주의 체제가 지니고 있는 구조적인 모순을 유물사관에 의해 포괄적으로 성찰하는 데 초점을 맞추고 있다. 그가 계층화된 측면에서 자신의 위치를 파악하게 되는 계기는 ○○방적공장에서의 강제노동과 동료 삼룡의 죽음을 통해서 였다. 이 과정에서 "쟁의단의 한 사람으로 열렬히 싸우는 투사"36)를 거쳐 사회주의자로 변모한다. 이것은 일제에 맞서 역사적 진보와 방향성을 자각한 세계사적 개인(Welthistorische Individuum)으로의 변모37)를 의미하는 것이다.

박건성은 「낙동강」을 비롯한 전대의 프로문학의 주인공에 비하여 구체적인 목적성을 띤 인물이다. 1920년대 프로문학의 주인공들이 대부분 두부장수·머슴·품팔이꾼 등 하층계급의 인물이었다면 박건성은 이들과는 대비되는 인물로 부각되어 있다. 이것은 1930년대 초의 프롤레타리아 창작 방법론인 유물변증법적 리얼리즘론을 실제의 창작에 구체적으로 적용한 것을 뜻한다. 전대의 프로문학의 주인공은 하층민의 궁핍한 생활상을 사실적으로 제시할 수는 있었지만, 예술운동의 일환으로써 변혁의 의지를 "마르크스주의적 인식하에 조직적으로 표현"38)하기는 불가능하기 때문이었다.

이것과 관련하여 T촌에서의 박건성의 활동은 조직적이고 의식적인 양상으로 나타난다. 그는 농촌사회의 궁핍화 원인을 광대한 농촌을 원료시장과 식료품 공급 기지로 전락시킨 자본주의의 마수에서 찾고 있다. 따라서 이것은 일차적인 투쟁의 대상이자 극복의 대상이 된다. 이 과정에서 필연

---

35) 이재선, 앞의 책, 309면.
36) 이기영, 「홍수」, 『식민지시대 농민소설선』, 민족과 민족문학, 1989, 95면.
37) 김윤식, 『한국근대문학사상사비판』, 일지사, 1987, 249면.
38) 윤기정, 「무산문학의 창작적 태도」, 『조선일보』 1927. 10. 7.

적으로 제기되는 것이 사회주의를 실현시키기 위한 계급투쟁이다. 이것은 야학의 개설과 더불어 실천적인 행동으로 나타난다. 그는 농민을 무지에서 벗어나게 하겠다는 의도로 한글과 한문을 가르치고 있다. 그러나 그 이면에는 유물사관에 의한 계급투쟁을 목적으로 하고 있다는 점에서 민족주의 경향의 작품에서의 문맹퇴치운동과는 근본적인 차이점이 있다. 그 결과 여러 면에서 T촌 주민들의 의식과 행동은 변모한 양상으로 나타난다.

> 그런데 건성이가 와서 야학을 시작한 후부터 그(치백-필자)의 인생관에도 차차 변동이 생기게 되었다. -노동자나 농민은 결코 천한 인간이 아니다. 도로히 일하지 않고 놀며 살려는 인간이 기생충 같은 천한 인간이다. 노동자와 농민이 그러한 지식계급에게 딸을 주려는 것은 마치 부자집으로 딸을 첩으로 파는 것이나 다름이 없다. -그는 차차 이런 생각이 들게 되었다.[39]

이와 같이 T촌 주민들은 야학을 통해 계급의식을 주입한 결과 사회주의자로 변모하고 있다. 그 중에서도 치백은 사회주의에 대한 인식과 더불어 그에 대한 심한 경도화 현상을 드러낸다. 그는 박건성의 제의에 따라 자신의 딸 음전을 장접장 집 머슴인 완득과 결혼시킬 뿐만 아니라 '농민의 결혼식'을 올리는 것에 동의하고 있다. 그런데 이 결혼식은 마르크스주의의 주입을 위하여 행하여 지는 이데올로기적 행위이다. 박건성의 계급투쟁을 강조하는 개회사에 뒤이은 결혼식 장면이 그 대표적인 예이다.

> 신랑은 신부의 바른 팔에 호미를 걸쳐주고 신부는 신랑의 왼편 어깨에 낫을 얹어 주었다. 낫은 날이 서지 않았다.
> 이것으로써 결혼식은 마치고 말았다. 신부가 나갈 때에 쇠잡이들은 또 농악을 쳤다. 군중 속에서는 나가는 신랑 신부에게 '여물'을 끼얹어 주었다.[40]

---

39) 「홍수」, 106면.
40) 「홍수」, 112면.

이 작품에서 '홍수'는 가장 극적인 소설적 장치에 해당된다. 이것을 계기로 세계사적 개인으로서의 박건성의 위치는 더욱 확고해 진다. 그는 범람하는 강물을 피해 정자나무 밑에 모여 살길을 묻는 주민들에게 지주에게 맞서기 위한 농민의 단결의 필요성을 역설한다. '행동은 언제든지 실제를 요구'한다는 명제 아래 수해로 유실된 집을 짓는 동안 공동생활에 들어간다. 이 과정에서 주민들은 그의 지도 아래 집을 짓는 역사, 양식의 추렴, 식사의 분배 등 제반 사항을 공동 생산과 공동 분배라는 사회주의의 경제 논리에 의거하여 진행하고 있다. 이것은 소작인들의 계급적 각성을 불러 일으켜 농민조합을 결성하는 계기로 작용하게 된다.

> (a) 그들은 이 한 달 동안의 공동생활 중에서 많은 교훈을 얻게 되었다. 그것은 과연 한 사람 한 사람이 각자 위심하는 이보다는 온 동리사람의 힘을 서로 합치는 데서 얼마나 큰 힘이 생기는지를 두 눈으로 똑똑히 볼 수 있었음이다.
> (b) 그들은 그 전에 다 각기 남보다 잘 살아보려고 허덕이던 것이 모두 공상인 줄을 알게 되었다. 자기 한 몸의 조그만 힘과 말뿐으로는 잘 살아지지는 않는다는 것을!
> (c) 그들의 힘은 마침내 ○○ 농민조합 지부를 설립하게 되었던 것이었다. 그들의 이힘은 저 K강의 '홍수' 때와 같이 앞길을 막는 것은 무엇이든지 박차고 나갈 힘이었다.[41]

프로문학에서 "변혁의 의지는 마르크스주의적 인식 하에 조직적으로 표현"[42]해야 한다고 할 때, T촌 주민의 생활양식이 개인주의에서 집단주의로 변모된 사실은 "노동자 계급의 조합적 정치적 조직화"[43]가 이루어졌음을 의미하는 것이다. 이 때 지주와의 계층적인 대립에서 필연적으로

---

41) 「홍수」, 120~122면.
42) 윤기정, 「무산문학의 창작적 태도」, 『조선일보』 1927. 10. 10.
43) 이재선, 앞의 책, 308면.

제기되는 것이 소작료와 연관된 소작쟁의이다. 이 문제와 관련하여 수해를 당한 T촌 주민들은 지주 정고령에게 '소작료 전 수확의 이 할 혹은 아주 면제'해 줄 것을 요구하고 있다. 그러나 이러한 요구가 수용되지 않자 농민조합의 주도 아래 소작쟁의를 감행하고 있는데, 이것은 소작료 불납 운동[44]에서 보듯 당시 사회상의 한 반영이라고 볼 수 있다.

이와 더불어 소작쟁의도 수해 복구 당시와 마찬가지로 철저하게 공동 생산과 공동 분배의 원칙 아래 이루어지고 있다. 구매의 모든 것을 조합에서 처리하는 공산주의적 경제 체제를 취하고 있다. 또한 쟁의에 반대하는 사람을 감시하기 위하여 '규찰대를 조직해 가지고 그들의 행동을 엄중히 감시'하는 통제 기능을 강화하고 있다. 이처럼 농민 문제를 다룬 1930년대 프로문학은 좌익 농민조합의 결성과 밀접한 연관을 맺고 있다. 이것은 전대의 문학에서 불분명하던 정치적 성격이 사회주의에 대한 분명한 목적성을 띤 이데올로기 문학으로 전이되었음을 뜻하는 것이다. 따라서 "빈농에 대한 프롤레타리아 이데올르기의 적극적 주입"[45]이라는 변증법적 리얼리즘을 구체적으로 실천해 보인 것이라고 할 수 있다.

그러나 「홍수」는 농민의식을 예술적 차원에서 형상화한 작품이라고 볼 수는 없다. "프롤레타리아 문학에 있어서는 빛나는 내용이 중요하지 형식은 제일의적이 아니다[46]"라는 루나챠르스키의 형식 제2주의를 선택한 결과 예술성은 철저하게 파괴된 양상으로 나타나기 때문이다. 이러한 사실 자체가 문학적인 측면에서의 프로문학론의 한계점으로 작용했다. 이것은 이기영의 술회[47]에서 보듯, 이 시기의 프로문학은 KAPF

---

44) 김경일 편, 『북한 학계의 1920,30년대의 노동운동 연구』, 창작과 비평사, 1989, 309~311면.
45) 안함광, 「농민문학 문제에 대한 일고찰」, 『조선일보』 1931. 8. 31.
46) 박영희, 「예술의 형식과 합목적성」, 『해방』 2권 5호, 8면.
47) 이기영, 「사회적 경험과 수완」, 『조선일보』 1934. 1. 25. 「그러나 나는 정직히 고

라는 강력한 단체의 결성에도 불구하고 시간이 흐를수록 창작의 한계성을 드러냈기 때문에 대중적 지지 기반을 잃어가고 있음은 부인할 수 없는 실정이었다.

이런 현상의 타개책으로 김기진은 1929년 4월 대중화론을 제시했다. 이것은 "모든 마춰제로부터 구출하고 그들로 하여금 세계사의 현 단계에 주인공의 임무를 다하도록 끌어올리고 결정케 하는 작용[48]"을 하는 문학으로 요약된다. 이처럼 대중화론은 "계급적 저항에다 민족적 저항이 융합된 이원적 저항[49]"의 뜻이 내포되어 있었지만 그것 못지않게 프로문학의 한계성을 극복하기 위한 전환적 의미가 내재되어 있었다. 그럼에도 불구하고 KAPF 내에서 그 변증법적 지양은 이루어지지 않았다. 논쟁이 거듭될수록 정치적 도식성을 더해 갔으며, 유물변증법적 리얼리즘의 강조로 인하여 창작의 질식화 현상이 심화되었다. 이것은 "일편의 슬로강을 궤상에서 관념적 기계적으로 주입[50]"하려고 한 결과로써 「홍수」를 비롯한 프롤레타리아 문학의 한계점으로 작용했다.

백하면 창작방법에 잇어 목적의식을 운운할 때부터 나의 창작 실천은 그것을 소화하지 못하엿다고 말하고 싶다. 물론 그것은 나의 태만이 그때 그때의 전환단계에 잇서 그 슬로강을 구체적으로 파악하지 못하고 그 창작이론을 잘 소화하지 못한 때문이라 하겠지만은 하여간 나의 작품에 그것을 구체화하지 못한 것만은 사실이다. …(중략)… 참으로 어떠케 써야만 목적의식적이요, 변증법적 창작방법이라? 지금 생각하면 나는 고만 이 슬로강들에게 가위를 눌리고 마럿든 것 갓다.」

48) 김기진, 「대중화론」, 『동아일보』 1929. 4. 15.
49) 김윤식, 『한국문예비평사연구』, 일지사, 1976, 79면.
50) 이기영, 앞의 글.

제4절 식민지 사회의 형상화와 사회주의적 리얼리즘

KAPF의 창작방법론은 1933년을 전후하여 변증법적 리얼리즘에서 사회주의적 리얼리즘으로 전환된다. 사회주의적 리얼리즘은 KAPF 내에서의 활발한 논의[51]에도 불구하고 그 명확한 개념에 대한 해명은 이루어지지 않았다. 단지 유물변증법적 리얼리즘과의 대비를 통하여 그 특질을 제시하고 있을 뿐이다. 유물변증법적 리얼리즘이 문학을 '정치적 용구' 내지는 '선전도구'로 보았다면, 사회주의적 리얼리즘은 객관적 현실의 전면적 고찰에서 출발하여 생활 그 자체를 진실하게 표현하려는 문학적 태도에 해당된다는 것이다. 전자가 관념의 편향성으로 인하여 현실묘사에 편향성을 드러낼 수밖에 없다면, 후자는 개성의 다양성과 현실에 대한 진지한 '공상력의 비상'을 보증할 수 있다는 것이다.[52]

사회주의적 리얼리즘은 1934년에 이르러 새로운 양상으로 전개되었다. 프로문학 비평가들의 로맨티시즘에 대한 관심의 고조가 그것이다. 그동안의 프로문학에서 이것은 자본주의적 요소이자 혁명성을 약화시키는 개인주의적 산물이라는 점에서 논외의 대상이었다. 그러던 것이 임화가 로맨티시즘을 리얼리즘과 양립하는 문학의 2대 사조로 파악한 것[53]을 계기로 프로문학에도 낭만주의적 요소를 도입해야 한다는 주장[54]이 활발

---

51) 그 대표적인 평론으로 안막의 「창작방법문제의 재검토를 위하여」(『동아일보』 1933. 11. 29~12. 6), 김남천의 「창작방법에 있어서의 전환의 문제」(『형상』 1권 2호), 안함광의 「시사문학의 옹호와 타합 나이브－리알리즘」(『형상』 1권 2호) 등을 들 수 있다.
52) 한 효, 「소화 9년도의 문학운동의 제동향－그 비판과 전망을 위하여」, 『예술』 1권 2호, 27면.
53) 임 화, 「낭만적 정신의 현실적 구조」, 『문학의 이론』(학예사, 1940), 6면.
54) 그 대표적인 평론으로 송강의 「낭만과 사실」(『동아일보』 1934. 12. 7), 한효의 「문학상의 제문제」(『조선중앙일보』 1935. 6. 2~6. 12) 및 「창작방법의 논의」(『동아일

하게 제기되었다. 문학이 사회와 인생을 진실 되게 그리기 위해서는 디테일의 진실성뿐만 아니라 주관적인 면까지도 반영되어야 한다는 것이다. 따라서 프로문학에 있어서도 "리얼리즘과 로맨틱시즘의 정당한 융합은 작가에 있어서 가장 중요한 과제 중의 하나"[55]로 인식되기에 이르렀던 것이다.

이기영의 『고향』은 사회주의적 리얼리즘의 수용과 밀접한 연관이 있다. 이 작품은 원터 마을로 귀향한 김희준이 야학과 두레를 통하여 주민들을 규합하여 마름인 안승학과의 소작쟁의에서 성공하는 과정을 메인 플롯으로 취하고 있다. 그 내용도 사회주의 이데올로기의 주입 문제를 계층적인 측면에서 다루고 있는 만큼 「홍수」와 동궤의 작품으로 볼 수 있다. 그럼에도 불구하고 소작쟁의 못지않게 애정 문제에도 상당한 비중을 두고 있다. 김희준과 안갑숙, 인동과 방개 등 작중인물간의 애정 문제로 인한 갈등이 그것이다. "문학이 인간의 의식적 생활의 소산이기 때문에 문학적 현실이란 현실적이면서 동시에 낭만적인 것과 상관관계를 맺지 않을 수 없다"[56]고 할 때, 이 작품에서의 로맨티시즘의 수용은 계급투쟁 일변도의 소재주의에서 벗어나 식민지의 사회현상을 광범위하게 형상화할 수 있는 긍정적인 요인으로 작용했다고 볼 수 있다.

이런 측면은 작중인물의 설정에서부터 명료하게 드러난다. 주인공 김희준은 5년 동안이나 일본 유학을 한 지식인이지만 「홍수」에서의 박건성과 같은 투사적인 모습은 드러나지 않는다. 이것은 애정문제에 있어서 더욱 두드러지게 나타난다. 「홍수」에서의 음전과 완득의 결혼에서 보듯, 그

보』 1935. 9. 27~10. 5), 김우철의 「낭만적 인간탐구」(『조선중앙일보』 1936. 6. 4~10. 5) 등을 들 수 있다.
55) 한 효, 「「카프」해산과 문단」, 『조선중앙일보』 1935. 6. 12.
56) 임 화, 앞의 책, 6면.

동안의 프로문학에서의 애정 문제는 계급투쟁을 위한 도구 이상의 의미
를 지니지 못했다. 이에 반하여 김희준의 갈등은 철저하게 개인적인 욕망
에서 비롯되고 있다. 그는 아내에게서 어떠한 애정도 느끼지 못하고 있
다. 그것은 열 네 살 때에 마음에 없는 결혼을 한 탓도 있지만 보다 직접적
인 원인은 못 생겼다는 점에 있다. 따라서 귀향 이후 그가 겪게 되는 일차
적인 갈등은 이데올로기와는 무관한 개인주의적인 육체적 욕망에서 비롯
된 것으로 볼 수 있다.

> (a) 그는 이 밤에 자기 집으로 드러가기가 싫었다. 가정은 마루방
> 같이 쓸쓸하였다. 보기 싫은 안해! 그것은 왜 뒤여지지도 않을까?[57]
> (b) 안해는 무심코 웃음 석인 목소리를 끄냈다. 그러나 희준이는
> 안해의 웃는 꼴이 더욱 보기 싫었다. 웃는 입을 지찟고 싶다.
> (못난 것이 애교를 부리는 셈인가!)[58]

김희준이 애정을 느끼는 여성은 음전과 안갑숙(옥히)이다. 이것은 여성
의 외양에 초점을 맞춘 것으로 이들은 사회주의 이념과는 거리가 먼 인물
들이다. 그 가운데서도 안갑숙은 소작인의 입장에서 보면 일차적인 투쟁
의 대상인 마름 안승학의 딸이다. 그러나 김희준에게는 소작인과 같은 관
점조차 존재하지 않는다. 오직 본능적인 정욕의 대상으로만 인식하고 있
을 뿐이다. 이런 측면을 계급적 연대감을 지닌 박성운과 로사와의 관계를
그린 「낙동강」과 비교해 볼 때 이데올로기 면에서는 상당히 후퇴한 양상
으로 나타난다. 이처럼 이성적인 인물이라기보다는 "지식계급 자신에 대
한 가면박탈의 방향[59]"에서 형상화되었다. 이와 같은 애정 문제의 수용

---

57) 이기영, 『고향』(슬기, 1987), 163면.
58) 「낙동강」, 167면.
59) 김남천, 「지식계급 전형의 창조와 「고향」 주인공에 대한 감상」, 『조선중앙일보』
1935. 6. 30.

은 전대의 문학과 비교해 볼 때 프로문학의 전개 과정에 있어서 가장 큰 변모의 양상에 해당된다.

> (a) 그(김희준－필자)는 가책에 견디지 못해서 갑갑증이 났다. 그럴 때에 슬그머니 어떤 유혹은 독사처럼 머리를 쳐들었다. 음전이의 덜퍽진 엉덩이가 눈에 박힌다. 그는 야학을 가르칠 때마다 추파를 건네는 것 같았다. 어떤 때에는 석류 속같은 이속을 드러내고 웃었다. 그는 지금도 그 생각을 하고 몸을 떨었다.[60]
> (b) 그러나 또한 옥희의 수태를 머금은 아리따운 자태와 처녀의 열정을 담은 정찬 목소리는 일직이 맛보지 못한 이성의 꽃다운 향기를, 사랑에 주린 이 사내로 하야금 처음 맡게 하지 않는가?……[61]

이와 같은 갈등의 양상은 농촌계몽 활동에도 그대로 이어진다. 그의 귀향의 목적은 '고토의 동포를 진리의 경종'으로 깨우치는데 있었다. 그 실천을 위하여 청년회, 야학 등의 활동을 전개할 뿐만 아니라 원터 주민들에게 '물질적으로 다소간의 유익'을 주고 있다. 이것은 농민계몽을 위한 행위의 실천을 의미한다. 이러한 행위는 안갑숙에게는 이론을 실천하는 '투사의 면목이 약동하는 기상'으로 비추어 지며, 마을 사람들에게는 '재판관'으로 인식된다. 그러나 이런 평가와는 달리 그의 내면세계를 지배하는 의식은 회의·좌절·무력감 등으로 인하여 갈등의 연속으로 이어지고 있다. 이런 의미에서 "적극적인 인테리켄트의 대표적인 전형[62]"이라기보다는 "지식청년의 고민상을 전형화[63]"한 것으로 「낙동강」의 박성운이나 「홍수」의 박건상과는 뚜렷하게 구분된다.

---

60) 「고향」, 39~40면.
61) 「고향」, 642~643면.
62) 김남천, 앞의 글.
63) 이기영, 「「고향」의 평판에 대하여」, 『풍림』 1937년 1월호. 27면.

그는 자기의 생활이 무의미한 것 같았다. 인간이란 이렇게 하치
않은 존재인가? 하는 가소로운 생각도 난다.
그는 금시로 만사가 허무한 생각이 드러가서 만사가 무심해 졌다.[64]

  김희준은 전대의 프로문학의 주인공처럼 자기희생적인 투사나 카리스마
적인 존재는 아니다. 자작농에서 몰락한 소작인 가운데 한 사람으로서 농업
을 생업으로 하는 농민이다. 원터 마을의 소작인들과 다른 점이 있다면 일
본 유학을 한 지식인으로서 청년회, 야학 등을 통한 농민계몽 활동과 소작
쟁의를 주도하고 있다는 점이다. 더 나아가 "문제적 인물로서의 매개적 몫"
이 줄어든 만큼 그 한계성도 증폭되어 나타난다. 그런데 이것은 농민의 시
각에서 농촌사회를 파악하기 위한 것으로 문제적 인물을 주인공으로 설정
한 전대의 소설에 비해 중요한 진전을 이룩한 것으로 볼 수 있다. 이런 의미
에서 리얼리즘의 바탕 위에서 설정된 인물로서 사실성을 획득하고 있다.
  이에 반하여 안갑숙은 로맨티시즘을 수용한 결과라고 할 수 있다. 그녀
와 같은 인물은 이왕의 프로문학에서는 설정되지 않았다. 그녀와 유사한
유형으로 「낙동강」의 로사를 들 수 있으나 출신 계층이나 애정 문제에 있
어서 상당한 차이점을 드러낸다. 안갑숙을 통하여 순진고결한 이상적 성
격을 부여한 것은 계층적인 측면에서의 연대성과 공동투쟁이라는 프로문
학의 지향점을 반영했음을 의미한다. 그녀는 『고향』의 작중인물 가운데
가장 발전적인 인물에 해당된다. 여학생 신분에서 공장 노동자로의 변신
을 통하여 '물질을 생산하는 위대한 힘'을 깨닫고, 여공들을 규합하여 파
업을 주도하고 있다. 이것은 계급을 초월한 사회주의에 대한 사상적 개안
과 그에 따른 구체적 행위의 실천을 의미하는 것이다. 이 과정에서 김희
준의 영향이 암시되어 있기는 하지만 그에게 예속된 존재는 아니다. 자신

---

64) 「고향」, 162면.

의 몫을 담당하는 독립된 인물로서의 역할과 개성이 강조되어 있다. 뿐만 아니라, 김희준이 주도하고 있는 소작쟁의에서 그 성공을 위한 중요한 문제 해결의 몫을 담당하고 있다. 이런 의미에서 문제적 인물로서의 안갑숙의 행위는 도시 노동자와 농촌 소작인의 총체적인 계급적 연관 관계를 반영한 것으로 볼 수 있다.

그럼에도 불구하고 안갑숙은 사실성이 결여되어 있다. 그런 만큼 공상적 환상에 가까운 인물이다. 순진한 여학생에 불과하던 그녀가 특별한 계기도 없이 이념형 인물로 변신하여 '옥희'라는 가명으로 제사공장의 여공으로 취업하는 것은 물론, 파업 및 소작쟁의를 주도하는 것에 이르기까지 수많은 복선에도 불구하고 리얼리티가 결여되어 있다.

> 환원하자면 관념의 화신이다. 갑숙이로 하여금 그러한 인생행로를 것게 한 환경의 필연력이 부족하다. … (중략) …
> 대체로 갑숙이에게 있어 발견할 수 있는 것은 「성격」이 아니라 「인격」이다. 다시 말하면 구원적인 다양한 발전의 세계가 아니라, 구심적으로 조리된 완성의 세계이다.[65]

이에 반하여『고향』은 원칠, 박성녀, 인동, 인순, 방개, 김선달 등 소작인들의 삶의 양상이 사실적으로 제시되어 있다. 이 작품이 농촌 생활의 축도로써 리얼리티를 지닐 수 있었던 것도 이와 같은 인물의 설정과 밀접한 연관이 있다. 작가는 이들의 역동적인 삶의 모습을 통하여 농촌사회의 다발적이고 다양한 여러 현상들을 총체적으로 제시해 놓고 있다. 인동과 방개의 애정문제, 쇠득이 모친과 배룡 모친과의 싸움, 안승학과 권상철의 갈등 등 단편적인 삽화가 그것이다. 이 부분에 국한하여 볼 때『고향』은

---

65) 안함광, 「「로만」논의의 제과제와 「고향」의 현대적 의의」, 『인문평론』 1940년 11월호, 35면.

1930년대의 농촌사회를 치밀하고도 사실적으로 묘사한 대표적인 세태소설로 평가할 수 있다.

이와 같은 세태묘사에 초점을 맞춘 『고향』은 정치적인 측면보다는 경제적인 측면에 더 큰 비중을 두고 있다. 조첨지(조판서의 손자)의 몰락에서 보듯, 봉건사회의 해체는 '농민도 옛날과 같지 않게 사람 대접'을 받는 '좋은 세상'으로 변화했음을 의미한다. 조선사회의 몰락과 더불어 신분적인 측면에서 이루어진 평등이 그것이다. 이 문제와 관련하여 인색한의 전형으로 묘사된 안승학은 변화된 사회 질서를 대표하는 인물이다. 그는 지주 계층은 아니지만 민판서의 사음으로 원터 마을의 소작권을 관장하고 있다. 그가 집요하게 추구하는 것은 '돈'으로 이것은 자본주의 사회의 금권적 우상과 밀접한 연관이 있다. 사회란 '돈 가진 놈의 노름'으로 그 자신도 축적된 금권력을 이용하여 '안하무인으로 곤대짓을 하고 다니는 양반'으로 신분적 상승하고 있다. 말하자면, 부를 바탕으로 하여 명실상부한 사회적 보상(social compensation)을 받을 수 있었던 것이다. 따라서 자신의 욕구 실현과 직결되는 물신화된 존재인 돈에 대하여 병적일 만큼 강한 집착을 보이고 있는 것이다.

그러나 정치적인 측면에서의 변화에도 불구하고 경제적인 측면에서 가속화된 궁핍으로 민중들의 삶의 조건은 더욱 열악해 진다. 이것은 인간의 기본적인 생존조건인 '밥'의 문제와 직결되고 있다는 점에서 민중들에게 보다 절실한 문제로 대두되었다. 원터의 주민들 역시 마찬가지이다. 그들은 새로운 시대의 흐름에 적응하지 못하고 자작농에서 소작농으로 전락하고 있다.

이러한 측면은 원칠 일가에 대한 묘사에서 탁월하게 드러난다. 원칠을 비롯한 박성녀, 인동, 인순 등 가족 구성원들이 겪는 궁핍상이 이 작품의 첫장인 '농촌점경'에서부터 다각도로 조명되고 있다. 대부분의 원터 주민들이 경제적 파탄으로 도시 노동자로 전락하지 않으면 서간도로 농사를 짓기 위하여 떠나는 것처럼 원칠은 사오십 전의 삯전을 벌기 위하여 제사 공장으로 날품을 팔러 나가며 인순은 여공으로 취직하고 있다. 이들은 농민임에도 불구하고 식량은 이들의 생존을 가장 위협하는 문제로 제기된다. 그런데 이것은 원칠 일가나 원터 주민에게만 국한된 문제가 아니라 식민지 농촌사회의 전형적인 삶의 양상이다. 이런 의미에서 원칠 일가의 삶의 모습에 대한 묘사는 당시 소작인들의 실상을 사실적으로 그린 가난의 풍속도라고 할 수 있다.

> 인성이는 점심을 싸가지고 갈 밥이 없어서 그대로 학교에 갔다. 박 성녀는 상을 치우고 나서 장마통에 후질러진 벗은 옷을 똘창물에 주물러 넌 뒤에 썩은새를 마당에 펴 널고 나다 오래간 만에 빗접을 펴놓고 머리를 빗었다. 깨어진 거울 속으로 드려다 보이는 얼굴은 늙은이 뱃가죽같이 주름이 잡히고 가죽이 고무주머니처럼 늘어났다. 그는 나들이옷이 명색은 흰옷이라고 해도 땀과 때와 검앙에 찌드러서 새까맣게 더럽고 살에 휘휘 감겼다.66)

그러나 『고향』은 양심적 리얼리즘(conscientious realism)의 사진 같은 정확성에 의해 구성된 작품으로 볼 수는 없다. 그보다는 "노농동맹 사상의 구현67)"을 위한 프롤레타리아 이데올로기의 주입 문제에 초점을 맞추고 있다. 그 결과 농촌사회의 중간계층인 자작농에 대한 설정이 없이 마름 안승학과 소작인들의 이원적인 대립 구조로 일관하게 되는 한계성을 드러내게 된다. 또한 소작쟁의의 해결 과정에서도 우연성과 추상성을 드러내고 있다. 이것은 이 작품의 한계이자 프로문학의 한계라고 할 수 있다. 그럼에도 불구하고 「홍수」와 같은 유물변증법적 리얼리즘 소설과 비

---

66) 「고향」, 67면.
67) 김외곤, 『한국근대 리얼리즘문학 비판』, 태학사, 1995, 215면.

교해 볼 때 식민지 민중들의 일상생활과 의식을 예술적 기교를 통하여 완결감 있게 제시한 작품이라고 할 수 있다. 이것은 역사적 상황을 역동적으로 보여줌으로써 결정적인 역사적 힘과 이데올로기적 형식이 갈등을 통하여 해결된 것을 의미한다. 이런 의미에서 이 작품은 사회주의적 리얼리즘을 실증적으로 제시한 작품일 뿐만 아니라 이데올로기 문학의 새로운 지평을 연 작품으로 평가할 수 있다.

제5절 맺음말

프롤레타리아 문학은 1917년 러시아 혁명의 성공과 제 1차 세계대전 전후의 불안으로 인하여 현대사의 전면으로 대두한 계급사상을 바탕으로 하여 생성되었다. 한국문학사에서 이것은 1920년대 초반부터 1930년대 중반에 이르기까지 민족주의 문학과 더불어 한국문단을 이끌어 가는 양대 축으로써 문학운동은 물론 문화운동까지 주도했던 문예사조였다. 프로문학은 다분히 정론적인 성격을 띠고 있었음에도 불구하고 비평의 과학주의의 확립뿐만 아니라 사상적으로 논쟁의 대상이었던 민족주의 작가들의 의식 개안과 확립에 적지 않은 영향력을 미쳤다고 할 수 있다.

프롤레타리아 문학은 리얼리즘론이 창작방법론의 핵심을 이룬다. 이것은 프로문학이 계급 혁명을 근간으로 한 정론성을 띤 것이었듯 창작보다는 비평이 강력한 영향력을 발휘했다. KAPF의 문학론은 초기 자연발생적인 단계, 유물변증법적 리얼리즘, 사회주의적 리얼리즘 등으로 전개되었는데, 그 작품의 창작 양상도 문학론의 전개 양상과 대체로 일치한다.

1920년대 초기의 프로문학은 가난과 연관된 '밥'의 문제를 사회적인 측면에서 다룬 빈궁소설의 양상을 취하고 있다. 「땅속으로」에서 보듯 동경 유학생 출신의 주인공은 실업과 실직에서 연유한 궁핍으로 인하여 정신 적으로나 육체적으로 강한 병리적인 현상을 드러내고 있다. 이 과정에서 외부 세계로부터 빚어지는 불안과 고통에서 벗어나기 위하여 사회주의 운동에 투신하고 있다. 현실 도피를 사상운동으로 위장하고 있다는 점에서 현실 대응력을 상실한 지식인의 이념 파탄과 허위의식 이상의 의미를 지니지는 못한다.

이에 반하여 「낙동강」의 박성운은 기미독립운동이 일어나자 사회적인 안정을 포기하고 독립운동에 참여하는 이념형 인물로 부각되어 있다. 옥살이 모티브를 지닌 주인공의 출옥 후의 삶이 대부분 '환멸의 구성'을 취하고 있는데 반해, 박성운은 역사적 진보와 방향성을 자각한 '세계사적 개인'으로서의 의식과 행동을 보여주고 있다. 그 중에서도 일제의 경제적 수탈과 박성운의 죽음으로 대표되는 정치적 폭압에 초점을 맞추고 있다. 이것은 민족주의에 입각하여 일제에 대한 저항의식과 정치적 응전력을 제시한 작품으로 사회주의 계급투쟁보다는 반일 민족투쟁을 상위 개념으로 놓은 것으로 볼 수 있다.

KAPF는 제1차 방향전환 직후 창작방법론으로 유물변증법적 리얼리즘을 택하였다. 1930년대 전후의 작품은 예술운동의 볼셰비키화와 관련하여 계급투쟁 의식이 첨예하게 반영되어 있다. 그 대표적인 예로 「홍수」의 박건성은 전형적인 이념형 인물로 설정되어 있다. 그의 계급투쟁을 위한 활동은 조직적이고 체계적인 양상으로 나타난다. 농민조합의 결성과 소작쟁의 과정에서 주민 전체가 공동 생산과 공동 분배라는 사회주의적 경제체제를 취하고 있다. 이것은 '계급의 최량의 무기가 될 수 있는 것이 우수한 프롤레타리아 예술작품'이라는 유물변증법적 리얼리즘을 구체적으로 반영해 보인 것이다. 그러나 정치적 도식성으로 인하여 농민의식의 예술적 형상화에 실패하고 있는 데, 이것은 유물변증법적 리얼리즘의 한계이자 프롤레타리아 문학의 한계점으로 볼 수 있다.

KAPF의 창작방법론은 1933년을 전후하여 사회주의적 리얼리즘으로 전환된다. 이것은 생활 자체를 진실 되게 표현하기 위하여 객관적 현실의 전면적 고찰에서 출발했다. 또한 1934년을 전후하여 프로문학에서 문학적 가치를 인정하지 않았던 로맨티시즘을 수용하고 있다. 그 대표적인 작품으로『고향』을 들 수 있다. 이 작품은 김희준이 야학과 두레를 통해 주민들을 규합하여 마름인 안승학과의 소작쟁의에서 성공하는 과정을 메인 플롯으로 취하고 있다. 그 내용도 사회주의 사상의 주입 문제를 계층적인 측면에서 다루고 있다는 점에서 전대의 문학과 크게 다르지는 않다. 그럼에도 불구하고 김희준과 안갑숙, 인동과 방개 등 작중인물간의 관계에서 보듯, 소작쟁의 못지않게 애정문제에 초점을 맞추고 있다. 또한 원칠, 박성녀, 인동, 인순, 방개, 김선달 등 농촌사회의 다양한 인물들의 역동적인 삶을 총체적으로 재구성해 놓고 있다. 이런 의미에서『고향』은 식민지 민중들의 삶의 양상을 사회주의적 리얼리즘을 통하여 실증적으로 반영해 보인 세대소설일 뿐만 아니라 이데올로기 문학의 새 지평을 연 문학으로 평가할 수 있다.

제2장 프롤레타리아 문학의 양상

제1절 프롤레타리아 문학과 본능의 수용

1. 머리말

프롤레타리아 문학은 1920년대 초반에 생성되어 1930년대 중반까지 강력한 시류성을 띠고 전개되었다. 이것은 작가의 사회적 사유와 계급적 관념의 특수한 표현 형식으로써 일정한 계급적 과제에 봉사하는 정치적 투쟁과 동궤의 의미를 지닌다. 이에 따라 프로문예의 비평도 과학주의와 관련하여 "창작보다 비평이 승勝한 입장 이었고, 그 혁명성의 이데올로기를 근간으로 한 정론성을 띤 것"[1]이었다. 이런 관점에서 KAPF의 문예운동은 제1차(1927)와 제2차(1931) 방향전환을 거치면서 문학의 볼셰비키화가 가속화되었다.

집단적인 투쟁의식을 강조하는 이데올로기문학에 있어서 개인적인 본능의 문제는 계급투쟁과는 상치된다. 프로이드[2]에 의하면, 무의식에 기반을 두고 있는 본능은 쾌락의 원칙에 지배를 받고 있다. 이것은 쾌락을

---

1) 김윤식, 『한국근대문예비평사』, 일지사, 1976, 14면.
2) H. 마르쿠제, 『에로스와 문명』(김종호 역), 박영사, 1975, 21면.

얻기 위해서만 추구를 계속할 뿐, 불쾌(고통)를 초래하는 어떠한 것도 배제하는 원초적인 심적 과정이다. 이에 반해 프로문학은 정치적 계몽과 연관하여 사상과 윤리의 결합을 통한 "객관적 논리"[3]를 지향하고 있다. 따라서 육체적 쾌락과 동궤의 의미를 지닌 본능은 "투쟁 의식을 마비시키는 독소"[4]에 불과했다. 그런데 이것은 이데올로기의 관점에서는 정론성을 확보할 수 있었지만 문학적인 측면에서는 창작의 위축과 독자와의 단절이라는 결과를 초래하였다. 더 나아가, 프로문학의 존립 자체를 위협하는 창작의 질식화 현상을 노정할 수밖에 없었다.

카프에서는 프로문학의 위기타개책의 일환으로 본능의 수용 문제가 제기되었다. 이것은 도식적인 투쟁문예에서 벗어나 개인적인 욕구와 욕망의 반영을 통해 인간의 정체성을 탐구하기 위한 시도에 해당된다. 본능은 육체적인 쾌락원칙에 한정되지 않고 "욕망하는 존재로서의 인간의 자아의식을 형성하는 의식적·무의식적 욕망과 금지의 복합물"[5]로서의 의미를 지니고 있다. 이것의 본래적인 속성은 변하지 않지만 그 욕구와 만족의 현현방식은 "사회적·역사적인 세계라고 하는 현실"[6]에 의해 좌우되는 만큼 가변적인 현실원칙과 밀접한 연관이 있다. 이것은 개개인의 생활 속에서 경험되는 주관적인 감정의 변화를 통해 당대의 여러 제도와 이념, 관습들이 충돌하고 형성되는 과정을 총체적으로 보여주고 있다. 근대소설의 전개과정에서 본능과 연애 담론이 가장 "혁명적인 언어로 이야기"[7]되는 소이도 여기에 있다. 이런 측면은 이데올로기문학이라고 해서

---

3) V. I 레닌, 『레닌의 문학예술론』(이길주 역), 논장, 1988, 266면.
4) 김윤식, 앞의 책, 91면.
5) P. 브룩스, 『육체와 예술』(이봉지·한애경 옮김), 문학과 지성사, 2007, 30면.
6) H. 마르쿠제, 앞의 책, 20면.
7) 앤소니 기든스, 『현대사회의 성·사랑·에로티시즘』(황정미·배은경 공역), 새물결, 2003, 25면.

예외일 수는 없다. 인간관계와 사회현상을 성찰하기 위한 준거의 틀이 되기 때문이다. 따라서 본능의 수용은 새로운 문학적 활로를 모색하는 문제와 직결되는 것으로 볼 수 있다.

본능에 대한 담론과 탐구는 카프의 핵심 인물이었던 김남천의 「물!」과 이기영의 「서화」를 통해서 구체적으로 이루어지고 있다. 이들 작품은 작중인물이나 작품 구성의 면에서 이전의 프로문학과 비견할 수 없을 만큼 다른 양상을 보이고 있다. 이점에서 발표 당시부터 현재에 이르기까지 많은 논쟁과 연구8)의 대상이 되어왔다. 그러나 대부분의 논의가 계급투쟁을 중심으로 한 경향문학이라는 한정된 틀 안에서 이루어져 왔던 것이 사실이다. 특히, 문예미학이나 문학사적인 측면에서의 논의는 거의 없는 실정이다. 프로문학의 온당한 해명을 위해서는 이에 대한 성찰이 절실히 요구된다. 이런 의미에서 본고는 프로문단에서 대중화론의 일환으로 제기되었던 본능에 대한 담론을 살펴보고, 이것을 바탕으로 하여 「물!」과 「서화」에 나타난 수용 양상의 특징과 의의를 규명해 보고자 한다.

---

8) 먼저, 「물!」에 대한 대표적인 연구로 임화(「6월주의 창작」, 『조선일보』 1933. 7~19), 김동환(「1930년대 한국 전향소설 연구」, 서울대학교 석사논문, 1987), 류보선(「1920~1930년대 예술대중화론 연구」, 서울대학교 석사논문, 1987), 채호석(「김남천 창작방법론 연구」, 서울대학교 석사논문, 1987), 김윤식(「임화와 김남천」, 『문학사상』 1988, 10) 김외곤(「"물" 논쟁의 미학적 연구」, 『한국근대 리얼리즘문학 비판』, 태학사, 1995) 등을 들 수 있다. 이와 더불어 「서화」에 대한 대표적인 연구로 김남천(「임화적 창작평과 자기비판」, 『조선일보』 1933. 7. 29~8. 4), 김윤식(「문제적 인물의 설정과 그 매개적 의미」, 『한국리얼리즘소설 연구』, 탑출판사, 1987), 한형구(「경향소설의 변모과정」, 위의 책), 서경석(「리얼리즘소설의 형성」, 위의 책), 정호웅(「이기영론: 리얼리즘 정신과 농민문학의 새로운 형식」, 『한국근대 리얼리즘 작가연구』, 문학과 지성사, 1988), 김홍식(「이기영 소설 연구」, 서울대학교 박사학위 논문, 1991), 이상경(『이기영-시대와 문학』, 풀빛, 1994), 정호웅(「농민소설의 새로운 형식」, 『이기영』, 새미, 1995) 등을 들 수 있다.

2. 대중화 문제와 본능의 담론화

프로문학은 자본주의 사회에 대한 비판이 아니라 계급투쟁의 당위성을 제시하는 데 있다. 전투적인 주인공은 혁명의 전위성과 관련하여 사생활의 희생9)이 요구된다. 게오르그 짐멜Georg Simmel이 "사회를 항상 부자들이 이기는 전쟁터"10)로 규정했듯이, 변혁해야 할 세계가 잔혹한 사회적 적대 관계에 의해 구조화되었기 때문이다. 그런 만큼 변혁을 위한 혁명의 주체로서의 실천적인 투쟁11)이 요구되었다. 이처럼 현실에 대한 객관적인 묘사보다는 전투적인 주인공의 전위적 운동이 서사의 초점을 이루고 있다. 이것은 사회주의 혁명의 낙관주의적 전망과 관련하여 "미래를 사랑하려면 현재의 모든 것을 포기"12)해야 하는 것을 의미한다.

이 과정에서 쾌락의 원칙에 기반을 둔 본능은 투쟁과는 상치된다. 그 대표적인 예가 『적련』과 『삼대의 사랑』에 나타난 사랑의 양상이다. 전자는 바시라사가 사랑의 자유를 쟁취하는 과정을 그렸다면, 후자의 게니아는 본능의 충족을 위해 어머니의 애인과 성관계를 갖는 공산당원으로 제시되어 있다. 이것은 사회주의자의 새로운 연애의 도덕론으로 "영혼과 육

---

9) 『어머니』의 예고르 이바노비치의 다음과 같은 말에서 보듯, 계급혁명과 관련하여 결혼이나 가정생활은 부정적이자 희생적인 양상으로 나타난다.
「혁명가가 되는 것과 결혼을 하는 것은 참 맞지 않습니다. 남편에게도 아내에게도 불편하고 마침내 혁명운동을 위해서도 불편하죠! 저도 아내가 있었죠. 아주 훌륭한 여자였습니다. 그러나 5년에 걸친 이 생활에 그녀는 무덤 속에 묻히고 말았습니다.」(98면)
10) 유기환, 『노동소설, 혁명의 요람인가 예술의 무덤인가』, 책세상, 2003, 140면.
11) 이 문제와 관련하여 V.I 레닌(앞의 책, 52면)은 변혁주체로서의 노동자의 역할에 대하여 다음과 같이 제시하고 있다.
「프롤레타리아트의 공동 대의의 일부분이 되어야 하며, 전 노동계급의 정치의식화된 전위에 의해 가동되는 단일하고 거대한 사회민주주의적 기계의 '톱니바퀴와 나사'가 되어야만 한다.」
12) 막심 고리키, 『어머니』(최민영 역), 석탑, 1985, 54면.

체의 합일의 경지를 주장"13)한 것을 의미한다. 그런데 육체적인 본능의 충족은 계급혁명과는 상치되는 "부르조아지의 요구"14)에 해당되는 것이었다. 이것은 "방탕을 합리화하기 위해 '붉은 사랑'이라는 명분이 동원"15)될 때가 많았듯, 여성 해방을 위한 기제보다는 성적 문란을 상징하는 기호로 통용되었다. 따라서 작가의 의도와는 상관없이 신랄한 비판16)의 대상이 될 수밖에 없었다.

인간의 역사는 문명적인 억압에 맞서 "육체, 생기 있는 몸이라는 관념을 회복시키고 이를 더욱 심화"17)하는 방향으로 전개되어 왔다. 본능적인 욕구나 사랑을 인간의 실존적 삶의 척도를 재는 중요한 요소로 인식하고 있다. 이처럼 인간 본연의 관점에서 도덕적인 억압과 현실적인 편견을 뛰어넘어 본능과 욕망을 담론화 하고 있다. 이런 논리는 한국 근대문학의 전개 과정에도 그대로 적용된다. 춘원을 비롯한 부르주아문학은 통속적인 센티멘털리즘이라는 비판에도 불구하고 다수의 독자를 확보하고 있었다. 조선 사람들의 보편적인 감정인 돈과 사랑으로 대표되는 본능의 문제를 다루고 있었기 때문이었다.

이에 반해 프로문학에서의 육체와 몸은 계급투쟁을 위한 단순한 물리적 요건이나 기능에 한정되어 있다. "프롤레타리아트의 공동 대의의 일부분"으로 "정치의식화된 전위에 의해 가동되는 단일하고 거대한 사회민주주의적 기계의 '톱니바퀴와 나사'"18)와 같은 인물을 지향하고 있다. 이성적인

---

13) 최혜실, 『신여성들은 무엇을 꿈꾸었는가』, 생각의 나무, 2000, 148면.
14) V. I. 레닌, 앞의 책, 265면.
15) 권보드래, 『연애의 시대』, 현실문화연구, 2004, 202면.
16) 그 대표적인 예로 진상주 「푸로레타리아 연애의 고조 ─ 연애에 대한 계급성」(『삼천리』 1931. 7), 민병휘의 「애욕문제로 동지에게」(『삼천리』 1931. 10) 등을 들 수 있다.
17) 스티븐 컨, 『사랑의 문화사』(임재서 역), 말글빛냄, 2006, 115면.
18) V. I 레닌, 앞의 책, 52면.

사유가 아니라 이념을 실현하기 위한 투쟁이 요구된다. 기계주의적인 인간에게 육체적 욕망이나 본능은 존재하지 않는다. 자신의 육체이지만 이데올로기에 종속된 타자로서의 '몸'만이 존재할 뿐이다. 이것은 '산 인간'과 대비되는 감성적 죽음을 의미한다. 따라서 계급투쟁 일변도의 주인공은 현실적인 인물이라기보다는 사회주의 혁명을 위한 욕망의 환상도에 불과했다.

이와 같은 프로문단에서 본능의 수용 문제는 그 자체가 하나의 딜레마였다. 그 고민의 일단을 보여주는 글 가운데 하나가 김기진의 대중화론이다. 프로문학은 제1차 방향전환을 계기로 정치투쟁 일변도로 도식화되었다. 이것을 타개하기 위해서는 대중의 향락적 요구를 만족시킬 필요가 있었다. 여기서 "마르크스주의자의 통속소설로의 전진"[19]을 위한 타개책의 일환으로 제시된 제재가 "연애"[20]였다. 그런데 이것은 안막, 김남천, 임화 등 극좌적 소장파의 등장과 더불어 예술운동의 볼셰비키화가 가속화되는 제2차 방향전환의 계기가 된다. 소장파들의 문학운동은 '전위의 눈으로 세계를 보라'라는 나프NAPF의 藏原惟人, 中野重治 등의 정치주의적 명제를 추수한 권위주의적인 담론이었다. 이것은 문예 미학의 문제에만 국한되지 않고, 프로문학의 존립 자체를 위협하는 창작의 질식화[21]라는 한계성으로 드러나게 된다.

이런 의미에서 카프의 사회주의 리얼리즘은 투쟁문예의 도식성을 타

---

19) 김기진, 「문예시대관 단편―통속소설고 (『조선일보』 1928. 11. 9~20)」, 『김팔봉 전집 Ⅰ』(홍정선 편), 문학과 지성사, 1989. 120면.
20) 「대중소설론(『동아일보』 1929. 4. 13~ 20)」, 위의 책, 137면.
21) 이기영, 「사회적 경험과 수완 ― 창작의 태도와 실제」, 『조선일보』 1934. 1. 25.
「그러나 나는 정직히 고백하면 창작방법에 있어 목적의식을 운운하던 때부터 나의 창작 실천은 그것을 소화하지 못하였다고 말하고 싶다.
…(중 략)…
참으로 어떻게 써야만 목적의식이요, 변증법적 창작방법이랴? 지금 생각하면 나는 고만 이 스로강들에게 가위를 눌리고 말았던 것 같다.」

개하기 위한 새로운 문학적 출구가 된다. 먼저, 임화는 문학의 주관성을 강조하였다. 프로문학도 "사실적인 것의 객관성에 대하여 주관적으로 현현"[22]하기 위한 낭만적 정신이 요구된다는 것이다. 이 낭만적 자각은 사회적 역사적 자각과 불가분의 관계로 "진실한 로맨티시즘과 광의의 리얼리즘이 영속적으로 통일된 문학"[23]을 지양할 수 있는 요체가 되기 때문이다. 이와 더불어 한효는 프로문학의 새로운 미학적 본류를 객관적 현실의 전면적 고찰을 통하여 생활 자체를 진실하게 표현하려는 문학적 태도에서 찾았다.[24] 그 중에서도 "연애는 다른 생활 감정보다도 훨씬 로맨틱한 것으로 …(중략)… 이러한 긍정적 현실을 그대로 묘사하는 그것이 로맨티시즘"[25]이라고 보았다. 이것은 그동안 비판과 부정의 대상이 되었던 감정이나 본능과 같은 개인주의적 요소의 수용을 통해 이론적 활로를 찾았음을 의미하는 것이다.

이런 논리는 김남천의 문학론에도 그대로 적용된다. 이것은 임화와 더불어 제2차 방향전환을 주도했던 인물로서 비판적인 자기성찰에 해당된다. 그는 희곡 「조정안」, 소설 「공장신문」, 「공우회」 등에서 보듯, 극좌적 소장파 가운데서도 정치우위론에 입각해 볼셰비키적 문학운동을 강조했던 작가였다. 그런데 이런 작품 경향은 카프 1차 사건으로 검속되었다가 1933년 2월 출감한 이후부터 변모된 양상으로 나타난다. 이 시기 그는 「나란구(蘿蘭溝)」, 「남편, 그의 동지」 등을 발표하고 있다. 전자는 항일유격대의 투쟁적인 삶을 그린 작품이지만 관하와 현숙의 "파벌관계를 초월한 련애"[26]에 서사의 초점이 맞추어져 있다. 이와 더불어 후자는 술과 여

---

22) 임 화, 「낭만적 정신의 현실적 구조」, 『조선일보』 1934. 4. 20~28.
23) 「위대한 낭만적 정신」, 『동아일보』 1936. 1. 2~4.
24) 한 효, 「소화 9년도의 문학운동의 제 동향-그 비판과 전망을 위하여」, 『예술』 1권 2호, 27면.
25) 「문학상의 제 문제」, 『조선중앙일보』 1935. 6. 12.
26) 「나란구」, 『조선일보』 1933. 3. 20.

자와 같은 "개수작"27)만을 탐닉하는 동지에 대한 경멸감이 표출되어 있다. 이처럼 집단적인 투쟁성을 강조한 이전의 작품과는 달리 연애나 쾌락과 같은 개인주의적인 측면이 반영되어 있다.

이것의 연장선상에서 「문예시평」은 카프의 문화공작과 창작방법론에 대한 문제점을 제기하고 있다. 그 대표적인 예로 자신의 「공우회」에 대한 프로문단의 교조적이고 고압적인 비평을 들어, 작품의 고정화와 인물의 추상화의 원인을 외국의 문학이론의 기계적인 이식에서 찾고 있다. 그런 만큼 '다수자 획득'을 위한 대중화론 역시 조선의 현실성과 문학의 예술성이 결여된 도식적인 구호에 불과하다는 것이다. 이것은 표면상으로는 카프의 극좌적인 비평가의 비판에 초점을 맞춘 시평이었지만 그 내용은 유물변증법적 창작방법론에 대한 전면적인 부정이나 다름이 없는 것이었다.

> 외국동지들의 논의를 우리나라에로 이식하기에 가장 신속한 예민성을 가지고 있는 계절조와 탁목조(啄木鳥)는 벌써 몇 번인가 창작방법에 대한 진정한 길을 지시하였다. 그러나 나의 생각같애서는 이들이 지시하는 그들의 제안 속에는 그것 자신이 구할 수 없는 유형속에 질식하고 있다고 생각한다.28)

이 시기 이기영은 사회주의 리얼리즘을 중심으로 창작의 질식화 현상의 타개책을 찾고 있다. 이 문제와 관련하여 이전의 프로문학은 강령의 해석에 따른 "일편의 슬로건을 궤상机上에서 관념적으로 주입"29)한 동인문학 내지는 상호교환 문학에 불과하고 비판했다. 이런 관념적 오류를 극복하기 위한 가장 중요한 요소로 실생활과 연계한 체험을 강조했다. 이

---

27) 「남편, 그의 동지−긴 수기의 일절」, 『신여성』 1933. 4. 89면.
28) 「문학시평−문화적 공작에 대한 약간의 시감」(『신계단』 1933. 5), 『카프 해산기의 동향과 쟁점』(임규찬 · 한기형 편), 태학사, 1990, 86~87면.
29) 「사회적 경험과 수완−창작의 태도와 실제」, 『조선일보』 1934. 1. 25.

"생활경험은 개인적인 체험 혹은 현재나 과거에 있는 타인들의 이해와 그들이 관여한 사건에 대한 이해"[30]로 사실성의 문제와 직결된다.『고향』이 농민들의 생활상을 객관적으로 형상화했다고 할 때, 이것은 농촌에 대한 실감과 지식을 창작의 기반으로 삼았기 때문에 가능한 것이었다.

> 나는 작하에 우연한 기회로 현재 발표중인『고향』은 농촌에 가서 집필해 보았다. 별로 자신 할 작품은 못되나마 그것을 쓸 때 나는 전에 없던 실감과 농촌에 대한 지식을 적지 않게 얻을 수 있었다. …(중략)… 풍부한 생활은 풍부한 창작력을 재래한다. 현실은 문학적 저수지요 생명이요 소재인 까닭이다. 그러므로 나는 작가로서 생활력의 심화와 광대를 바란다.[31]

이와 더불어 공리성을 강조한 문학일지라도 소비대중을 목표로 삼고 시장에 나온 상품과 같은 대중적 문학을 지향해야 한다는 점을 강조하였다. 그 중에서도 위대한 문학일수록 통속화한다는 전제 아래 대중화론의 요체를 통속성에서 찾았다. 이것은 전위적인 투쟁을 강조했던 이전의 문학론과는 상치된다. 그런데 여기서 더 나아가 부르주아문학을 통해 문학적 유산을 많이 섭취할 것을 주장하고 있다. 그 대표적인 예가 부르주아적 요소로 신랄한 비판의 대상이 되었던 연애의 문학적 수용이다. 이것을 원초적인 본능의 관점에서 김남천의「물!」과 더불어 본능의 담론화를 통해 프로문학의 새로운 지향점을 모색한 대표적인 작품에 해당된다.

---

30) W. 딜타이,『체험과 문학』(한일섭 역),『중앙일보사』1979, 47면.
31)「사회적 경험과 수완─창작의 태도와 실제」,『조선일보』1934. 1. 25.

3. 본능의 수용 양상

1) 「물!」과 가면박탈의 정신

「물!」은 "이평 칠합 구십도 열세 사람"이라는 극한 상황의 감옥을 공간적 배경으로 하고 있다. 주인공의 투옥은 지식인으로서 부조리한 사회체제에 대한 저항과 밀접한 연관이 있다. 멀톤Robert K. Merton에 의하면 "저항은 부적절하다고 생각되는 문화적·사회적 제도와의 친화관계를 포기해 버리고 대신 새로운 사회를 건설해 보겠다는 그런 사람들의 대사회적 응전"32)을 의미한다. 이점에서 감옥은 인간의 육체를 통제하는 "국가권력의 가장 중요한 기구이자 장치"로 "개인을 권력행사의 목적이자 수단으로 삼는 권력의 특수한 기술"이다.33)

대부분의 프로문학의 주인공들은 사회주의 사상이나 운동과 연관되어 옥고를 치르고 있다. 이때의 감옥살이 모티브는 「낙동강」의 박성운이나 「홍수」의 박건성에서 보듯, 관념적 사회주의자에서 문제적 인물로 거듭나기위한 실천적 행동에 해당된다. 이에 반해 '나'의 감옥 체험은 환멸의 구성을 취하고 있다. 감옥의 규율은 개인을 '제조'하듯 인간의 육체는 권력의 전략에 의해 규율에 길들여지고 있다. 이 규율의 "권력은 '순종적 육체' 곧, 충동의 유발에 따라 자발적으로 움직이기보다는, 통제되고 규제받는 육체를 생산"34)한다. '나'는 "권력에 의한 주체의 객체화 과정"35)를 통해 거대한 메커니즘의 부속품으로 전락하고 있다. 더 나아가, 투쟁의 대상이었던 사회의 법과 제도를 수용하는 자기모순을 드러내게 된다. 이

---

32) 조남현,『한국지식인소설연구』, 일지사, 1984, 214면.
33) 미셸 푸코,『감시와 처벌』, 나남출판사, 1997, 7~14면.
34) 앤소니 기든스, 앞의 책, 61면.
35) 미셸 푸코, 앞의 책, 15면.

것은 불합리한 법과 사회적 인습을 맹종하게 하는 과잉적응주의를 낳게 하는 요인이 된다.

주체적 인물로서의 신념의 상실은 사회적 갈등으로부터의 도피에 다름이 아니다. 이때의 주인공의 갈등은 본능적인 욕구의 충족과 관련된 육체적인 문제로 귀결된다. 이런 욕구는 사회적 개인을 구성하는 이성적 판단이나 도덕적 기준을 떠나 쾌락원칙을 추구하는 원초적인 충동이다. 그런데 인간의 역사는 본능에 대한 "억압의 역사"[36]이다. 이 과정에서 사회적 존재로서 본능 구조의 제약은 진보의 전제가 된다. 제약 없는 본능의 추구는 인간의 일체의 영속적인 결합과 존속에 위반될 뿐만 아니라 통일을 파괴해 버리기 때문이다. 따라서 정신과 반대되는 타자로서의 육체는 "쾌락의 주체인 동시에 대상이 되며, 제어할 수 없는 고통의 주체"[37]가 된다.

> 더움과 안타까움 그리고 물을 그리워하는 마음—이 모든 것으로부터 나의 정신을 꽉 갈라서 책에다 정신을 넣어보자!
> 사실 오래동안의 경험은 나에게 어느 정도까지 이것을 가능케 하였다. 나의 눈은 명백히 활자의 하나하나를 세었다. 꼬박꼬박 활자를 줍듯이 나의 정신은 그것에 집중하였다.
> 「미.네.르.바.의. 올.빼.미.는. 닥.쳐.오.는. 황.혼.을. 기.다.려.서. 비.로.소. 비.상.하.기. 시.작.한.다.」
> 그러나 십 분도 못 계속하여 나는 내가 글을 읽고 있는 것이 아니라 활자를 읽고 있는것을 깨닫는다. 나는 그 활자가 무엇을 말하고 있는지를 모르고 읽고 있는 것이다.[38]

---

36) H. 마르쿠제, 앞의 책, 19면.
37) P. 부룩스, 앞의 책, 21면.
38) 김남천, 「물!」,『카프대표소설선』, 사계절, 1988, 217면. 이 작품에 대한 인용은 이 책에 의한 것으로 면수만을 밝히기로 한다.

독서는 감옥의 활동 가운데 가장 지적인 행위이다. '나'는 헤겔의 철학 서적을 읽고 있다. 헤겔은 "사회를 단지 자기재생산의 의미로만 보지 않고 생성이라는 동적 개념으로 파악"[39]하고 있다. 주지하다시피, 마르크스와 엥겔스의 유물론은 변증법을 이론적 토대하여 이루어진 이데올로기이다. 이것은 사회주의의 관점에서 자본주의 체제에 대립하여 역사적 진보와 방향성의 제시하고 있다. 이런 "자기발전적"[40]인 진보성은 일제의 식민지 체제를 극복하기 위한 정신적인 응전력의 바탕이 된다. 대부분의 프롤레타리아는 마르크스가 주장하듯 삶이 의식을 지배한다면, 전투적인 주인공은 의식이 삶을 결정한다는 변증법적 관념론에 의해 사회 변혁을 위한 전위적 운동을 전개하고 있다. 이런 의미에서 혁명의 전위는 마르크스주의자인 동시에 헤겔주의자라는 양면성을 지니고 있다.

그러나 '나'는 자신의 사상적 기반이었던 헤겔의 철학에서 어떠한 의미도 찾지 못하고 있다. 이것은 그동안 견지해 왔던 신념에 대한 비판적 회의에 다름이 아니다. 그의 욕망의 대상은 더위를 시켜줄 바람과 갈증 해소를 위한 물뿐이다. 이런 욕구는 프로문학의 관점에서 볼 때 속악한 부르주아의 개인주의적 요소로 일차적인 비판의 대상[41]이 되어 왔다. 투쟁 문예에서 요구되는 것은 시련의 극복이지 육체적 만족의 추구는 아니기 때문이다. 이처럼 육체는 투쟁의식을 나타내는 정신적 지표의 하부 구조

---

39) 김윤식, 『한국근대문학사상비판』, 일지사, 1987, 249면.
40) 위의 책, 255면.
41) 김기진, 「변증법적 사실주의-양식 문제에 대한 초고」, 앞의 책, 69면.
　　「(「감자」-필자)의 복녀가 매음을 하고 살인을 하려다가 피살된 근원적인 원인은 금일의 사회에 있는 것이 아니고 차라리 복녀의 서방이 게으른 곳에 전이유가 숨어있게 만들었다. 여기에 있어서 작자는 결정적으로 소부르의 입각지에 서는 것이다. 그는 사회적 죄악의 근원을 개인의 심성 문제로 돌리고 말았다. ……작가가 소부르적 개인주의가 아니었더면 이 사회적 죄악을 자본주의 문명의 커다란 '혹'이요 동시에 자본주의가 존속하는 날까지 그것은 불가분의 인과관계가 있는 것으로 그렸을 것은 두 말할 것도 없다.」

로 도식화되어 나타난다. 그런데 '나'에게 있어서는 이것은 정반대의 양상으로 나타난다. 단지, 감옥의 환경에 의해 지배되는 물질주의적 인물로 전락하고 있다. 헤겔의 철학도 갈증조차 해소시켜줄 수 없는 관념덩어리에 불과하다. 이점에서 최소한의 육체적 생존 조건을 충족하기 위해 양심과 사상을 팔겠다는 「태형」의 주인공[42]과 다를 바 없다.

> 가슴이 바직바직 타고 숨이 목구멍에서 막히는 듯하였다. 나무숲을 거닐며 지나가는 저녁의 싸늘한 바람, 백양나무 잎새를 산들산들 흔드는 바람―나는 일순간도 견딜 수가 없었다.
> 만일에 내가 이 두평 칠합 방에 살지 않는다면 이 견딜 수 없는 욕망―그리고 지극히 정당하고 자연스러운 이 요구를 관철시키기 위하여 몸을 바윗돌에 부딪칠 것을 어째서 아꼈을 것이냐?(220면)

'나'는 인간의 실체를 의식과 신념을 지닌 이성적인 존재가 아니라 감각적인 쾌락을 추구하는 유기체로 규정하고 있다. 물에 대한 요구가 해결되지 않은 상태에서 교섭조차 하지 못하는 수인들을 "생명도 없고 피도 없고 열정도 식은 열세 개의 고깃덩어리"로 단정 짓고 있다. '나'는 이념의 문제로 투옥된 지식인임에도 불구하고 물의 문제를 이성적으로 대처하려는 "물 담당"에 비해 감성적인 태도로 일관하고 있다. 그는 부족한 물을 다음 날 아침까지 시간을 조절해서 분배하려는 합리적인 태도를 견지하고 있다. 이에 비해 '나'는 다른 죄수들과 합세하여 "구름 물"을 돌릴 것을 주장하고 있는 데, 이 과정에서 조급한 태도는 수인들로부터 냉소와 무관심의 대상이 되고 있다.

---

42) 김동인, 『김동인선집』, 어문각, 1979, 453면.
「그러나 지금의 그들의 머리에는 독립도 없고, 민족자결도 없고, 자유도 없고, 사랑스러운 아내나 아들이며 부모도 없고, 또는 더위를 깨달을 만한 새로운 신경도 없다. …(중략)… 나라를 팔고 고향을 팔고 친척을 팔고 또는 뒤에 이들 모든 행복을 희생하여서라도 바꿀 값이 있는 것은 냉수 한 모금밖에는 없었다.」

「사실 사슴이 뽀지지하고 되리 타서 견딜 수 없으니 우선 먹어보는 게 어떻소?」

사실 물이 없으면커니와 눈앞에 물을 보고는 참을 수가 없었다.

「이렇게 물이 마를 줄 알았다면 수통을 될대고 먹일 때에 좀 실컨 먹고 올 걸!」

나는 다 웃을 것을 예상하고 이 말을 하였다. 그러나 의외에도 나밖에는 아무도 웃는 사람이 없었다.(219면)

이 과정에서 최소한의 용기를 필요로 하는 일에 대해서는 철저하게 책임을 전가하고 있다. 이것은 물을 얻기 위한 교섭 과정에서 취하는 태도만을 보아도 분명하게 드러난다. '나'는 내켜하지 않는 전라도 출신의 수인을 부추겨 교섭을 하지만 실패로 끝난 바 있었다. 그런데 별명이 "삼백만 원"인 간수가 감시를 맡게 되자, 철도 청부 담합사건으로 수감된 일본인 "하이칼라"에게 그의 인도적인 인간성을 이용하여 부채와 물의 교섭을 다시 추진해 줄 것을 종용하고 있다. 이처럼 수인이나 간수를 막론하고 의식이나 사상을 초월하여 물을 얻기 위한 수단으로 활용하고 있다. 이것은 이성과 합리성에 바탕을 둔 지식인의 행동 양식과는 거리가 멀다. 감옥의 규율에 길들여진 객체화된 인간의 자기기만에 가깝다. 이점에서 모든 가치의 척도를 본능적인 욕구의 충족에 두는 이기주의자의 전형에 해당된다.

모두 죽었는가? 그렇다면 우리들은 물에 대한 요구가 전혀 식어지고 말았는가?

나는 후더떡 일어나서 패통을 칠까 하고 몇 번인가 생각하였다.

그러나 나는 열정적인 것보다는 냉정적이었다. 나는 그때에 내 옆에 누워 있는 「하이칼라」의 존재를 생각하였던 것이다. 그가 교섭하면 나보다도 용이하게 요구를 관철할 수 있는 생각이 번개같이 나의 머리를 지나친 것이다. 나는 「하이칼라」와 이야기하였다. 그리고 「삼백만원」의 성격 인격 같은 것을 설명해주고 한시라도 속히 교섭해 줄 것을 종용하였다.(220~221면)

「물!」은 원초적인 본능의 형상화에 서사의 초점이 놓여있다고 할 때, 이것은 프로문학이 지향하는 전투적인 인물의 성격과는 상반되는 것이었다. 특히, 투쟁문예에서 인간의 실천적 능력은 사회적 환경과 끊임없는 교호작용을 일으켜 하나의 통일된 역사적 총체를 이루는 원천적인 힘으로 작용하고 있다. 그 결과 노동자가 계급투쟁에서 승리하여 새로운 먼동이 트는 아침을 맞는 도식적인 승리의 결말 구조를 취하게 된다. 루카치의 변증법의 논리에 의하면, 이것은 "외적인 현실의 움직임을 포착하여 이를 인간 실천의 일부로 전환할 수 있는 창조적 능력의 표현"[43]을 의미한다.

이 문제와 관련하여 임화는 「물!」을 단순한 유물론자 리얼리스트의 작품으로 비평했다. 인간의 구체성은 계급적 차이를 통해 드러난다. 훌륭한 리얼리스트라고 하여 프로문학 작가가 될 수 없듯이, 계급적 현실을 그리기 위해서는 당파적 입장이 전제되어야 한다. 이것은 프로문학이 사회 현실을 구체적으로 그릴 수 있는 전형성의 기반이 된다. 그럼에도 불구하고 「물!」은 기본적이고 초보적인 상식에 해당되는 당파성에 따른 계급적 차이가 전혀 반영되어 되어 있지 않다. 더 나아가, 반당파적인 허무주의적 시각을 통해 다양한 계층의 수인들을 물에 대한 본능적 욕구만을 추구하는 추상적인 인물로 그렸다는 것이다. 이런 작가의 태도는 "침후한 경험주의" 내지는 "심각한 생물학적 심리주의"의 부유물로 부르주아문학의 개인주의를 드러낸 것에 불과하다고 비판했다.

> 개별적인 것 그 자체로서의 개별적 인간의 탐구―인간의 비사회적인 내면생활, 의식하적인 것에 대한 집요한 추구, 다양성에 대한 생활의 풍부한 대상에 대한 이상의 광분, 심리적 사실주의에 대한 편애 등등 이 모든 것은 프롤레타리아문학과는 무연한 중생이다.
> …(중략)…

---

43) 김우창, 『지상의 척도』, 민음사, 1985, 151면.

이러한 경향은 우리들의 문학의 최대의 위험인 우익적 일화견주의(日和見主義)-그것은 정치적으로 문화주의 형태로 나타나는-의 명백한 현현의 하나이다. 이 문제는 타일(他日) 이러한 창작상의 편향을 낳은 일련의 창작이론과 함께 체계적으로 비판받아야 하고 끊임없는 투쟁의 포화가 이곳에도 집중되어야 한다.44)

　이에 대해 김남천은 작가에 대한 평가는 작품의 내용보다는 이데올로기의 실천을 중시해야 한다는 정치우위적 관점에서 임화의 논지를 반박하고 있다. 작가의 실천성을 저버린 임화의 비평적 태도는 "이론과 실천의 분리에 의한 데보린적 과오"45)를 범했다는 것이다. 이것은 카프의 연맹원 가운데 자신만이 감옥살이를 했다는 전위적 실천성을 염두에 둔 주장이다. 이처럼 「물!」에 대한 논쟁을 거치는 과정에서 "정치적 실천성에 대한 우월의식"46)을 견지하고 있다. 이것은 작가의 정치적 실천을 작품의 예술적 성과와 동일시하고 있다는 점47)에서 문예미학보다는 이데올로기 논쟁이라는 한계성을 드러낸 것에 해당된다.

　그러나 이런 관점은 카프의 해산계를 제출한 직후에 발표한 「지식계급 전형의 창조와 『고향』 주인공에 대한 감상」을 계기로 전혀 다른 양상으로 나타난다. 이것은 작품의 평가 기준을 가면박탈의 방법을 중심으로 한 미학적인 논리 관계에 초점을 맞추고 있다. 전반부의 김희준은 생명력 있는 인물로 형상화된 반면에 안갑숙은 추상적인 인조인간으로 함락했다는 비

---

44) 임　화, 「6월중의 창작」, 『조선일보』 1933. 7. 18.
45) 김남천, 「임화적 창작평과 자기비판」, 『조선일보』 1933. 7. 29.
46) 김재남, 『김남천』, 건국대학교 출판부, 1994, 36면.
47) 그 대표적인 글로 「임화적 창작평과 자기비판」(『조선일보』 1933. 7. 29~8. 4), 「문학적 치기를 웃노라-박승극의 잡문을 반박함」(『조선일보』 1933. 10. 10~10. 13), 「당면과제의 인식-1934년도 문학건설-창작태도와 실제」(『조선일보』 1934. 1. 9), 「창작과정에 대한 감상-작품 이전과 비평」(『조선일보』 1935. 5. 16.~5. 22) 등을 들 수 있다.

판이 그것이다. 김희준은 조선문학 가운데 가장 아름답고 풍부한 형상화가 이루어진 「달밤」에서 성적 욕구와 질투로 얼룩진 인물[48]로 형상화되어 있다. 또한 인동과 방개에 대한 육감적인 묘사와 연애담을 통해 농촌의 세태를 재현해 놓고 있다. 이에 비해 후반부의 김희준과 안갑숙은 사회주의 혁명을 위한 전위적인 인물로 이상화되어 있다. 그런데 이것은 작품의 진실성과는 상치되는 "보기 흉한" 가면으로 인간적인 욕망과 정서를 상실한 "산송장"과 다름없다고 보았다.

> 김희준이가 끝까지 자기의 애욕과 정욕을 누르고 억제하였다고 하여 결코 이것 때문에 그가 더욱 훌륭하고 적극적인 인간이 되는 것은 아니다. …(중략)… 숄로호프는 결코 디비로프(『개척된 처녀지』-필자)의 애욕 앞에서 약간의 탈선도 안하는 나무로 깎은듯한 추상적인 인물로 만들려고는 하지 않았다. 그러므로 김희준에 대하여 다분히 관대하여진 『고향』의 후반은 예술적 구성이나 스토리에나 피치 못한 안이성을 침범하고 있다.[49]

이와 같이 문예 미학적인 관점에서 '무엇'을 쓸 것인가 보다는 '어떻게' 형상화하느냐 하는 문제에 초점을 맞추고 있다. 이 과정에서 주제나 제재의 선택 여하를 떠나 현실적인 인물의 형상화가 논의의 핵심이 된다. 그 중에서도 인간적인 욕망의 사실적인 묘사와 관련하여 "치열한 비판적 태도"인 "자기폭로"의 필요성을 강조하고 있다. 이처럼 본능적인 욕구를 이성적인 행위에 선행하는 인간의 본질적인 요소로 파악하고 있다. 그런 만

---

48) 이기영,『고향』(상), 풀빛, 1987, 39~40면.
「그런 때에 슬그머니 어떤 유혹은 독사처럼 머리를 처들었다. 음전이의 덜퍽신 엉덩이가 눈에 박힌다. 그는 야학을 가르칠 때마다 추파를 건네는 것 같았다. 그(김희준-필자)는 지금도 그 생각을 하고 몸을 떨었다.」
49) 김남천, 「지식계급 전형의 창조와『고향』주인공에 대한 감상」, 『조선중앙일보』 1935. 7. 4.

큼 자기폭로의 관점은 자연주의의 결정론에 입각한 물질주의적 인간관과 동궤의 의미를 지닌다. 이런 작가의식을 구체적으로 반영한 작품이 「물!」이다. '나'는 "사고와 감정과 양심을 가지고 있는 인간으로서가 아니라 육체와 피와 신경으로 이루어진 일종의 유기체"로서 "영혼이 없는 동물"에 불과하다는 사실50)을 극명하게 보여주고 있기 때문이다.

이런 의미에서 가면박탈의 정신은 『고향』에 대한 비평보다는 「물!」에 대한 해명에 역점이 놓인 것으로 볼 수 있다. 그런데 이 작품의 자연주의적 요소는 프로문예 운동과는 상치되는 부르주아문학의 요소 가운데 하나였다. 이 때문에 "정통적인 마르크스주의적 예술비평은 사실주의와 자연주의의 구별에 지나친 의미를 부여"51)하고 있다. 육체와 본능을 탐구한 자연주의는 "인간 속에서는 방자한 동물성을, 사회 속에서는 종교, 국가 및 가정의 붕괴와 근절, 파괴시키는 힘을 방면하는 허무주의적 운동"52)에 불과하다는 비판이 그것이다.

그러나 몸과 본능은 도덕적인 척도를 넘어서는 인간의 실존적인 삶의 토대를 이루고 있는 근본 요소이다. 인간이나 세계에 대한 모든 인식은 몸의 기관을 통하지 않고는 불가능하다. 이렇듯 "인간 삶을 삶이게끔 하는 근원적인 혹은 형이상학적인 힘"53)으로써 인식과 소통의 통로로 작동하고 있다. 「물!」에서의 본능의 담론화 역시 마찬가지이다. 이것은 관념적인 편애와 이상화로 도식화된 프로문학의 한계성을 극복할 수 있는 새로운 문학적 지평을 제시한 것에 해당된다. 인간 본연의 정체성 탐구를 강조한 가면박탈의 정신은 소모적인 문학 논쟁을 넘어서 『대하』가 "퇴영

---

50) Peter N. Skrine & Lilian R. Furst, 『자연주의』(천승걸 역), 서울대학교 출판부, 1985, 58면.
51) A. 하우저, 『예술과 사회』(한석종 역), 홍성사, 1981, 18면.
52) 위의 책, 240면.
53) 조광제, 『몸의 세계, 세계의 몸』, 이학사, 2004, 227면.

한 프로문학의 한 개의 지류로서가 아니라 시민문학"[54]으로서 성과를 거둘 수 있었던 작가의 세계관과 창작방법론의 기반이 되었기 때문이다.

2) 「서화」와 성적 욕망의 형상화

이기영은 프로문학의 대중화와 관련하여 "문예사조에 적합한 새로운 내용을 새로운 형식으로 형상화하고 예술화"[55]할 것을 강조하고 있다. 그 대표적인 작품이 「서화」이다. 그런 만큼 이전의 작품들과는 뚜렷하게 변모된 양상을 보여준다. 이것은 투쟁의식을 강조함으로써 창작의 질식화 현상을 드러냈던 프로문단에 새로운 문학적 출구를 제시[56]한 것을 의미한다. 그 문학적 성과의 중요한 요인 가운데 하나가 체험과 본능의 형상화이다. 이것은 "현존의 실생활에서 결과된 체험의 총화를 끌어들여 예술적 표현의 동질적 형태 안에 포괄"[57]하기 위한 문예 미학의 토대가 된다. 따라서 작중인물의 성격 창조나 작품의 구성 면에서 리얼리즘 문학으로서의 새로운 가능성을 보여주고 있다.

이와 더불어 미학적 관점에서의 참신한 비유와 활유법에 바탕을 둔 정경 묘사는 "현실을 단순한 이미지로 보지 않고 현실을 구현"[58]하는 예술

---

54) 김남천, 「고발의 정신과 작가」, 『조선일보』 1937. 6. 5.
55) 이기영, 「문예시평」, 『청년조선』 1934. 10. 92면.
56) 안함광, 「최근문단의 동향」, 『조선중앙일보』, 1933. 9. 27.
「이기영의 「서화」는 그 자신 많은 결점을 가지고 있으면서도 앞으로의 창작방법을 위하여 기여하는 바가 많을 것이라고 나는 생각한다. 비평의 선행, 즉 비평이 창작을 앞을 선다는 것은 우리들의 경험에 의해서는 물론 또 우수한 창작의 생산을 위하여서는 그러한 것이 절대로 필요하게 되는 것이다. …(중략)… 이기영의 「서화」는 반드시 이러한 측면에서 논의되지 않을 수 없는 다분의 새로운 요소를 가진 작품이라고 나는 생각한다.」
57) A. 하우저, 앞의 책, 10면.
58) Damian Grant, 『리얼리즘』(김종운 역), 서울대학교 출판부, 1983, 20면.

적이고 창조적인 질서로써 자족적인 언어 미학의 세계를 구축하고 있다. 이것은 서정성을 환기시키는 미적 박진감뿐만 아니라 인물의 정서 표출을 위한 촉매작용을 일으키는 "정감적인 코드"[59]로 작용하고 있다. 이처럼 "조잡·황용荒傭한 용어"의 나열에 불과했던 프로문학의 문제점을 "세련된 언어"의 구사와 문장의 "세탁洗濯"을 통하여 새로운 문체의 영역을 구현하고 있다.[60] 이것은 이데올로기 문학으로서의 사상성보다는 미학적인 형상화에 초점을 맞추었음을 의미하는 것이다.

> 돌쇠가 저녁을 먹고 나서 먼저 나간 성선이 뒤를 쫓아갔을 때는 벌써 날이 저물었다. 낫과 같은 갈고리달이 어슴푸레한 서쪽 하늘에 매달렸다. 그동안에 광경은 일변하여 불길은 먼 들 건너 산밑을 뺑 둘러쌌다. 새빨간 불이 참으로 장관이었다. 달은 놀라운 듯이 그의 가는 눈썹을 찡그리며 떨고 있다. 별은 눈이 부신 듯이 깜짝이었다.[61]

> 망(望)을 접어든 둥근 달이 갓모봉 뒷산으로 삐주룩이 떠오른다. 비늘구름이 면사포와 같이 거기에 반쯤 가렸다. 달은 지금 너울을 벗고 산위에서 내려다본다. 크고 둥근 달은 서릿발을 머금고 마치 울고난 계집애의 안청과 같이 붉으레하였다.(278면)

「서화」는 전위적 인물의 오랜 기간에 걸친 투쟁 양상을 그린 이전의 프로문학과는 달리 정월 초하루부터 이월 초까지의 한 달간을 시간적 배경으로 하고 있다. 그 중에서도 음력설과 보름 명절의 풍속과 민속놀이에 서사의 초점이 놓여져 있다. 이것은 민족문화를 통해 "각 시대의 특징적인 여러 가지 사실"[62]을 재구성하기 위한 작가의 의도가 반영된 것이다.

---

59) 이재선,『현대소설의 서사시학』, 태학사, 2002, 176면.
60) 이기영,「문예시평」,『청년조선』 1934. 10. 91면.
61) ＿＿＿,『서화』, 풀빛, 1992, 248면. 이 작품에 대한 인용은 이 책에 의한 것으로 면수만을 밝히기로 한다.
62) E. 푹스,『풍속의 역사 Ⅰ : 풍속과 사회』(이기웅·박종만 옮김), 까치, 2007, 13면.

그런데 민족주의적 요소는 프롤레타리아 국제문화와는 상치되는 "분트주의"로 "부르조아의 사기"에 해당된다.[63] 민족적 결속력이 강할수록 세계 노동계급 운동에 부정적인 영향을 미치는 장애요인이 되기 때문이다. 그러나 이기영의 소설에서 세시 풍속[64]은 중요한 의미를 지니고 있듯, 이 작품도 정월 명절 민속의 형상화를 통해 기미 전후 시대의 달라진 세태를 재현해 놓고 있다. 이런 배경의 설정은 농촌사회를 포괄적으로 조망하기 위한 시간의 축도로서의 의미를 지닌다.

전반부는 '쥐불놀이'와 '도박'이라는 대조적인 행위를 통해 농촌사회의 세태를 상징적으로 보여주고 있다. 쥐불은 정월 첫 쥐날(上子日) 저녁에 해충을 퇴치하기 위해 논둑이나 밭둑에 불을 놓는 민속놀이다. 불의 기세에 따라 마을의 풍흉과 길흉이 결정되는 "편전便戰에 의한 겨루기의 점복占卜 형식"[65]인 만큼 모든 구성원의 참여가 요구된다. 고대 그리스의 올림픽과 마찬가지로 놀이와 제의의 성격이 결합된 축제이다. 이것은 "삶의 역경을 일시적으로 잊고 휴식을 취하는 인간과 신의 교섭의 시간이자 장소"로서 "인간의 세속적 활동과 물질적 관심을 철저하게 배제"한다.[66] 축제의 참여는 "또 다른 삶을 향한 인간의 소망"이 내재된 행위로 "자신을 일종의 마술에 내맡기는 것이며, 절대적 타자 역할을 맡는 것이며, 미래를 선점하는 일"에 해당된다.[67] "태초의 어둠과 카오스 속에서 창조적인 힘"[68]의 재현으로서 일상적인 질서를 초월한 격렬함과 역동성을 띠게 된다.

---

63) V. I. 레닌, 앞의 책, 129면.
64) 그 대표적인 예로 「홍수」, 『고향』 등에서 농민들의 상호 결속의 연대성을 강화하기 위한 문학적 장치로써 단오나 백중을 전후한 '두레'의 설정을 들 수 있다.
65) 이상일, 『축제의 정신』, 성균관대학교 출판부, 1998, 24면.
66) 이종하, 「철학으로 읽는 축제」, 『축제와 문화콘텐츠』(김영순·최민성 외 지음), 다홀미디어, 2006, 13면.
67) Hugo Rahner, *Man at Play*, trans. Brian Battershaw and Edward Quinn (New York: Herder and Herder, 1967), p. 65.
68) 이상일, 앞의 책, 22면.

예전에는 쥐불싸움의 승벽도 굉장하였다. 각 동리마다 장정들은 일제히 육모방망이를 허리에 차고 발감개를 날쌔게 하고 나섰다. 그래서 자기편의 불길이 약할 때에는 저편 진영을 돌격한다. 서로 육박전을 해서 불을 못 놓게 훼방을 친다. 그렇게 되면 양편에서 부상자와 화상자가 많이 나고 심하면 죽는 사람까지 있게 된다. 어떻든지 불속에서 서로 뒹굴고 방망이짐질을 하고 돌팔매질을 하고 그뿐이랴! 다급하면 옷을 벗어가지고 서로 저편의 불을 두드려 끄는 판이라 여간 위험하지가 않았다.(249면)

쥐불은 아이들의 놀이이자 어른들의 축제이다. 돌쇠는 돌팔매에 얻어맞아 생긴 이마의 "대추씨만한 흉터"에서 보듯, 쥐불싸움에 대한 승벽이 강한 인물이다. 20대 중반을 넘긴 나이에도 쥐불을 보자 "신비하고 별천지" 같은 충동을 느껴 "네 활개를 치고" 읍내 사람과의 싸움판에 뛰어드는 신명을 보이고 있다. 이것은 창조적 유희의 최고 형태인 "인간과 인간, 인간과 자연이 화해하는 해방적 삶의 전형인 디오니소스적 축제"이자 참여자 모두가 주체와 개체의 구분 없이 "자유로운 상반된 웃음으로 가득 찬"의 형태인 카니발적 삶과 밀접한 연관이 있다.[69] 이런 의미에서 쥐불은 농민 계층의 강인한 생명력의 표상이자 구성원의 공동체 의식의 함양을 위한 문화적 기호에 해당된다.

불은 상상력의 요소인 물질 가운데 "가장 변화가 심한 영역"을 포괄하는 "모든 것을 설명할 수가 있는 특권적 현상"이라고 할 때,[70] 쥐불놀이는 "민속적 에너지가 민족적 에너지로 전화된 전형적인 것"[71]에 해당된다. 그런데 올해는 전에 없이 쇠퇴한 양상을 보이고 있다. 조무래기들에 의해 "불천지"가 이루어지지만 불길은 기세가 죽고 열기는 시들해지고 만다.

---

69) 이종하, 앞의 논문, 18~19면.
70) G. Barchelard,『불의 정신분석』(민희식 역), 삼성출판사, 1986, 36면.
71) 김윤식, 앞의 책, 259면.

공동체의 풍요를 상징하는 불의 기세가 쇠잔한 겨울 들녘은 삶의 열정과 신명이 사라진 죽음의 공간이나 다름이 없다. 이것은 풍속의 문제뿐만 아니라 황폐해진 삶의 조건과 퇴락한 시대상을 상징한다. 잘못된 세상의 개명은 마을사람들의 기본적인 삶의 질서마저 파괴하고 있다. 말하자면, 일제의 식민통치에 의한 궁핍화 현상은 전통적인 도덕률에 기반을 두었던 농촌사회의 풍속의 해체라는 파괴적인 양상으로 나타나고 있는 것이다.

> 농촌의 오락이라고는 연중행사로 한 차례씩 돌아오는 이런 것밖에 무엇이 있는가? 그런데 올에는 작년만도 못하게 어른이라고는 씨도 볼 수 없다. 쥐불도 고만이 아닌가!
> 정월 대보름께 줄달리기를 폐지한 것도 벌써 수삼 년 전부터였다. 윷놀이도 그전같이 승벽을 띠지 못한다. 그러니 노름밖에 할 것이 없지 않으냐고 돌쇠는 생각하였다.(250면)

도박의 성행은 쥐불놀이의 쇠퇴와 대응관계를 이루고 있다. 이 둘은 놀이의 본능에 기반을 둔 행위지만 전혀 다른 속성을 지니고 있다. 놀이의 기본적인 특징은 "본능의 충족이외의 어떠한 목적에도 얽매이지 않고, 그 자제 만족"[72]을 추구하는 쾌락원칙에 종속되어 있다. 이 과정에서 놀이는 나름대로의 독특한 성격을 지닌 "규칙"[73]을 지키는 한에서만 유희본능을 충족시킬 수 있다. 그러나 도박은 정반대이다. 쥐불놀이와는 달리 개인의 이해관계가 얽힌 계교와 모략이 지배하고 있다. 물질적 욕구의 충족과 관련하여 서로가 서로를 속이는 위선과 책략의 세계이다. 따라서 유희본능과는 상반되는 극단의 목적행위에 해당된다.

그 대표적인 예가 돌쇠의 도박이다. 그는 쥐불놀이에서 실망한 직후 응삼

---

72) H. 마르쿠제, 앞의 책, 239면.
73) L. K. 뒤프레, 『종교에서의 상징과 신화』(권수경 옮김), 서광사, 1996, 71면.

이를 꾀어 도박판을 벌이고 있다. "투전이 서투른" 웅삼이 소를 판 거액의 돈을 가지고 있기 때문이다. 그런 만큼 "돈에만 욕기"가 오른 마을사람들의 "적심"의 대상이 된다. 특히, 돌쇠는 왕래가 잦은 이웃임에도 불구하고 "굶어죽을 지경"을 면하기 위해 편취의 대상으로 삼고 있다. 이처럼 굶주림은 인간을 도덕적인 경향에서 동물적인 본능의 충동으로 퇴행시키고 있다. 이런 돌쇠의 행위는 최소한의 윤리의식도 기대할 수 없다. 그 역으로 "무슨 짓을 하든지 돈을 버는 것이 첫째"라는 이기적인 물신주의만이 팽배해 있다. 이런 의미에서 도박은 인간의 기본적인 삶의 질서뿐만 아니라 공동체의식의 훼손을 상징적으로 보여주는 "행동의 하부문화"[74)]에 해당된다.

> 돌쇠는 부친에게 꾸지람을 듣고나서 한동안은 노름방을 쫓아다니지 않았다. 그러나 그렇게 야단을 치던 부친도 자기가 노름해서 따온 돈으로 사온 술밥과 고기를 먹었다. 만일 그 돈으로 양식을 사오지 못했다면 그동안에 무엇을 먹고 살았을는지? 이런 생각을 하는 돌쇠는 어쩐지 그의 부친이 우스워보이고 세상이 다시 이상스러워졌다.(280면)

이에 비해 후반부는 원초적 본능에 바탕을 둔 애정 문제가 메인 플롯을 이루고 있다. 이것은 프로문학의 대중화론의 일환으로 제시되었던 연애의 수용과 밀접한 연관이 있다. 그 창작방법론의 일환으로 이기영은 "묘사의 대담성"을 통해 "산 인물"을 그릴 것[75)]을 강조했듯이, 돌쇠는 젊은 여자가 반할 정도로 "열기 있는 눈"과 "건장한 기품"을 지닌 역동적인 인물로 형상화되어 있다. 그만큼 성적 모티브와 관련하여 충일한 생명력을 지니고 있다. 이런 육체적 초상은 용모에 대한 단일한 인상에 그치지

---

74) Marshall B. Cliinard, Daniel J. Abbott: *Crime in Developing Countries*; John Wiley Sons, New York, 1973, p. 173.
75) 이기영, 「창작의 이론과 실제」, 『동아일보』 1938. 10. 4.

않고 개성적인 신체로써 내부적 상징성을 지닌다.

이것은 이쁜이 역시 마찬가지이다. 그녀는 갓 스물을 넘긴 "석류 속 같은 잇속"을 가진 "해사한 여자"로 반편인 남편 응삼에 대해 극단의 혐오감을 보이고 있다. 그 반면에 돌쇠와의 애정 문제에 대해 능동적인 태도를 취할 뿐만 아니라, 이것을 책잡아 성적 욕망을 채우려는 원준에게 꿋꿋하게 맞서는 당찬 모습을 견지하고 있다. 이처럼 육감적인 여인으로서 열정과 냉정함을 아울러 지니고 있다. 이들의 애정 관계는 보름날의 널뛰기 장면을 통해 상징적으로 나타나고 있다. 보름달을 배경으로 한 상승과 하강의 역동적인 놀이는 관능적인 분위기를 고조시키고 있다. 따라서 "육체의 기호화와 병행하여 이야기의 '육체화'"로 "육체가 서사물의 중심 기호이자 서술적 의미를 연결해주는 중심 고리로 작용"하게 된다.76)

> 돌쇠가 떨어지며 다시 밟자 이쁜이는 이번에는 아까보다 더 높이 올라갔다.
> "아이 무서워라!"
> "참 잘 뛴다!"
> 제비같이 날쌘 동작에 여러 사람들은 감탄하기 마지않았다. 사실 이쁜이는 돌쇠가 기운차게 굴러주는 바람에 신이 나서 뛰고 있었다. 그는 널에 정신이 쏠려 있으면서도 심중으로 부르짖었다.
> '그이가 참 기운도 세군!'(279면)

돌쇠와 이쁜이는 그들의 배우자와 불화를 겪고 있다. 이들에게 있어서 가정은 벗어나야할 굴레일 뿐이다. 김유정의 소설의 '만무방'처럼 "기존 윤리 규범이나 가치체계를 부정하는 균열의 조짐"77)이 농후한 인물들이다.

---

76) P. 부룩스, 앞의 책, 67면.
77) 송기섭, 「김유정 소설과 만무방」, 『현대문학이론 연구』, 현대문학이론학회, 2008.
   4, 287면.

특히, 이것은 이쁜이의 경우 심각한 양상으로 나타난다. 그녀의 돌쇠에 대한 애정은 반편인 남편에 대해 살의와 같은 한계감정이 더해 갈수록 심화되고 있다. 인간의 절대적인 삶의 조건을 윤리적인 도덕성의 준수보다는 본능적인 욕망의 충족에서 찾고 있다. 전자가 선악의 기준과 연관이 있다면, 후자는 생존의 문제와 직결되어 있기 때문이다. 이 과정에서 본능과 사랑은 분리될 수 없듯이, 이들이 추구하는 대상은 성적 욕구와 갈등의 해소로 집약된다. 이것은 본연적인 성을 실존적 삶의 척도로 인식했음을 의미한다. 이처럼 사랑과 관련된 성의 담론화는 육체를 계급투쟁을 위한 메커니즘의 한 구조로 파악했던 이전의 프로문학과는 달리 생기 있는 몸으로서의 육화된 경험을 회복시키는 중요한 요소로 작용하고 있다.

> 이쁜이는 안타깝게 치마폭으로 눈물을 씻긴다.
> "나도 임자보고 잘했달 수는 없어. 그러나 나는 그까짓 일로는 조금도 임자를 원망하지 안수."
> 이쁜이도 자기 설움이 북받쳐서 목소리가 칼끝같이 찔린다.
> "그러면 임자도 옳지 못하지…… 어떻든지 임자의 남편이 아니겠소."
> "나도 모르지 않아. 그래두 옳지 못한 것과 살 수 없는 것과는 다르지 않수? 난…… 어떻게든지 살구싶수!"
> 별안간 이쁜이는 돌쇠의 무릎 앞에 엎어지며 흐늑흐늑 느껴운다. 응삼이의 못난 꼴이 보였다.(282면)

이와 같은 「서화」는 계급투쟁의 관점에서 "문학적 발전의 새로운 계단"[78]을 보여주었다는 평가에도 불구하고 이데올로기 문학으로서의 지향점을 제시한 것과는 상당한 거리가 있다. 이 작품은 원준이 돌쇠의 도박과 애정의 부도덕성을 마을사람 앞에서 성토하지만 동경유학생인 정광

---

78) 임 화, 「6월중의 창작」, 『조선일보』 1933. 7. 19.

조의 비판에 의해 극적으로 해소되는 결말 구조를 취하고 있다. 그러나 이것은 원준의 인격적 결함으로 빚어진 결과일 뿐 돌쇠 행위의 정당성을 의미하는 것은 아니다. 어느 시대나 사회를 막론하고 도박과 불륜은 부도덕한 행위로 금기 사항에 해당된다. 이것은 돌쇠의 경우도 예외일 수는 없다. 그의 행위는 부조리한 사회적 환경 못지않게 이기적인 욕구가 강하게 내재되어 있기 때문이다. 이점에서 임화의 견해에 맞서 "도박과 간통에 대한 계급적 비판을 거부하고 그것을 중심으로 한 흥미 중심의 소설"79)이라는 김남천의 평가는 상당한 설득력을 지닌다.

이것은 「서화」가 몸 현상학적인 관점에서 본능과 성의 담론화를 통해 프로문학의 새로운 문학적 출구를 찾았음을 의미한다. 이 과정에서 "사랑과 관련된 '성'이란 타인과 공실존을 이루는 토대로, 개인이 자기의 성을 소유한다는 것은 성관계에서 상대방의 인간실존을 소유"80)하는 개방성을 의미한다. 이처럼 원초적인 욕망의 지배를 받고 있는 돌쇠와 이쁜이와 같은 인물들에게 있어서 육체와 정신의 이원적 구분은 무의미한 문화적 장치에 불과하다. 이들의 사랑은 윤리적 규범을 초월하여 "정신적 공감의 영역과 육체적 융합이 일치"81)하는 삶의 실존적 토대가 되기 때문이다.

이와 같은 작중인물들에게 계급의식이나 투쟁과 같은 이데올로기의 논리가 스며들 여지는 없다. 인간 본연의 모습을 반영한 도박이나 연애담은 단순한 삽화의 차원을 넘어서 농촌 사회의 구체적인 삶의 풍경으로 전이된다. 이것은 이데올로기문학의 도식성의 극복뿐만 아니라 리얼리즘 문학으로서의 사실성을 배가시키고 있다. 이점에서 궁핍한 농민의 삶의 양상과 로맨틱한 요소를 동시에 포괄하고 있는 풍속도에 해당된다.

---

79) 김남천, 「임화적 창작평과 자기비판」, 『조선일보』 1933. 8. 4.
80) 조광제, 앞의 책, 225면.
81) G. 바따이유, 『에로티즘』(조한경 역), 민음사, 2007, 19면.

이런 의미에서 본능의 문학적 형상화는 「서화」가 『고향』과 더불어 일제 강점기의 최고의 문학적 성과로 자리매김할 수 있는 중요한 기반이 된다고 할 수 있다.

4. 맺음말

프로문학의 관점에서 볼 때 본능의 수용은 그 자체가 하나의 딜레마였다. 춘원을 비롯한 부르주아문학은 센티멘털리즘이라는 비판에도 불구하고 다수의 독자를 확보하고 있었다. 인간의 보편적인 감정인 돈과 사랑으로 대표되는 본능의 문제를 다루고 있었기 때문이다. 이에 반해 프로문학의 주인공은 변혁을 위한 혁명의 주체로서 실천적인 투쟁이 요구되었다. 이것은 사생활의 희생을 전제로 한다. 따라서 쾌락의 원칙에 기반을 둔 본능은 혁명과는 상치되는 것이었다.

인간의 역사는 본능의 억압에 맞서 '육체, 생기 있는 몸'이라는 관념을 회복시키고 이를 더욱 심화'하는 방향으로 전개되어 왔다. 그런 만큼 계급투쟁 일변도의 주인공은 현실성이 결여된 욕망의 환상도에 불과했다. 이런 도식성의 타개책의 일환으로 임화는 낭만적 정신의 필요성을, 한효는 '연애'의 형상화를 강조했다. 이것은 비판과 부정의 대상이 되었던 본능에 대한 새로운 인식을 뜻한다. 이 문제와 관련하여 「물!」과 「서화」는 인간의 정체성을 확인하는 공간이자 주체가 실존하는 토대로 본능을 담론화한 대표적인 작품에 해당된다.

「물!」은 감옥이라는 극한 상황을 공간적 배경으로 하고 있다. 주인공은 계급투쟁의 과정에서 투옥된 지식인에도 불구하고 감옥의 규율에 의해 메커니즘의 부속품으로 전락하고 있다. 이 과정에서 정신과 반대되는 타자로서의 육체는 원초적인 본능만을 추구하는 고통의 주체이자 대상이 된다. 이것을 벗어나기 위해 헤겔의 철학 서적을 읽지만 어떠한 의미도 찾지 못하고 있다. 그보다는 갈증의 해소를 위한 물에 대한 욕망이 현실 세계를 지배하고 있다. 그 욕구의 충족을 위해 수인이나 간수를 막론하고 물을 얻기 위한 수단으로 활용하고 있다. 이처럼 감옥의 규율에 길들여진 객체화된 인간으로서 모든 가치의 척도를 본능의 충족에 두고 있다.

임화는 「물!」을 당파성에 따른 계급적 차이가 전혀 반영되지 않은 유물론자의 작품으로 보았다. 반당파적인 시각을 통해 물에 대한 욕구만을 추구한 부르주아문학에 불과하다는 것이다. 이에 대해 김남천은 현실적인 인물의 창작방법론으로 가면박탈의 정신과 방법을 제시하고 있다. 인간적인 욕망의 사실적인 묘사와 관련하여 치열한 비판적 태도인 자기폭로의 필요성을 강조하고 있다. 이처럼 본능을 이데올로기에 선행하는 인간의 본질적인 요소로 파악하고 있다. 이런 가면박탈의 정신은 이데올로기문학의 사상적 편향성에서 벗어나 인간과 사회를 객관적 관점에서 탐구하고 형상화할 수 있는 문예미학의 이론적 토대가 되었다.

「서화」는 투쟁의식의 주입보다는 미학적인 형상화에 초점을 맞추고 있다. 전반부는 '쥐불'과 '도박'이라는 대조적인 놀이를 통해 농촌사회의 세태를 상징적으로 보여주고 있다. 쥐불은 농민 계층의 생명력과 공동체의식의 함양을 위한 축제이지만 전에 없이 쇠퇴한 양상을 보이고 있다. 이런 현상은 도박의 성행으로 전이되어 나타난다. 이것은 물질적 욕구의 충족을 위한 이기주의적인 본능이 지배하는 세계이다. 이처럼 굶주림은 인간을 도덕적인 경향에서 동물적인 본능의 충동으로 퇴행시키고 있다. 따라서 도박은 인간의 삶의 질서뿐만 아니라 공동체의식의 훼손을 구체적으로 보여주는 '행동의 하부문화'에 해당된다.

이에 비해 후반부는 애정 문제가 메인 플롯을 이루고 있다. 돌쇠와 이쁜이의 육체적 초상은 관능적으로 충일한 생명력을 보이고 있다. 이들이 추구하는 대상은 성적 욕구와 갈등의 해소이다. 원초적인 욕망의 지배를 받고 있는 인물들에게 있어서 육체와 정신의 구분은 무의미한 문화적 장치에 불과하다. 그것은 윤리적 규범을 초월하여 정신과 육체가 일체화되는 무도덕의 세계에 해당되기 때문이다. 이런 사랑의 양상은 인간 본연의 정체성 탐구에 초점을 맞춘 것을 의미한다. 이것은 육체를 계급투쟁을 위한 메커니즘의 한 구조로 파악했던 프로문학과는 달리 생기 있는 몸으로서의 육화된 경험을 회복시키고 있다. 그런 만큼 역동적이고 생동감 있는 인간상은 서사적 기능과 조화를 이루고 있다. 이런 의미에서 본능의 수용과 형상화는 『대하』나 『고향』이 이룬 문학적 성과에서 보듯, 프로문학의 관념적인 편향성을 극복할 수 있는 작가의식과 창작방법론의 토대가 되었다고 볼 수 있다.

제2절 프롤레타리아 문학과 연애의 담론화

1. 머리말

카프의 문예운동은 "창작보다 비평이 승勝한 입장에 있었고, 그 혁명성의 이데올로기를 근간으로 한 정론성을 띤 것"[82]이었다. 이처럼 전투하는 투쟁의식을 강조하는 프로문예에서 개인적인 감정에 바탕을 둔 연애는 계급투쟁과는 상치되는 것이었다. 전통적인 소설에서 사랑 이야기는 결혼이라는 목적에 이르는 과정과 밀접한 연관이 있다. 이것은 "긴밀하게 얽혀있는 가족과 계층적 질서가 확고한 사회를 지지하는 지배적인 가치와 부합"[83]하는 것이었다. 그러나 계급주의적 관점에서 볼 때 부부나 가

---

82) 김윤식, 『한국근대문예비평사』, 일지사, 1976, 14면.
83) Stephen Kern, 『사랑의 문화사』(임재서 역), 말글빛냄, 2006, 658면.

족의 연계성이 강화될수록 계급투쟁의 양상은 약화[84]되는 것을 의미했다. 남녀 간의 사랑은 투쟁 의지를 약화시키는 부정적인 요소일 뿐만 아니라, "자칫 잘못하면 연애가 되지 못하고 매음"[85]된다는 견지에서 비판의 대상이 되었다.

연애나 여성 문제는 1925년부터 '조선여성해방운동총동맹'을 중심으로 하여 활발하게 전개되었음에도 불구하고 프로문학을 통해 반영되지는 않았다. 이런 측면은 『무정』이 "민족의식을 주장하였으면서도 한편으로는 연애소설"[86]로 평가되듯, 연애가 부르주아 소설에서 지배 담론이었던 사실과는 대비되는 것이다. 따라서 이데올로기의 관점에서는 정론성을 확보할 수 있었지만 문학적인 측면에서는 창작의 위축과 독자와의 단절이라는 결과를 초래하였다. 더 나아가, 이것은 프로문학의 존립 자체를 위협하는 근본적인 문제점을 노정할 수밖에 없었다.

프로문단에서의 연애의 문제는 문학적 위기타개책의 일환으로 제기되었다. 이것은 개개인의 생활 속에서 경험되는 주관적인 감정의 변화를 통해 당대의 여러 제도와 이념, 관습들이 충돌하고 형성되는 과정을 총체적으로 보여주고 있다. 연애가 근대소설의 전개 과정에서 가장 "혁명적인 언어로 이야기"[87]되는 소이도 여기에 있다. 이런 측면은 이데올로기 문학이라고 해서 예외일 수는 없다. 그만큼 인간관계와 사회 현상을 성찰하

---

84) 그 대표적인 예로 정칠성의 「적련 비판―콜론타이의 성도덕에 대하여」(『삼천리』 1929. 8)라는 글에서 다음과 같은 비판을 들 수 있다.
「즉 우리 근우회를 말할지라도 그렇게 일들을 잘 하던 투사가 한번 결혼하면 가정에 들어가 버린 뒤는 여성운동이 그만 뒷전이 되어 버립디다. …… 그러니까 개인의 연애는 결코 사사(私事)가 아니지요.」
85) 김기진, 「신여성과 신윤리」(『신여성』, 1924. 9), 『김팔봉문학전집 Ⅳ』(홍정선 편), 문학과 지성사, 1989. 566면.
86) 김우종, 『한국현대소설사』, 선명문화사, 1963, 73면.
87) 앤소니 기든스, 『현대사회의 성·사랑·에로티시즘』(배은경·황정미 공역), 새물결, 2003, 25면.

기 위한 준거의 틀이 되기 때문이다. 따라서 프로문학에서의 연애 서사의 수용은 새로운 문학적 활로를 모색하는 문제와 직결되는 것이었다.

연애의 담론과 양상은 KAPF 작가동맹의 대표이면서도 그 문학의 도식성에 대해 가장 비판적이었던 이기영의 문학론과『고향』에 밀도 있게 반영되어 있다. 이 작품은 일제 강점기의 최고의 문학적 성과로 평가되듯, 발표 당시부터 현재에 이르기까지 많은 연구[88]의 대상이 되어왔다. 그러나 대부분의 논의가 김희준을 중심으로 한 경향문학이라는 한정된 틀 안에서 이루어져 왔던 것이 사실이다. 특히, 프로문학의 대중화 문제와 관련한 연애 담론과 서사에 대한 논의는 전무한 실정이다. 프로문학의 온당한 해명을 위해서는 이에 대한 성찰이 절실히 요구된다. 이런 의미에서 프로문단에서 제기되었던 연애 담론을 살펴보고, 이것을 바탕으로 하여『고향』에 나타난 연애 서사의 특징을 규명해 보도록 하겠다.

2. 프로문학의 대중화 문제와 연애 담론

연애는 프로문학의 관점에서 볼 때 그 자체가 하나의 딜레마였다. 이런 고민의 일단을 잘 보여주는 글 가운데 하나가 김기진의 대중화론이다. 춘

---

88) 그 대표적인 연구로 다음의 논문을 들 수 있다.
　　이주영, 「1930년대 한국장편소설 연구」, 서울대 박사학위 논문, 1983; 정호웅, 「이기영론-리얼리즘 정신과 농민문학의 새로운 문제」,『한국근대리얼리즘 작가 연구』, 문학과 지성사, 1988; 김윤식, 「농촌 현실의 형상화와 소설적 의의-이기영론」,『한국현대장편소설 연구』(구인환 외), 삼지원, 1989; 김흥식, 「이기영 소설 연구」, 서울대 박사학위 논문, 1991; 김성수, 「이기영 소설 연구-식민지시대 소설의 리얼리즘적 성격을 중심으로」, 성균관대 박사학위 논문, 1991; 이상경,『이기영-시대와 문학』, 풀빛, 1994; 김병구, 「1930년대 리얼리즘 장편소설의 식민성 연구」, 서강대 박사학위 논문, 2000; 이재선, 「이기영의「고향」과 반항의 시학」,『현대소설의 서사시학』, 태학사, 2002.

원의 문학은 통속적인 센티멘털리즘에도 불구하고 다수의 독자 대중을 확보하고 있었다. 그것은 조선 사람의 보통의 감정인 돈과 사랑의 문제를 그리고 있었기 때문이었다. 이에 반해 카프는 제1차 방향전환을 계기로 프롤레타리아 혁명의식을 뚜렷하게 드러내었지만 생경한 정치투쟁 일변도의 작품 경향으로 인해 독자로부터 외면당할 수밖에 없었다. 이것을 타개하기 위해서는 프로문학도 대중의 향락적 요구를 일시적으로 만족시킬 필요성이 있었다. 따라서 그 창작방법론도 "무엇을' '어떻게' 써야 할 것인가'하는 문제가 제기될 수밖에 없었는데, 전자와 관련하여 "마르크스주의자의 통속소설로의 전진"[89]을 위해 위장적 방법으로 제시된 재재 가운데 하나가 "연애"[90]였다.

이 과정에서 1920년대 후반에 소개된 사회주의자의 사랑을 그린『적련』,『삼대의 사랑』등은 "콜론타이주의"[91]로 불릴 만큼 커다란 영향을 미쳤다. 전자가 평범한 처녀였던 바시라사가 열렬한 투사로 변모하여 성과 사랑의 자유를 쟁취하는 과정을 그렸다면, 후자의 주인공 게니아는 어머니의 애인과 성 관계를 맺고서도 전혀 갈등을 느끼지 않는 공산당원으로 제시되어 있다. 콜론타이가 이들의 사랑을 통하여 제시하고자 한 연애는 정신과 육체, 공과 사의 구분이었다. 정신이 사회주의 혁명을 위한 공적 활동이라면 육체는 본능의 향락과 연관된 사적 활동을 의미하는 것이었다. 이들은 영육의 일치를 요구하는 전통적인 연애나 결혼 제도를 거부하는 독신 여성으로서 "국가·가정·사회 속에서 여성의 노예 상태를 저

---

89) 김기진, 「문예시대관 단편─통속소설고」, (『조선일보』1928. 11. 9~20)『김팔봉 전집 Ⅰ』, 120면.
90) 「대중소설론」,(『동아일보』1929. 4. 13 ~ 20). 위의 책, 137면.
「남녀간의 연애 관계도 물론 좋은 제목이나, 그러나 정사 장면의 빈번한 묘사는 피할 것이고 될 수 있는 대로 그 연애 관계는 배경이 되든지, 그 중심 골자가 되든지 하고서, 다른 사건을 보다 더 많이 취급하도록 만들어야 한다.」
91) 「「코론타이주의」란 어떤 것인가?」,『삼천리』1931. 11. 112면.

항하며, 성의 반영물로서 그들의 권위를 위해 싸우는 여주인공들"[92])로서의 일면이 있었다.

그러나 콜론타이의 연애론은 한국문단에서는 여성 해방을 위한 기제보다는 성적 문란을 상징하는 기호로 통용되었다. 더 나아가, "눈앞의 방탕을 합리화하기 위해 '붉은 사랑'이라는 명분이 동원"[93])될 때가 많았다. 이처럼 연애는 관능적인 육체적 관계와 동궤의 의미를 지니고 있었다. 그런 만큼 "사랑의 자유에 대한 (여성의) 요구"는 프롤레타리아 혁명과는 상치되는 "부르조아지의 요구"에 해당되는 것이었다.[94] 비록 콜론타이가 사회주의 종주국의 대표적인 여성 혁명가이자 외교관이라고 할지라도 그의 연애론은 "실로 위험성이 많은 소부르조아 연애론"[95])으로 계급적 운동자의 "전력을 말살시키고 동지들 사이와 진영을 문란"[96])케 한다는 점에서 비판의 대상이 될 수밖에 없었다.

프롤레타리아의 연애는 주관적 감정을 배제한 "객관적 논리"[97])에 바탕을 두어야 한다는 점을 강조하고 있다. 이것은 남성과 여성의 대등한 관계를 전제로 할 때 가능하다. 그런데 애정을 포함한 모든 문제가 남성 중심의 "부르조아 가족제도에 잔재한 봉건적 요소의 억압"[98])으로 인하여 일방적인 예속 상태에 놓여 있다는 것이다. 이것을 타파하기 위해서는 여성과 노동계급의 해방을 지양하는 프로문학만이 완전한 여성문학을 세울 수 있다는 것이다. 이처럼 프로문단에서의 여성 운동은 계급의 해방의 차원에서 이루어졌다. 따라서 그 연애 담론은 "새로운 사회를

---

92) 최혜실,『신여성들은 무엇을 꿈꾸었는가』, 생각의 나무, 2000, 140면.
93) 권보드레,『연애의 시대』, 현실문화연구, 2004, 202면.
94) V. L. 레닌,『레닌의 문학예술론』(이길주 역), 논장, 1988, 265면.
95) 진상주,「푸로레타리아 연애의 고조-연애에 대한 계급성」,『삼천리』, 1931. 7. 36면.
96) 민병휘,「애욕문제로 동지에게」,『삼천리』, 1931. 10. 88면.
97) V. L. 레닌, 앞의 책, 266면.
98) 백 철,「문화시평」,『신여성』, 1932. 2. 38면.

위하여 싸우는 능률을 증가"[99]하기 위한 계급투쟁론의 관점에 초점을 맞추고 있다.

> 그래서 그는 남존여비의 봉건사상과 싸우고 여자를 가정지옥과 문맹과 남자에게 예속시킨 현대 사회제도에서 해방하려는 투쟁문예에 다시 말하면 열렬한 인류해방운동에 합류하지 않으면 안 될 것이다.[100]

연애 담론은 창작방법론의 측면에서 논의되었을 뿐 작품을 통해 구체화되지는 못했다. 여성의 해방을 위한 투쟁문예가 되기 위해서는 그 주인공은 계급사상으로 무장된 투사형 인물이 되어야 한다. 그런데 자연발생기의 빈궁문학은 물론 제1차 방향전환 이후의 작품에서도 여성의 행위자 기능은 거의 발견되지 않는다. 전자에서 아내를 비롯한 식구들이 "육신과 정신을 뜯어먹는 이 아귀들"[101]이라면, 후자에서는 계급모순에 의해 성과 노동을 착취당하는 희생자로 도식화되어 있다. 단지 『낙동강』의 로사가 이전의 프로문학의 여성과는 대비되는 이념형 인물로 그려져 있지만 투사로서의 구체적인 행동 양식을 보여주지는 못하고 있다. 그보다는 박성운의 일방적인 설교와 선동에 의해 그의 애인이자 투사로 변모해 가는 수동적인 인물로 그려져 있을 뿐이다.

> 그럴 것 같으면 로사는 그만 감격에 떠는 듯이 성운의 무릎 우에 쓰러져 얼굴을 파묻고 운다. 그러면 또 성운은
> "당신은 또 당신 자신에 대하여서도 반항하여야 되오. 당신의 그 눈물 – 약한 것을 일부러 자랑하는 여성들의 그 흔한 눈물도 걸어치어야 되오. ……우리는 다 같이 굳센 사람가 되어야 합니다."

---

99) 김옥엽, 「청산할 연애론: 과거 연애론에 대한 반박」, 『신여성』, 1927. 10. 28면.
100) 이기영, 「부인의 문학적 지위」, (『근우』, 1925. 5) 『카프비평자료총서 Ⅷ』. (임규찬·한기형 편), 태학사, 1990, 341~342면.
101) 조명희, 『낙동강』, 슬기, 1987, 51면.

이같이 로사(로사 · 룩셈뿌르크)는 사랑의 힘 사상의 힘으로 급격히 변화하여 가는 사람이 되었다.[102]

　이것은 연애가 계급혁명을 위한 의식화의 수단이자 투쟁의 전술로 제시되었음을 의미한다. 그런 만큼 새로운 연애의 가능성과 한계성을 동시에 드러내고 있다. 그럼에도 불구하고 KAPF 내에서의『낙동강』에 대한 평가는 상반된 양상으로 나타났다. 프로문학의 목적의식을 반영한 "감격으로 가득 찬 소설"[103]이라는 평가와 마르크스주의적 투쟁과 정치적 해석이 결여되었다[104]는 비판이 그것이다. 이 과정에서 카프는 후자인 강경파의 창작방법론을 택하고 있는 데, 이에 따라 '당의 문학'으로서 '전위의 눈'으로 볼 것이 요구되었다.

　혁명의 전위성과 관련하여 연애는 투쟁과는 양립할 수 없는 것이었다. 변혁해야 할 세계가 잔혹한 사회적 적대 관계에 의해 구조화되었기 때문이다. 이런 모순점을 타파하기 위해 프로문학은 전투적 주인공을 택하고 있는 데 그에게 있어서 사생활은 필연적으로 희생될 수밖에 없었다. 그 예로 이기영의「홍수」의 박건성은 고리키의『어머니』의 빠벨이나 리꼴라이와 같이 계급투쟁에 전념하기 위해 결혼하지 않고 있으며, 김남천의「공우회」는 젊은 남녀가 주인공으로 설정되어 있지만 노동조합의 결성 과정에만 초점을 맞추고 있다. 이처럼 전투적 주인공들의 사랑은 "남자거나 여자거나 계급의식에 철저해야 되고 따라서 그것을 실천적으로 투쟁"[105]해야 한다는 점을 강조하고 있다.

　그런데 1933년을 전후하여 제기된 사회주의적 리얼리즘론을 계기로

---

102) 위의 책, 19면.
103) 김기진,「시감 2편」,『조선지광』, 1927. 8. 9면.
104) 조중곤,「『낙동강』과 제2기 작품」,『조선지광』, 1927. 10. 9면.
105) 이기영,「「혁명가의 아내」와 이광수」,『신계단』, 1934. 4. 103면.

프로문학의 도식성을 극복하기 위한 다양한 방법론이 제시되었다. 그 대표적인 논의 가운데 하나가 임화에 의해 제기된 낭만주의의 수용 문제였다. 그는 문학은 '주관'에 바탕을 두고 있는 만큼 사실주의와 낭만주의를 구별하는 것은 오직 "비현실적인 추상계"에서만 가능하다고 보았다. 그 중에서도 낭만적 정신은 "사실적인 것의 객관성에 대하여 주관적으로 현현하는 것"을 의미한다.106) 이 과정에서 조선 문학의 문제점으로 "꿈의 결핍"을 들고 "창조하는 몽상"으로서의 낭만적 정신의 필요성을 강조하였다. 이 낭만적 자각은 사회적 역사적 자각과 불가분의 관계로 "진실한 로맨티시즘과 광의의 리얼리즘이 영속적으로 통일된 문학"을 지양해야 한다는 것이다.107)

이런 논의의 연장선상에서 한효는 프로문학의 새로운 미학적 본류를 객관적 현실의 전면적 고찰을 통하여 생활 자체를 진실하게 표현하려는 문학적 태도에서 찾았다.108) 그 전제 조건으로 작가의 진실한 감정 묘사를 들었다. 감정은 예술가 자신의 생명인 동시에 독자를 앙분시키는 유일한 무기에 해당된다고 보았다. 그 중에서도 "연애는 다른 생활 감정보다도 훨씬 로맨틱한 것으로 …(중략)… 이러한 긍정적 현실을 그대로 묘사하는 그것이 로맨티시즘"109)이라는 것이다. 이것은 연애를 사회주의적 리얼리즘의 중요한 구성 요소로 파악했음을 의미하는 것이다.

이 문제와 관련하여 이기영은 프로문학에 대한 자성적 관점에서 가장 활발하게 논지를 제시하고 있다. 이전의 프로문학은 동인문학이나 상호교환 문학에 불과하다고 비판하고, 그 대중화론의 일환으로 연애의 문제

---

106) 임 화, 「낭만적 정신의 현실적 구조」, 『조선일보』 1934. 4. 20~28.
107) 「위대한 낭만적 정신」, 『동아일보』 1936. 1. 2~4.
108) 한 효, 「소화 9년도의 문학운동의 제동향―그 비판과 전망을 위하여」, 『예술』 1권 2호, 27면.
109) 「문학상의 제문제」, 『조선중앙일보』 1935. 6. 8.

를 제기하였다. 비록 공리성을 강조한 문학일지라도 소비대중을 목표로 삼고 시장에 나온 상품과 같은 대중적 문학을 지향해야 한다는 것이다. 따라서 프로문학도 "로맨틱하고 히로익함에 유의할 필요"110)가 있다는 점을 강조하였다. 이러한 주장은 계급투쟁의 한 무기로서 계급해방 전선에 참가할 것을 주장했던 전대의 문학론과는 상치되는 것이었다. 그런데 여기서 더 나아가 부르주아 문학을 통해 문학적 유산을 많이 섭취할 것을 강조하였다.

이기영은 『고향』의 문학적 성과를 "우익적 경향"111)을 반영한 결과에서 찾고 있다. 그만큼 계급투쟁 일변도의 도식적인 투쟁문예에서 벗어나 새로운 문학적 지평을 제시한 것을 의미한다. 이것은 이데올로기 문학으로서의 '예술성과 당파성'의 조화로 요약할 수 있다. 이점에서 대중성을 획득하기에 적합한 "새로운 내용을 새로운 형식으로 형상화하고 예술화"112)한 것을 뜻한다고 할 때, 그 대표적인 성과 가운데 하나가 부르주아적 요소로 신랄한 비판의 대상113)이 되었던 연애의 수용이다. 따라서 이 작품의 연애 서사는 프로문학의 도식성의 극복뿐만 아니라 그 대중화 문제와 밀접한 연관이 있는 것으로 볼 수 있다.

---

110) 이기영, 「문예시평」, 『청년조선』 1834, 10. 92면.
111) 「사회적 경험과 수완」, 『조선일보』 1934. 1. 25.
112) 「문예시평」, 『청년조선』 1834, 10. 92면.
113) 그 대표적인 예로 「「혁명가의 아내」와 이광수」(앞의 책, 104면)에서 다음과 같은 연애소설에 대한 비판적인 견해를 들 수 있다.
　　「작자는 부르조아 연애소설을 쓰든지 그렇지 않으면 그들의 비위에 맞는 강담소설이나 쓸 것이지 아예 이와 같은 경거망동의 만용을 부릴 것이 아니다.」

3.『고향』의 연애서사 양상

1) 원초적 본능으로서의 연애 풍속도

이기영은 문예 창작의 가장 중요한 요소로 실생활과 연계한 체험의 중요성을 들고 있다. 특히,『고향』의 창작 기반으로 직접적인 농촌 체험을 들고 "작가로서의 생활력의 심화와 확대"[114]를 강조하고 있다. 이 "생활 경험은 개인적인 체험 혹은 현재나 과거에 있은 타인들의 이해와 그들이 관여한 사건에 대한 이해"[115]와 직결되어 있다. 체험에 바탕을 둔 농촌 풍경의 묘사는 서정성을 환기시키는 미적 박진감뿐만 아니라, 인물들의 정서 표출을 위한 촉매작용을 일으키는 "정감적인 코드"[116]로 작용하고 있다. 또한 김희준이나 김원칠 일가를 비롯한 작중인물들 역시 농촌사회의 현장성을 지닌 전형적인 인물로 형상화되어 있다.

이것은 이데올로기 문학으로서의 사상성보다는 문예 미학적인 형상성에 초점을 맞추었음 의미하는 것이다. 그만큼 이전의 소설과는 뚜렷하게 변모된 양상을 보이고 있다. 이 작품은 대비적 구성을 통하여 농민들의 삶의 모습을 다양한 각도에서 형상화해 놓고 있다. 먼저, 풍년인 첫해와 흉년 다음해로 설정된 시간 구조는 농촌사회를 총체적으로 조망하기 위한 시간의 축도로서의 의미를 지닌다. 이와 더불어 읍내와 인접한 원터는 도시와 농촌을 동시에 아우르기 위한 문학적 지도 그리기에 해당된다. 이러한 대비적 구성은 본질적으로는 주제의 구성적 요소의 방법, 또는 여러 가지 다른 것의 관점을 나타내는 다양성의 통일을 나타내는 방법이라고 할 수 있다.

『고향』은 발자크적 리얼리즘론에 입각하여 농촌사회를 총체적으로 조

---

114)「사회적 경험과 수완」,『조선일보』1934. 1. 25.
115) W. 딜타이,『체험과 문학』(한일섭 역),『중앙일보사』1979, 47면.
116) 이재선, 앞의 책, 176면.

망하고 있다. 이것은 전반부만 놓고 보면 농촌사회의 생활상을 재현한 세태소설에 해당된다. 각 장은 독립된 단편으로 보아도 무방하리만큼 메인 플롯이 설정되어 있지 않다. 주동인물인 김희준의 서사적 기능은 「도라온 아들」, 「두레」 등을 제외한 대부분의 장에서는 보조적인 역할에 머물고 있다. 그 반면에 원칠 가족을 중심으로 한 소작인들과 마름인 안승학의 생활상이 모자이크식 구성법을 통하여 제시되어 있다. 그 예로 제3장 「마을 사람들」은 원터 소작인들의 가혹한 노역과 읍내 유지들의 질탕한 놀이판을 대비적으로 묘사해 놓고 있다. 또한 박 서방의 자살, 춘궁기의 궁핍상, 쇠득 모와 백룡 모의 싸움 등을 통하여 동시대의 다발적인 여러 현상을 제시하고 있다. 이 삽화들은 개별화된 인물들이 각기 보여주는 별개의 행동이지만 농촌의 세태를 하나의 공간 속에서 통합적으로 보여주는 기능을 한다.

이러한 리얼리즘의 기법과 더불어 연애담은 이전의 프로문학과는 뚜렷하게 구분되는 양상을 보여주고 있다. 이기영은 「서화」(1933)에서 삶과 사랑을 지배하는 실체는 원초적인 본능에 있음 제시한 바 있는 데, 이것은 김희준의 경우에도 그대로 반영되어 있다. 『고향』에서도 성은 지배 담론이 되고 있다. 더 나아가, 이것은 작중인물의 양상마저 변전시키는 요인으로 작용하고 있다. 김희준은 "한국 프로문학에 등장하는 긍정적 인물 또는 긍정적 주체적 인물의 한 전형"[117]으로 평가된다. 그러나 계급혁명의 전위성을 앞세운 투사로서의 면모는 약화된 양상으로 나타난다. 그보다는 원초적 본능으로 얼룩진 인물로 형상화되어 있다. 모든 인물들을 성적 욕구와 질투의 시각에서 바라보고 있다. 이처럼 현실과 일치할 수 없는 성적 욕망은 그의 내면세계를 지배하는 일차적인 갈등의 요인이 된다.

---

117) 이재선, 앞의 책, 162면.

① 그런 때에 슬그머니 어떤 유혹은 독사처럼 머리를 처들었다. 음전이의 덜퍽신 엉덩이가 눈에 박힌다. 그는 야학을 가르칠 때마다 추파를 건네는 것 같았다. 어떤 때는 석류 속 같은 이속을 드러내고 웃었다. 그는 지금도 그 생각을 하고 몸을 떨었다.[118]

② 그러나 또한 그 역시 아직도 청춘이 새파랐다. 그런 인생관을 가질수록 본능의 충동가 맹렬하다. 그도 맹수와 같이 가치있는 성적 충동이 때마다 발작하면 것잡을 수 없었다. 그럴수록 그는 아내가 더 미웠다.[119]

이 작품의 전반부에서 원초적 본능에 바탕을 둔 연애담은 메인 플롯에 해당될 만큼 중요한 서사 구조를 이루고 있다. 이것은 인동을 통하여 구체적으로 형상화되어 있다. 청년기에 들어선 그는 육체적인 성장과 정신적인 성숙을 동시에 보여주는 입체적 인물이다. 그는 방개를 놓고 세 살 위인 막동과 치열하게 대립하고 있다. 방개는 "젖가슴이 산날망같이 도도록" 하고 "날날이 허리에 웅덩이가 호마 궁덩이" 같은 관능적인 인물이다. 그녀는 공사품을 팔아 참외나 옷감을 건네는 막동에게 환심을 보이다가 그가 돈이 궁해지자 냉랭한 태도로 돌변하는 이중성을 보이고 있다. 이처럼 신체에 대한 육감적인 묘사는 투쟁의식만을 강조했던 이전의 프로문학과는 뚜렷하게 구분되는 것이다. 추상적이고 관념적인 인물에서 벗어나 역동적이고 생동감 있는 새로운 인간상으로서 서사적 기능과 조화를 이루고 있다.

인동은 방개와 이성적인 관계를 맺고 싶어 하지만 관심의 대상이 되지 못하고 있다. 그는 어른 같은 소리를 하지만 그녀가 보기에는 어린아이에 불과하기 때문이다. 이런 편견을 깨뜨리기 위해 그는 외출했다가 돌아오는 방

118) 이기영, 『고향』(상), 풀빛, 1987, 39~40면.
119) 『고향』(하), 618면.

개를 가로막고 희롱하고 있다. 이 과정에서 이들의 대화는 "망할놈의 새끼" "육시할 년" 등과 같은 비속어로 일관하고 있다. 특히, 그는 방개를 향해 "이 년아 막둥이는 은테를 둘넛데? 금테를 둘넛데?"와 같은 성적 비유에 바탕을 둔 언어의 구사를 통해 자신의 성숙함을 우회적으로 드러내고 있다. 속어는 사회적 약자나 젊은이들이 주로 사용하는 언어이다. 금기된 표현들을 자유롭게 취한다는 점에서 "격식 언어와 관련된 사회적 힘의 차원을 거부"[120]한 다. 이들의 대화는 이데올로기 문학의 정치적인 수사에 대응하는 비공식적인 언어로써 이 작품에 제시된 '카니발적 웃음'의 기반이 되고 있다.

이들의 갈등 양상은 「달밤」에서 극적으로 해소되고 있다. 이것은 인동에 대한 방개의 태도가 이성적인 대상으로 변모되었음 의미하는 것이다. 더 나아가, 그녀는 야학 마치고 돌아오는 길에서는 이성으로서의 욕망을 적극적으로 드러내고 있다. 이 과정에서 사랑을 지배하는 메타포는 본능적인 욕구인 성으로 나타난다. 관능적 욕망의 지배를 받고 있는 원초적인 인물들에게 있어서 육체와 정신의 이원적 구분은 무의미한 문화적 장치일 뿐이다. 이들의 사랑은 도덕과 윤리적 규제를 초월한 무도덕의 세계에 해당된다. 이러한 사랑의 양상은 육체를 계급투쟁을 위한 기계적인 메커니즘의 한 구조로 파악했던 이전의 프로문학과는 달리 생기 있는 몸으로서의 육화된 경험을 회복시키는 중요한 요소로 작용하고 있다.

> 방개는 인동이 입에서 물쭈리를 빼서다 물며,
> "넌 막둥이가 샘나니?"
> "그 자식 수틀리면 패줄난다. 간나색끼!"
> …(중략)…
> 방개는 생글생글 웃으며 연기 나는 물쭈리를 그대로 인동의 입에
> 넣주었다.

---

120) Bernard Spolsky, 『사회언어학』(김재원 · 이재근 · 김성찬 공역), 박이정, 2001, 51면.

인동이는 별안간 정신이 어떨떨해졌다.

그는 담뱃불을 끄고 나서 고만 그 자리에 방개를 껴않고 쓰러졌다.

"아이 봐 애! 가만있어 좀… 참 달두 무척 밝지!"121)

인동을 비롯한 방개, 막동 등은 농촌의 현장성이 밀도 높게 반영된 인물들이다. 이들의 연애담은 단순한 삽화의 차원을 넘어 농촌 사회의 구체적인 삶의 풍경으로 전이된다. 이것은 당시의 부르주아 문학이 서구의 연애관에 경도되어 연애를 "부르주아 사회가 육체와 섹스에 작용하게 한 권력의 한 유형"122)으로 다루었던 것과는 뚜렷하게 대비된다. 억압적인 이성의 전제에서 해방된 이들의 구속 없는 연애는 "성숙한 개인사에 영속하는 에로스의 관계를 산출"123)할 수 있는 전거가 되기 때문이다. 원초적인 본능이 지배하는 세계에 프로문학의 도식적인 논리나 이데올로기가 스며들 여지는 없다. 이러한 삶의 양상과 정조의 형상화는 리얼리즘 문학으로서의 사실성을 배가시키고 있다. 이것은 프로문학의 도식성 극복뿐만 아니라 대중적 문학으로서 독자의 관심을 환기시키는 요인이 된다. 이점에서 농촌 사회의 로맨틱한 요소와 현실적인 삶의 모습을 동시에 포괄하고 있는 연애의 풍속도에 해당된다고 할 수 있다.

2) 계급투쟁 논리로서의 동지적 사랑

『고향』의 후반부는 이데올로기 문학으로서의 경향성을 드러내고 있다. 이것은 지주와 소작인의 대립이라는 서사 구조를 통하여 구체화되고 있다. 이 과정에서 부르주아들이 보이는 비도덕적·반사회적 사고와 행

---

121) 『고향』(상), 158~159면.

122) 미셸 푸코, 『성의 역사 1』(이규현 역), 나남출판, 2006, 69면.

123) H. 마르쿠제, 『에로스와 문명』(김종호 역), 박영사, 1975, 224면.

동 양식은 계급혁명의 불가피성을 드러내는 근본 요인이 된다. 선과 악이 대조를 이루는 이원론적 구조는 작중인물의 의식뿐만 아니라 이들의 생활양식을 지배하는 모티브가 된다. 소작인들의 의식은 「수재」에서부터 무지하고 체념적이었던 첫해와는 달리 부조리한 경제체제에 대해 비판적인 시각을 견지하고 있다. 이점에서 다양한 삽화의 형태를 통해 제시되었던 농촌 정경은 "식민지 조선 농촌의 변화를 노동자계급의 시각에서 구체적 형상으로 반영"[124]하기 위한 전경화 이상의 의미를 지니지 못한다. 여기서 원터는 궁핍하고 무기력한 농촌을 넘어서 노농계급의 해방을 위한 투쟁의 공간으로 전이되어 나타난다.

이 과정에서 대부분의 사건은 계급의식을 강조하는 논평적인 서술을 통해 전개되고 있다. 안갑숙(옥희)의 노동의식의 중요성에 대한 역설을 비롯해 인동, 인순, 경호 등을 통한 계급적 각성에 대한 강조가 그것이다. 이것은 사상과 윤리의 결합으로 이데올로기 교육이나 정치적 계몽에 연관된 서사 양식이다. 더 나아가, 노동자로 성장한 인순을 바라보는 박성녀의 화려한 수사와 비유는 무식한 그녀와는 어울리지 않는 작가의 논평적인 목소리에 불과하다. 이처럼 후반부는 미학적인 관점에서 농촌사회를 총체적으로 형상화한 전반부와는 달리 정치적인 도식성을 드러내고 있다. 이것은 사회주의 이데올로기의 주입을 위한 소설의 논설화에 다름이 아니다. 따라서 "독자에게 근원적으로 교훈적임을 신호하는 정치적, 철학적 또는 종교적인 교의의 정당성"[125]을 드러내는 권위주의 소설의 양상을 취하게 된다.

이 작품의 후반부는 인순과 같은 원터의 젊은이들의 "농민층 분해의 한 양상으로서 노동자로의 계급전이"[126]를 보여주고 있다. 그녀가 취업한

---

124) 이상경, 『이기영 시대와 문학』, 풀빛, 1994, 179면.
125) 이재선, 앞의 책, 155면.
126) 김외곤, 『한국근대리얼리즘문학 비판』, 태학사, 1995, 205면.

제사공장은 원터 인근에 자리 잡고 있지만 농촌사회와는 별개인 자본주의를 상징하는 산업화된 공간이다. 이곳에서 그녀는 가혹한 노동 체험을 통하여 자본주의의 모순점을 깨닫고 있다. 이런 도시와 농촌의 연계성은 식민지의 현실을 포괄적으로 조망하기 위한 총체적인 공간인 동시에 노농의 계급적 연대를 통해 혁명적인 계급투쟁을 강조하기 위한 문학적 장치에 해당한다. 말하자면, 당시의 사회주의 운동과 관련하여 "노동운동과 소작운동의 공동전선 형성"[127]을 위한 노농동맹의 문학적 형상화에 초점이 맞추어져 있는 것이다.

『고향』은 역사적 진보의 방향성과 관련하여 반동적인 자본주의적 경향에 대응하는 계급적 대립 양상을 취하고 있다. 이것은 자본주의로 대표되는 탁락한 세계에 대항하여 진정한 삶의 가치를 추구하는 전투적 행동양식으로 나타난다. 작중인물들은 이상과 현실 사이에서 끝없이 문제를 일으키는 "세계사적 개인"[128]으로 형상화되어 있는데, 이 과정에서 사회적 환경과 인간의 실천적 능력은 끊임없는 교호작용을 일으켜 하나의 통일된 역사적 총체를 이루게 된다. 루카치의 변증법의 논리를 빌어 설명하면, 이것은 "역사는 그 단계마다 하나의 통일된 전체를 이루면서 또 동시에 이 통일체는 그 내부 모순의 전개와 더불어 다음 단계의 보다 높은 통일 속에 지양"[129]되는 것을 의미한다.

이런 관점에서 외부적 현실에 대한 객관적 묘사보다는 그 환경을 극복해 가는 인물의 실천적인 행위에 초점을 맞추고 있다. 더 나아가, 소작인과 노동자가 계급투쟁에서 승리하여 새로운 먼동이 트는 아침을 맞는 것으로 끝맺고 있다. 그런데 이것은 게오르크 짐멜Georg Simmel이 "사회를

---

127) 조동걸,『일제하 한국농민운동사』, 한길사, 1979, 162면.
128) 김윤식,『한국근대문학사상 비판』, 일지사, 1987, 249면.
129) 김우창,『지상의 척도』, 민음사, 1985, 152면.

항상 부자들이 이기는 전쟁터"130)로 규정하고 있듯 자본주의의 논리가 지배하는 현실의 법칙과는 상당한 괴리가 있다. 산업사회의 부르주아는 철저한 계획과 냉정한 이성을 통해 무지하고 빈궁한 프롤레타리아를 지배하고 있기 때문이다. 그런 만큼 도식적인 승리의 결말 구조는 사회 현실의 객관적 제시보다는 낙관주의적 관점에서 계급투쟁의 지향점을 제시한 것에 해당된다.

여기서『고향』의 후반부는 안갑숙을 중심으로 한 김희준과 곽경호의 애정 문제와 노동자와 농민을 연계한 노농투쟁이 서사의 핵심을 이루게 된다. 전자의 인물들은 적지 않은 차이점에도 불구하고 지식인이라는 공통점을 지니고 있다. 이것은 프로문학의 요체가 프롤레타리아의 잠든 의식을 깨우기 위한 교육에 있음을 의미하는 것이다. 자본주의 사회에서 교육은 물질적인 부의 축적과 직결되어 있다. 이 지배 구조의 재생산을 위해서 안승학과 권상철은 그들의 자녀들을 서울의 상급학교로 진학시키고 있다. 이에 비해 노동자와 소작인은 사회적 상승을 위한 모든 교육의 혜택으로부터 유리되어 있다. 그런 만큼 부르주아와의 투쟁은 자산이나 자본 이전에 지식의 문제로 압축될 수밖에 없다. 대부분의 프로문학이 귀향모티브를 지닌 남성 지식인을 주인공으로 설정하는 이유도 이런 사실과 밀접한 연관이 있다.

사회주의 리얼리즘은 혁명적 낭만주의와 표리의 관계를 이루고 있다. 이것은 안갑숙을 통하여 구체적으로 드러난다. 그녀가 고등교육을 받았다는 사실은 계급투쟁의 과정에서 가장 중요한 사회적 힘으로 작용하고 있다. 이러한 변증법적 역사의 전개 과정을 효과적으로 전달하기 위한 서사 기법과 관련하여 그녀는 낙관주의적 전망이 강하게 반영된 인물이다.

---

130) 유기환,『노동소설, 혁명의 요람인가 예술의 무덤인가』, 책세상, 2003. 140면.

프로문학의 본령이 자본주의 사회에 대한 비판이 아니라 그것의 변혁에 있다고 할 때, 그녀의 계급적 전이는 단순한 노동자를 넘어 무지한 그들의 투쟁정신을 일깨우는 교육적 효과에 맞닿아 있기 때문이다. 더 나아가, 이것은 소작인과 노동자의 쟁의를 노농투쟁이라는 하나의 범주로 묶는 결정적인 역할로 확대되고 있다.

이와 같은 안갑숙은 "'노동계급의 낙관적 미래'와 '영웅주의'를 결합"[131] 한 새로운 지식인 노동자의 출현을 의미한다. 대부분의 프로문학은 "헤겔의 변증법적 관념론을 뒤집어놓은 마르크스의 변증법적 유물론을 예증"[132])하는 데 초점을 맞추고 있다. 이처럼 주인공들의 삶의 양상이 의식을 지배하고 있다. 이에 반해 그녀는 부르주아 지식인으로서의 모든 기득권을 포기하고 제사공장의 노동자로의 변이를 통하여 자기의 정체성을 확보하고 있다. 따라서 현실적인 인물이라기보다는 "관념의 화신"[133]으로 비판될 만큼 의식이 삶을 결정하고 있다.

이런 관점에서 안갑숙은 애정문제와 계급투쟁의 두 대조적 담론을 자연스럽게 잇는 매개적인 인물로서 뿐만 아니라, 이 문제들을 실질적으로 지속과 중단을 결정하는 주도적인 역할을 하고 있다. 그런데 전투적 주인공들은 혁명의 영웅인 동시에 사랑의 희생자들이듯, 이들에 있어서 사랑과 혁명은 양립할 수 없는 명제로 나타난다. 이들이 변혁해야 할 자본주의 사회는 자본과 지식을 앞세운 부르주아의 지배 구조가 공고하게 확립되어 있기 때문이다. 이러한 계급적 모순을 타파하기 위해 요구되는 것은 지적 노력보다는 실천적 행동이다. 그러므로 계급적 견지에서 "비록 동일한 여자라 할지라도 저편이 부르이거든 무자비하게

---

131) 위의 책, 180~181면.
132) 위의 책, 36면.
133) 안함광, 「「로만」 논의의 제 과제와 「고향」의 현대적 의의」, 『인문평론』, 1940년 11월호, 35면.

투쟁"134)해야 하는 사회주의자에게 있어서 사적인 감정의 죽음은 필연적일 수밖에 없다.

> 그렇다면 이 시대는 자유를 누르랴 할 것이 아니라 먼저 부자유
> 와 싸워야 할 것이다……. 그렇다면 연애니 가정이니 하는 것은 도
> 모지 문제 이외가 아닌가.135)

그러나 안갑숙은 사회주의 혁명에 투신한 인물임에도 불구하고 사랑의 문제로 갈등을 겪고 있다. 이것은 그녀를 중심으로 한 김희준과 곽경호의 애정의 삼각관계를 통하여 더욱 두드러지게 나타난다. 이들은 적지 않은 차이점에도 불구하고 사랑과 계급투쟁이라는 두 욕구로 갈등을 겪고 있다. 이것은 양립할 수 없는 문제이지만 이들이 추구하는 공통된 욕망이기도 하다. 이런 구도와 갈등은 전대의 프로문학과는 대별되는 변모된 양상 가운데 하나이다. 또한 계급투쟁과 연관된 지식인의 연애라는 점에서 성적 본능을 앞세운 인동과 방개의 애정 문제와도 분명한 차이점이 있다.

연애에 대해 안갑숙은 일차적으로 감상적 태도를 보이고 있다. 이것은 김희준과의 관계에서 두드러지게 나타난다. 그녀는 어릴 때부터 연정을 품어온 김희준에 대해 이성으로서의 관심을 보이고 있다. 이것은 아내와 애정 문제로 갈등을 겪고 있는 그 역시 마찬가지이다. 이점에서 두 사람은 서로에게 강렬한 성적 욕망의 대상이 된다. 그런데 교육의 정도는 사회적 계층의 "언어의 차이"136)를 가장 명확하게 보여주는 요소임에도 불구하고 이들의 대화에는 지식인으로서의 이성적인 사고와 논리가 반영되어 있지 않다. 그 역으로 신파조를 연상케 하는 감상주의로 일관하고 있

---

134) 이기영, 「부인의 문학적 지위」, 『근우』, 1929. 5. 341면.
135) 『고향』(상), 338면.
136) Bernard Spolsky, 앞의 책, 53면.

다. 이것은 계급혁명을 주도하는 "적극적인 인테리켄트의 대표적인 전형"[137]과는 거리가 멀다. 그보다는 "관습화된 감정 자체를 장식적으로 과장하고 이에 스스로 도취하는 경향"[138]을 드러냈던 1920년대 초기의 부르주아 문학의 연애 장면과 다를 바 없다.

> 아! 그는 무슨 심사로 남의 가슴에 불을 싸질렀는가? 웨 잔잔한 웅덩이 물에 돌덩이를 팽개치고 다러나는가? 웨 목마른 자에게 선만 보이고 안타깝게만 만드느냐.
> 그러나 그것은 누구의 죄인가? 그것은 과연 옥희의 죄이드냐? 그것은 누구 때문이냐? 이 세상에 그와 같은 일은 무수하다.
> (당신만 그러우? 나도 그렇소! 이 눈에서 눈물이 웨 나는 줄 아서요…? 내 가슴은 지금 왜 이리 뛸까요 – 자, 나를 어서 껴안어 주서요.)
> 하는 것처럼 옥희는 내리깔고 있든 가슴치레한 눈을 할끗 떠본다.
> 그의 눈–안타까운 눈! 희준이는 몸서리를 쳤다.[139]

이에 반해 안갑숙은 경호와의 관계에 있어서는 이성적인 태도를 견지하고 있다. 그녀는 경호와 육체적 관계를 맺었던 사실뿐만 아니라 계급투쟁의 사회적 실천을 위한 "길동무"가 된다는 전제 아래 약혼을 허락하고 있다. 이것을 계기로 오래 동안 이성에 눌렸든 본능적 충동이 맹렬하게 타오름에도 불구하고 정조만은 굳게 지키기로 결심하고 있다. 이처럼 이들의 연애는 사랑의 감정이나 성적 본능 이전에 이데올로기의 중요성이 강조되고 있다. 더 나아가, 수평적인 연인 관계라기보다는 사회주의 수련을 위해 일방적인 영향을 미치는 수직적인 관계로 형성되어 있다. 그녀의 모든 행위는 「재봉춘」, 「경호」 등의 장에서 보듯, 새로운 사회주의자의

---

137) 김남천, 「지식계급 전형의 창조와 「고향」의 주인공에 대한 감상」, 『조선중앙일보』 1935. 6. 30.
138) 김흥규, 『문학과 역사적 인간』, 창작과 비평사, 1980, 271면.
139) 『고향』(하), 652~653면.

탄생을 위한 의식화 과정에 초점이 맞추어져 있다.

애정의 갈등과 계급투쟁의 문제는 대부분의 프로문학이 그러하듯 소작쟁의의 타결 과정을 통하여 극적으로 해소된다. 장마로 수해를 입은 원터의 소작인들은 안승학에게 소작료를 면제해 줄 것을 청원하지만 거절당한다. 이 과정에서 김희준은 소작쟁의를 주도하지만 전투적 인물로서의 최소한의 지도력도 발휘하지 못하고 있다. 안갑숙의 경제적 지원이나 '고육계'와 같은 결정적인 역할을 통해 타결점을 찾고 있다. 그녀는 노농투쟁의 실질적인 주체로서 사회주의적 이상과 낙관적 전망을 상징적으로 보여주고 있다. 그 연애도 변증법적 관점에서 육체적 결합을 초월한 동지적 사랑을 지양하는 양상으로 나타난다.

> 그러나 이성간의 사랑은 단순한 개인과 개인의 결합만이 그 전부가 아닐 것입니다. 육체적 결합을 초월하고 결합되는 사랑! 동지적 사랑이라 할까?—이런 사랑이야말로 육체적 결합을 전제로 하고 출발하는 연애라는 것보다는 더 크고 영구적인 사랑인 줄로 나는 생각합니다.[140]

이러한 연애 담론은 계급운동의 사회적 실천과 관련하여 이데올로기적 도식성을 그대로 반영한 것이다. 그 연애의 양상도 본연적인 사랑의 문제보다는 투쟁의 일환으로 다루어지고 있다. 그런데 이것은 사랑의 역사가 문명적인 억압에 맞서 "더욱 더 본래성을 획득하는 방향"[141]으로 전개되어 왔던 사실과는 상치된다. 특히, 안갑숙은 "인조인간에 가까운 추상적인 이상화에 함락"한 "산송장"이나 다름없다는 비판[142]에서 보듯, 연

---

140) 『고향』(하), 693면.
141) Stephen Kern, 앞의 책, 16면.
142) 김남천, 「지식계급 전형의 창조와 『고향』 주인공에 대한 감상—이기영 『고향』의 일면적 비평」, 『조선중앙일보』 1935. 7. 2.

애를 단순한 사회적 진화의 수단으로 삼음으로써 이데올로기 문학의 한 계성을 노정하고 있다. 이처럼 관념적인 주인공은 사회주의 혁명을 위한 교육적 모델은 될 수 있을망정 인동과 방개와 같이 문예미학적인 측면에서 형상화된 인물과는 거리가 멀기 때문이다. 이런 의미에서『고향』의 연애 양상은 프로문학의 새로운 가능성과 더불어 극복해야 하는 문제점을 동시에 드러내고 있다고 할 수 있다.

4. 맺음말

카프는 제1차 방향전환을 계기로 프롤레타리아 혁명의식을 뚜렷하게 드러내었지만 문학적인 측면에서는 창작의 위축과 독자와의 단절이라는 결과를 초래하였다. 이러한 프로문학의 대중화론의 일환으로 김기진은 연애의 수용 문제를 제시하였다. 또한 1920년대 후반에는 콜론타이의 사회주의자의 사랑을 그린 작품들이 소개되어 커다란 영향을 미쳤다. 그러나 이들의 연애 담론은 프로문단에서 성적 문란을 상징하는 기호로 비판의 대상이 되었을 뿐 작품을 통해 구체화되지는 못했다.

이와 같은 프로문단에 사회주의적 리얼리즘이 새로운 창작방법론으로 제기되었다. 이것을 계기로 임화와 한효에 의해 제시된 방법론 가운데 하나가 낭만주의와 연애 서사의 문학적 수용이었다. 특히, 이기영은 공리성을 강조한 문학일지라도 소비대중을 목표로 삼은 대중적 문학을 지향해야 한다는 점에서 연애의 수용 문제를 제기하였다. 이러한 대중화론은 『고향』의 연애 서사를 통하여 구체화되고 있는 데, 이것은 프로문학의 새로운 활로의 모색과 관련하여 연애를 중요한 구성 요소로 파악했음을 의미하는 것이다.

『고향』은 전반부만 놓고 보면 발자크적 리얼리즘론에 입각하여 농촌

사회를 총체적으로 조망한 세태소설에 가깝다. 이것은 이데올로기 문학으로서의 사상성보다는 문예 미학으로서의 형상성에 초점을 맞추었음 의미하는 것이다. 그 중에서도 인동을 비롯한 방개, 막동 등이 펼치는 관능적인 연애담은 메인 플롯에 해당될 만큼 중요한 서사 구조를 이루고 있다. 이것은 성숙한 개인사에 영속하는 에로스의 관계를 산출하는 요인이 된다. 따라서 서구의 연애관에 경도되었던 부르주아 문학의 연애 서사와는 뚜렷하게 대비된다.

이들의 연애는 원초적 욕망인 성이 모든 형이상하적 요소를 우선하여 삶과 사랑의 지배하는 메타포가 되고 있다. 이러한 연애 서사는 작중인물의 단순한 삽화의 차원을 넘어 농촌 사회의 구체적인 삶의 풍경으로 전이된다. 보편적인 본능과 정조의 형상화를 통해 리얼리즘 문학으로서의 사실성을 배가시키고 있다. 이것은 프로문학의 도식성 극복뿐만 아니라 대중적 문학으로서 독자의 관심을 환기시키는 요인이 된다. 이점에서 농촌 사회의 로맨틱한 요소와 현실적인 삶의 모습을 동시에 포괄하고 있는 사랑의 풍속도에 해당된다고 할 수 있다.

『고향』의 후반부는 안갑숙을 중심으로 한 애정문제와 노동자와 농민을 연계한 노농투쟁이 서사의 핵심을 이루고 있다. 그녀는 부르주아 출신의 학생 신분에서 노동자로 전향하고 있다. 이것은 '노동계급의 낙관적 미래'와 '영웅주의'가 결합한 새로운 지식인 노동자의 출현을 의미한다. 이러한 계급적 전이는 무지한 프롤레타리아의 계급의식을 일깨우는 교육적 효과와 밀접한 연관이 있다. 더 나아가, 소작인과 노동자의 쟁의를 노농투쟁이라는 하나의 범주로 묶는 결정적인 역할로 확대되고 있다.

안갑숙은 감성의 죽음을 보이는 프로문학의 주인공들과는 달리 애정의 문제로 갈등을 겪고 있다. 김희준과 서로 상대방에 대해서 강렬한 성적 욕망을 느끼고 있다. 이에 반해 육체적 관계를 맺었던 곽경호에 대해서는 이성적인 태도를 견지하고 있다. 이러한 연애의 양상은 변증법적 관점에서 육체적 결합을 초월한 '동지적 사랑'을 지양하는 것으로 나타난다. 그런 만큼 본연적인 사랑의 문제보다는 계급운동의 사회적 실천에 초점이 맞추어져 있다. 이처럼 문예 미학보다는 도식적인 투쟁의 논리가 지배하고 있다. 이런 의미에서『고향』의 연애 서사는 프로문학의 새로운 가능성과 더불어 한계점을 동시에 보여주고 있다고 할 수 있다.

제3절 프롤레타리아 문학과 여성지식인의 형상화

1. 머리말

『황혼』은 한설야가 '신건설사 사건'으로 투옥되었다가 출옥한 직후에 조선일보에 연재(1936. 2. 5~10. 28)되었다. 이 시기의 카프는 10여 년 동안 정론성을 중심으로 한 문학 논쟁과 비평을 주도해 왔음에도 불구하고 창작의 면에서는 한계성을 드러내고 있었다. 그 해산을 전후하여 가해진 일제의 폭압과 더불어 박영희·신유인·백철 등 연맹원들이 전향이나 탈퇴하였고, 임화나 김남천을 비롯한 핵심 간부들은 문학사 연구나 관념론과 같은 애매한 태도를 취하고 있었다. 따라서 이들이 주도했던 "주조 탐구의 비평은 걷잡을 수 없는 카오스를 노정"[143]하고 있었다.

이 시기의 문단적 상황과 관련하여『황혼』은 카프 해산 이후의 프로문학의 새로운 문학적 진로와 대응 양상을 가늠해 볼 수 있는 척도가 된다. 이 시기의 한설야는 인간과 환경을 조망하기 위한 창작방법론으로

---

143) 김윤식,『한국문예비평사연구』, 일지사, 1983, 203면.

발자크적 리얼리즘을 택하고 있다. 이것은 식민지 한국사회의 여러 계급과 집단에 대한 총체적인 형상화를 가능하게 했던 요인이 된다. 이 방법론은 1933년을 전후하여 프로문단에서 제기되었던 사회주의 리얼리즘과 변별적 차이점은 없다. 이처럼 프로문학론의 연장선상에서 통속성과 대중성의 확보144)를 통해 창작의 질식화 현상의 타개를 시도하고 있다. 이것은 문학적 관심사가 카프의 해체 이후에도 프로문학에 놓여 있음을 의미하는 것이다.

이런 측면은 작중인물의 구조를 통하여 구체적으로 드러난다. 그 대표적인 인물이 부르주아 계급인 안중서나 현옥과는 대비되는 려순, 경재, 준식 등이다. 이들은 각자가 처한 사회적 환경에 따라 대응 양상의 차이점을 보이고 있다. 이처럼 대비되는 인물의 행동 양식은 중심인물에 대한 상이한 견해145)를 드러내게 되는 요인이 된다. 더 나아가, 작품의 문학적 성과와 관련하여 상반된 평가가 도출되는 준거의 틀로 작용하고 있다. 사실성의 결여로 프로문학의 관념적 한계성을 극복하지 못했다는 부정적인 견해146)와 노동자 계급의 삶과 의식을 구체적인 현실을 통해 형상화했다는 긍정적인 견해147)가 그것이다.

---

144) 그 대표적인 주장으로 이기영의 다음과 같은 글(「문예시평」, 『청년조선』, 1934. 10. 90면)을 들 수 있다.
「대중성은 보편성을 가진 데 있다. … 그렇지 않으면 대중이 이해를 못한다. 난삽한 문구나 너무 고급적 전문적 용어를 사용한 문학은 우선 그들이 이해할 수 없기 때문이다. 위대한 문학일수록 통속화한다는 것은 이 단순성과 간이성을 말함이 아닌가?」

145) 이 작품의 주인공으로 논자에 따라 려순(서경석, 「한설야 문학 연구」, 서울대학교 박사 논문, 1992), 준식(계북, 『<고향>과 <황혼>에 대하여』, 조선작가동맹출판사, 1958), 경재(김재영, 「한설야 문학 연구」, 연세대학교 석사 논문, 1990) 등을 각각 들고 있다.

146) 김윤식, 『한국 현대 현실주의 소설 연구』, 문학과 지성사, 1990.
서경석, 「한설야론」, 『한국 근대리얼리즘 소설 연구』(김윤식·정호웅 편), 문학과 지성사, 1989.

147) 김재용, 「일제시대의 노동 운동과 노동 소설」, 『변혁의 주체와 한국문학』, 역사

그럼에도 불구하고 중심인물은 작가의 "육친애에 가까운 실감"[148]이 반영된 려순이다. 그녀는 경재나 준식과 같은 정적 인물에 비해 서사 구조를 주도하는 발전적 인물이다. 여성 행위자 기능의 발전은 교육의 확대와 밀접한 연관이 있다. 교육은 개인적 성숙뿐만 아니라 사회적 활동의 기반이 되기 때문이다. 그녀의 지적 수련은 사회주의자로서의 성장 과정을 의미한다. 여성의 사회주의 운동은 1925년 '조선여성해방운동총동맹'의 결성[149]과 더불어 시작되었다. 이것은 여성의 사회적 역할과 기능이 증대되었음을 의미한다. 그런데 이런 사실은 프로문학의 전개 과정에서는 반영되지 않았다. 남성주인공의 "강령의 해석"과 같은 목소리가 "선전문이나 삐라"의 형태로 나타났을 뿐이다.[150] 따라서 려순과 같은 여성지식인의 문학적 수용은 이들의 사회적 기능의 확대와 표리의 관계를 이루는 것으로 볼 수 있다.

려순의 행위자 기능은 전통적인 소설의 여성지식인과는 뚜렷하게 대비된다. 그녀는 사회주의 혁명과 관련하여 투쟁문예에서 요구되는 전형적 인물이다. 주체적 인물로서 개인적 역할과 사회적 기능을 수행하고 있다. 이것은 고도의 윤리의식과 투철한 행동 양식을 통해 명확하게 드러난다. 그 구체적인 예가 연애 서사와 노동운동의 과정에서 보여주고 있는 대응 양식이다. 『황혼』은 프로문학을 대표하는 여성지식인 소설에 해당된다고 할 때, 그에 대한 온당한 해명을 위해서는 작중인물에 대한 치밀

와 비평사, 1989.
　김　철, 「황혼과 여명－한설야의 "황혼"에 대하여」, 『황혼』, 풀빛, 1989.
　유기환, 『노동소설, 혁명의 요람인가 예술의 무덤인가』, 책세상, 2003.
148) 한설야, 「황혼의 려순」, 『조광』, 1939. 4. 147면.
149) 김팔봉, 「시사소평」, 『김팔봉 문학 전집 IV』(홍정선 편), 문학과 지성사, 1989, 590면.
150) 이기영, 「창작방법의 문제에 관하여」, 『동아일보』 1934. 5. 31.

한 분석이 요구된다. 이런 의미에서 려순의 연애 서사와 노동운동의 양상 분석을 통해 문학사적 의의를 규명해 볼 필요가 있다.

2. 여성지식인의 수용과 전개 과정

사회주의적 관점에서 볼 때 노동자와 여성은 자본주의 사회의 대표적인 피착취 계층에 해당된다. 이것은 부르주아와 노동자, 남자와 여자의 관계를 동일한 계급적 관점에서 파악했음을 의미하는 것이다. 이처럼 여성의 문제는 노동자와 공동의 운명체로서 노동계급의 해방 운동과 동일한 차원으로 인식하였다. 그 중에서도 남성 중심의 "부르조아 가족제도에 잔재한 봉건적 요소의 억압"[151]으로 인하여 예속 상태에 놓여있는 희생자로 보았다. 이것을 타파하기 위해서는 노동계급의 해방을 지양하는 프로문학만이 완전한 여성문학을 세울 수 있다는 것이다. 그런 만큼 여성의 문제는 성(gender)의 정체성 확립이나 자아 각성과 같은 본연적인 측면보다는 이데올로기의 실천을 위한 투쟁의 관점이 강조되었다.

이러한 양상은 고리키의 『어머니』(1906)를 통해 구체적으로 제시된 바 있다. 이 작품은 "불의와 투쟁하는 노동자 대중과 그 지도자들을 묘사하고 다룸으로써 그때까지의 문학에 보이지 않던 새로운 요소"[152]를 보여주고 있다. 이 과정에서 나타샤, 카센카 등 여성지식인들은 파벨를 비롯한 무식한 노동자의 의식화 교육을 주도하고 있다. 이에 반해 카프에서의 여성 문제는 창작방법론의 측면에서 단편적으로 논의되었을 뿐 작품을 통해 구체화되지는 못했다. 자연발생기의 빈궁문학에서 아내를 비롯한 식구들이 "육신과 정신을 뜯어먹는 아귀들"[153]이라면, 제1차 방향전환 이후의 작품

---

151) 백   철, 「문화시평」, 『신여성』, 1932. 2. 38면.
152) 마르스 스로님 외, 『러시아문학과 사상』(김규진 역), 1980, 신현실사, 175면.
153) 조명희, 「저기압」, 『낙동가』, 슬기, 1987, 51면.

에서는 계급적 모순에 의해 성과 노동을 착취당하는 희생자들로 묘사되어 있다. 조명희의 「낙동강」의 로사와 한설야의 「뒷걸음질」의 C가 여성지식인으로 설정되어 있지만 지식인다운 행동 양식을 보여주지 못하고 있다. 전자가 애인인 박성운의 일방적인 사회주의 교육과 주입의 대상이라면 후자는 실연으로 방황하는 감상적인 여성상으로 그려져 있을 뿐이다.

이와 같은 한국문단에 1920년대 후반에 소개된 『적련』, 『삼대의 사랑』 등은 "콜론타이주의"154)로 불릴 만큼 커다란 영향을 미쳤다. 이들 작품을 통하여 제시된 여성의 이상적인 삶은 정신과 육체, 공과 사의 구분이었다. 정신이 사회주의 혁명을 위한 공적 활동이라면 육체는 본능의 향락과 연관된 사적 활동을 의미하는 것이었다. 그 주인공인 바시랴나나 게니아는 전통적인 결혼 제도를 거부하는 독신 여성으로서 "국가·가정·사회 속에서 여성의 노예 상태를 저항하며, 성의 반영물로서 그들의 권위를 위해 싸우는 여주인공들"155)로 형상화되어 있다. 그런데 한국문단에서 이것은 이광수의 『혁명가의 아내』에서 여류혁명가인 방정희의 추잡한 치정관계156)에서 보듯, 여성 해방을 위한 기제보다는 성적 문란을 상징하는 기호로 통용되었다. 더 나아가, "눈앞의 방탕을 합리화하기 위해 '붉은 사랑'이라는 명분이 동원"157)될 때가 많았다. 콜론타이가 사회주의 종주국의 대표적인 여성 혁명가이자 외교관이라고 할지라도 그 작품들은 카프 내에서도 신랄한 비판의 대상158)이 될 수밖에 없었다.

154) 「「코론타이주의」란 어떤 것인가?」, 『삼천리』, 1931. 11. 112면.
155) 최혜실, 『신여성들은 무엇을 꿈꾸었는가』, 생각의 나무, 2000, 140면.
156) 이와 같은 이광수에 대해 이기영은 「「혁명가의 아내」와 이광수」(『신계단』, 1934. 4. 104면)에서 다음과 같이 신랄하게 비판하고 있다.
「이 작자는 일련의 맑스주의자─사실은 알 부랑자 변태성욕자 음남 음녀─인 사이비 혁명가를 예술적으로 표현해서 그들의 추악한 행동을 독자대중에게 폭로시켜서 그들로 하여금 XXX주의자와 이반시키자는 음험한 이간책을 쓰자는 것이다.」
157) 권보드레, 『연애의 시대』, 현실문화연구, 2004, 202면.
158) 그 대표적인 글로 진상주, 「푸로레타리아 연애의 고조─연애에 대한 계급성」

프로문학의 이런 측면은 이광수를 비롯한 김동인, 나도향 등의 작품과
는 뚜렷하게 대비된다. 이들의 작품은 여러 유형의 여성지식인이 등장할
뿐만 아니라 그 나름대로 변모된 사회에서의 다양한 행동 양식을 보여주
고 있다. 그 예로『무정』은 통속적인 센티멘털리즘이라는 비판에도 불구
하고 이형식을 중심으로 한 사제 관계는 "상승계층의 세계관"으로서의
"시대의 방향성에 직결된 진취성"을 보여주고 있다.[159] 그러나 프로문단
은 제1차 방향전환을 계기로 투쟁의식이 강조됨에 따라 정치투쟁 일변도
의 작품 경향만을 드러내었다. 특히, 극좌적 소장파가 카프의 주도권을
잡은 제2차 방향전환(1931)을 계기로 하여 문학의 볼셰비키화가 강화되
었다. 따라서 여성의 문제와 관련된 "애정이나 눈물은 투쟁 의식을 마비
시키는 독소"[160]에 불과했다.

이런 의미에서 1933년을 전후하여 제기된 사회주의 리얼리즘론은 "프
로문학 재건운동의 봉화"[161]로 카프의 새로운 문학적 출구가 된다. 이전
의 유물변증법적 리얼리즘은 창작의 질식화 현상 뿐 만 아니라 독자와 유
리된 동인문학에 불과했다. 이것을 극복하기 위해서는 시장성과 대중화
문제가 선결되어야 했다. 이기영은 "위대한 문학일수록 통속적"[162]이라
는 전제 아래 대중화론의 요체를 통속성에서 찾았다. 공리성을 강조한 문
학일지라도 "로맨틱하고 히로익함에 유의할 필요"[163]가 있다는 것이다.
더 나아가『고향』의 문학적 성과를 "우익적 경향"[164]을 반영한 결과에서

(『삼천리』 1931. 7), 민병휘, 「애욕문제로 동지에게」(『삼천리』, 1931. 10) 등을
들 수 있다.
159) 김윤식,『한국근대문학사상사』, 한길사, 1984, 42~43면.
160) 김윤식,『한국근대문예비평사 연구』, 일지사, 1983. 91면.
161) 이기영, 「창작방법의 문제에 관하여」,『동아일보』 1934. 5. 30.
162) 위의 글, 1934. 6. 5.
163) 「문예시평」,『청년조선』 1934. 10. 92면.
164) 「사회적 경험과 수완」,『조선일보』 1934. 1. 25.

찾았듯이, 부르주아 문학을 통해 문학적 유산을 많이 섭취할 것을 강조하였다. 이것은 도식적인 투쟁문예에서 벗어나 새로운 문학적 지평을 제시한 것을 의미한다.

이 문제와 관련하여 한설야는 환경과 인물의 면밀한 교호관계를 투시할 수 있는 창작방법론으로 발자크적 리얼리즘을 제시하고 있다. 신흥예술은 신흥계급의 발상지인 생산 현장이나 노동 실상을 그리는데 초점을 맞추었지만 기술적 미숙과 생경의 어색함으로 유형화 고정화의 돌제(突堤)로 질주하는 경향을 드러내었다는 것이다. 따라서 문학적 진실을 구현하기 위해서는 "구체적 현실성"과 "주체적 진실성"의 통일이 요구된다고 보았다.[165] 이와 더불어 '리얼리즘이란 세부의 현실성 외에는 전형적인 환경 중의 전형적인 성격의 완벽한 표현을 말한다'는 엥겔스의 말을 인용해 사상과 감각의 통일성을 강조하고 있다. 이처럼 사회주의 이데올로기를 근간으로 한 정론성과 더불어 예술적 형상화의 문제에 논의 초점을 맞추고 있다.

> 두말할 것 없이 예술은 형상의 창조에 시(始)하여 형상의 창조에 종(終)하는 것이며 이른바 이 형상(재현된 행위의 시스템, 또는 재현된 성격)이란 곧 사상과 감정의 통일이라야 하는 것이다. 즉 현실의 반영으로서 나타나는 형상(예술)은 다시 말하면 감각적 형식가운데 있는 사상, 관념이라고 나는 생각한다.[166]

이와 같은 창작방법론은 『고향』과 『황혼』을 통해 구체적으로 반영되고 있다. 이것은 이데올로기 문학으로서의 정론성과 대중성의 조화를 의미한다. 그 대표적인 성과 가운데 하나가 신여성에 대한 문학적 수용이다. 그러나 사회주의자의 관점에서 볼 때 신여성은 "자본주의의 특권의

---

165) 한설야, 「기교주의의 검토」, 『조선일보』 1937. 2. 6~2. 9.
166) 「감각과 사상의 통일」, 『조선일보』 1938. 3. 8.

혜택 밑에 자란 인텔리 여성"으로 문화를 신식이나 유행과 같은 천박한 의미로 이해하여 "허영의 데모 행진"이나 하는 부류에 불과했다.[167] 계급 투쟁과는 상치되는 퇴폐적인 부르주아 문화를 대표하는 계층으로 비판의 대상이 될 수밖에 없었다.

이런 의미에서 『고향』의 안갑숙과 『황혼』의 려순은 이전의 여성들과는 대비되는 이념형 인물에 해당된다. 프로문학은 자본주의의 체제에 맞서 사회주의 혁명의 필연성을 제시하는 데 있다. 그런 만큼 "독자에게 근원적으로 교훈적임을 신호하는 정치적, 철학적 또는 종교적인 교의의 정당성"[168]을 강조하는 권위주의 소설의 양식을 취하게 된다. 프로문학이 전투적인 인물을 주인공으로 설정하고 있는 이유도 이런 사실과 밀접한 연관이 있다. 그런데 투쟁의 주도적인 역할은 남성 주인공에 한정되어 있었다. 그것은 "무지한 농촌 여자를 잘 발전시켜서 새로운 성격을 창조하는 동시에 그를 사회적으로 교양과 세련을 시켜서 신여성에게까지 끌어 올릴 수 없다"[169]는 결정적인 한계점이 놓여 있었기 때문이었다.

이에 반해 안갑숙과 려순은 프로문예에서 요구되는 "굳은 의지력과 불길같이 타오르는 반역의 정신과 철저한 모성의 자각과 현실에 대한 성찰"[170]을 보여주고 있다. 여성지식인의 문학적 형상화는 프로문학의 한계성을 극복할 수 있는 전거가 된다. 남성 중심의 인물 구조에 새로운 지평을 제시한 것에 해당되기 때문이다. 이들은 사회주의 사상과 윤리를 결합한 인물로서 연애 서사와 계급투쟁을 주도하는 역동적인 기능을 수행하고 있다. 이것은 여성의 자아 정체성의 확립뿐만 아니라 사회적 역할의 필요성이 반영되었음을 의미하는 것이다.

---

167) 안함광, 「여성과 문화문제」, 『신여성』, 1933. 2. 28~29면.
168) 이재선, 『현대소설의 서사시학』, 태학사, 2002, 155면.
169) 이기영, 「동경하는 여주인공」(『조광』, 1939. 4.), 『카프비평자료총서 Ⅷ』, 390~391면.
170) 김팔봉, 「신여성과 신윤리」, 앞의 책, 564면.

이 문제와 관련하여 『고향』은 안갑숙을 중심으로 한 애정 문제와 노동운동이 서사의 핵심을 이루고 있다. 그 중에서도 연애의 양상은 성적 욕망이나 육체적 결합을 초월한 "동지적 사랑"[171]을 지양하는 것으로 나타난다. 그 실현을 위하여 자산가 계층의 지식인에서 공장 여공으로 계급적 전이를 실천하고 있다. 그런데 이것은 이데올로기의 변모 과정이 생략된 채 급진적으로 이루어지고 있다. 그런 만큼 추상적인 이상화에 함락한 "산송장"[172] 내지는 환경의 필연성이 부족한 "관념의 화신"[173]으로 비판되고 있다. 이점에서 『황혼』의 여순은 새로운 여성 지식인상으로서의 변증법적 지양을 보여주고 있다는 점에서 중요한 성찰의 대상이 된다.

3. 연애 서사와 노동운동의 양상

1) 연애 서사와 희생의 대응 논리

『황혼』은 중일전쟁 직전의 식민지의 현실을 다양한 관점에서 형상화해 놓고 있다. 이것은 리얼리즘 문학으로서 "생활을 재현"[174]하는 문제와 밀접한 연관이 있다. 그 중에서도 전반부는 암울한 시대 상황 속에서의 여러 층위의 지식인의 삶의 양상을 다루고 있다. 그 대표적인 인물이 경재, 려순, 현옥, 형철 등이다. 이들 가운데 려순을 제외한 나머지 인물들은 일본 유학생 출신으로 사회주의 사상에 심취되었던 지식인들이다. 그런데 이들

---

171) 이기영, 『고향』(하), 풀빛, 1987, 693면.
172) 김남천, 「지식계급 전형의 창조와 『고향』 주인공에 대한 감상―이기영의 『고향』의 일면적 고찰」, 『조선중앙일보』 1935. 7. 2.
173) 안함광, 「로만 논의의 제 과제와 『고향』의 현대적 의의」(『인문평론』 1940. 11), 『카프비평자료집 Ⅷ』, 418면.
174) 한설야, 「사실주의 비판」, 『동아일보』 1931. 5. 2.

은 경재와 현옥의 행동 양식에서 보듯, 이상과 현실의 괴리라는 부조리한 양상으로 갈등을 겪고 있다. 사상과 이념은 현실적 대응력의 상실은 물론 물질적 타락과 허무주의로 전락케 하는 요인으로 작용하고 있다.

이것은 연애 서사를 통하여 구체적으로 드러나고 있다. 이들의 연애 양상은 애정 문제를 다룬 대부분의 소설이 그러하듯 경재, 려순, 현옥 등의 삼각관계를 중심으로 전개되고 있다. 전통적인 소설에서의 연애 서사는 "성숙한 개인사에 영속하는 에로스를 산출"175)하기 위한 제도적 장치로서의 결혼이라는 목적에 이르는 과정으로 제시된다. 그것은 "긴밀하게 얽혀있는 가족과 계층적 질서가 확고한 사회를 지지하는 지배적인 가치와 부합되는 것"176)이기 때문이다. 이점에서 연애 담론은 개개인의 생활 속에서 경험되는 주관적인 감정의 변화를 통해 당대의 여러 제도와 이념, 관습들이 충돌하고 형성되는 과정을 총체적으로 보여주고 있다.

그러나 프로문학에서의 연애 담론은 이데올로기의 지적 수련 과정에 서사의 초점이 맞추어져 있다. 『황혼』의 연애 서사 역시 마찬가지이다. 경재, 려순, 현옥 등은 지식인이라는 공통점을 지니고 있지만 이들의 지적 수련은 전혀 다른 과정을 통하여 이루어지고 있다. 그 중에서도 경재와 현옥은 이미 언급했듯이 일본 유학의 과정에서 사회주의 사상을 취득하고 있다. 이러한 사상적 유대는 두 사람이 "동지"에서 "이성으로서의 사랑"을 느끼는 관계로 발전하는 요인이 된다. 그런데 이들이 체득한 사회주의는 "있는 것보다 없는 것을 외려 자랑으로 생각"하는 사조로 "받는 사람보다 주는 사람이 되려 미안함을 느끼는 특수한 심리상태"를 의미한다. 이처럼 현실적인 경제 논리보다는 관념적인 이상주의가 반영된 애정 관계이다.

이에 반해 고학으로 S여자고보를 졸업한 려순은 여성지식인이 극히 일

---

175) H. 마르쿠제, 『에로스와 문명』(김종호 역), 박영사, 1975, 224면.
176) 스티븐 컨, 『사랑의 문화사』(임재서 역), 말글빛냄, 2006, 658면.

부에 지나지 않았던 시대적 상황에 비추어 볼 때 특수하고 예외적인 개인에 해당된다. 여자 고학생들이 사회적인 주목을 받기 시작한 것은 1922년에 결성된 '여자 고학생 상조회'부터였다. 이것은 "여성해방문제를 사회구조와 관련시켜 이해하는 사회주의 여성운동으로 변해가는 과도기의 모습"[177]이 반영된 것이었다. 이 과정에서 신여성은 성적 타락이나 조장하는 부류로 비판되었음에도 불구하고 교육은 자아 정체성을 확립뿐만 아니라 사회적 활동을 위한 가장 확실하고도 중요한 과정으로 인식되었던 것이다. 특히, 부르주아 계층일수록 교육은 신분의 상향 이동을 위한 전제조건이 된다는 점을 명확하게 인식하고 있었다. 그녀가 입주 가정교사로 학업을 마칠 수 있었던 것도 이들 계층의 교육에 대한 열기 때문이었다.

지식인으로서의 려순의 현실 대응 양상은 연애와 취업의 문제를 통해 명료하게 나타난다. 1930년대 지식인소설의 주인공들은 대부분이 생활고에 시달리는 "허무적 지식인"[178]으로 나타나듯, 졸업을 앞둔 그녀는 구직 문제로 장래에 대한 불안에 휩싸여 있다. 이 시기의 지식인들은 "일할"만이 취직되는 극도의 취업난으로 시대의 "속죄양"이 될 수밖에 없었기 때문이다. 이러한 려순의 불안은 경재와의 만남을 통하여 극적으로 해소된다고 할 때, 이 과정에서 지식인이라는 사실은 프롤레타리아의 한계성을 극복할 수 있는 가장 중요한 요인이 된다. 그만큼 지식은 현실적 실천력을 지닌 사회적 힘으로 작용하고 있다.

이런 측면에서 려순은 경재나 현옥과는 대비되는 삶의 양상을 보이고 있다. 젊은 지식인으로서 연애와 직장 생활에서 자기 정체성을 확립해 가는 과정이 그것이다. 이 과정에서 그녀는 여러 면에서 현옥과 비교되고 있는 데, 이 "두 사람은 심히 거리가 멀" 정도로 대조적인 것으로 나타난

---

177) 한국여성연구회 여성사분과 편, 『한국여성사』(근대편), 풀빛, 1992, 115면.
178) 조남현, 『한국지식인 소설 연구』, 일지사, 1984, 21면.

다. 려순은 졸업 후에도 꾸준히 지식을 연마하여 자기 성찰과 발전의 계기로 삼고 있다. 이에 비해 현옥은 일본 유학 시절 "맑스걸"이었지만 귀국 후의 삶은 전혀 다른 모습을 변모하고 있다. 아버지 안중서의 부를 바탕으로 저급한 부르주아의 소비문화만을 추종하고 있다. 이처럼 관념적 이데올로기의 허구성을 보여주는 전형적인 인물로 전락하고 있다.

> 려순은 학식으로도 현옥이보다 못하지 않다. 몸은 더 건강하고 성격도 훨씬 견실한 편이다. 그리고 얼굴은 말할 것도 없이 더 이쁘고 행실도 물론 더 점잖하다. 그러면 무엇 때문에? 이렇게 생각할 때 경재는 세속 인간의 비루한 생각을 미워하는 마음이 불끈 솟았다.[179]

이와 같은 려순에 대한 경재의 평가와 동정은 연애 감정으로 발전하는 계기가 된다. 계급적 차이를 초월한 사랑은 동경유학 시절에 추구했던 사회주의 이데올로기의 구체적인 실천 행위에 해당된다. 타락한 자본주의 사회의 물신 풍조에 맞서 사상과 이념의 실천을 위한 시발점이 되기 때문이다. 그런데 그는 현옥의 경박한 행동 양식을 경멸하면서도 현실 생활에서는 향유하는 이중적인 태도로 일관하고 있다. 려순에 대한 태도 역시 애정을 느끼지만 확고한 연애관을 견지하지 못하고 있다. 더 나아가, 경제적인 이익을 앞세워 현옥과의 결혼을 강권하는 아버지나 안중서의 회유에 대해 논리적인 대응력을 보이지 못하고 있다. 전형적인 쁘띠부르주아로서의 관념적 허구성과 계급적 한계성을 드러내고 있을 뿐이다. 따라서 려순과의 연애는 계급을 초월한 사랑보다는 무기력한 지식인의 현실도피적인 성격이 강하다.

---

179) 한설야, 『황혼』, 풀빛, 1989, 61면.

농촌에 가봐야 한다! 공장에 들어가봐야 한다!는 것은 책에서 얻은 지식이나 그것은 한낱 지식에 그칠 뿐이요, 참말 혈행이 되고 맥박이 되어서 그 몸을 슬기있게 역선으로 달음질치도록은 만들어 주지 못한다.

그는 괴로웠다.

어디로 갈까?…….

아득한 그의 앞에는 젊은 그때에 배우지 않고 깨닫고, 뜻지 않고 잡혀지는 사랑의 길가 무엇보다도 뻔히 열려있다.

려순에게로…….[180]

부르주아 문학에서 연애는 "부르주아 사회가 육체와 섹스에 작용하게 한 권력의 한 유형"[181]으로 다루어져 왔다. 여성지식인은 성적 일탈 내지는 남성의 욕망의 대상으로 제시되어 있다.[182] 그런 만큼 여성의 행위자 기능은 자아의 확립과는 거리가 멀다. 려순 역시 경재와의 관계에서 자신을 "무거운 짐 하나"로 인식하는 수동적인 태도를 취하고 있다. 특히, 안중서의 성적 유혹을 거절한 직후부터 경재에 대한 의존 관계는 심화되어 나타난다. 이 사건을 계기로 비서직을 그만두고 농촌으로 돌아갈 것을 결심하고 있다. 이것은 "경재와의 관계를 좀더 안온한 가운데 살려보려는 잠재의식"에서 기인한 것이다. 애정과 인격을 바탕으로 한 수평적인 관계보다는 보호와 피보호라는 일방적인 의존 관계를 견지하고 있는 것이다. 이처럼 그녀는 지식인으로서의 냉철한 현실인식과는 상반되는 감상주의적 태도를 노정하고 있다.

---

180)『황혼』, 108~109면.
181) 미셸 푸코,『성의 역사 1』(이규현 역), 나남출판, 2006, 69면.
182) 그 대표적인 인물로「약한 자의 슬픔」의 엘니자베드,「김연실전」의 김연실,『환희』의 이혜숙 등을 들 수 있다.

그러나 지금까지 보아온 바로는 경재는 결코 못 믿을 만한 사람
은 아니었고 또 자기의 뜻을 전연 돌보아주지 않을 만한 사람도 아
니었다. 물론 자기가 고향으로 돌아가는 때에는 그도 같이 가려고
할 것이요, 가서는 무슨 일이든지, 가령 농사짓는 일이라 하더라도
해낼 만한 사람이라 그는 생각하였다.[183]

일반적으로 프로문학의 주인공의 연애는 희생의 양상으로 나타난다.
이들에게 있어서 사랑과 혁명은 양립할 수 없는 명제이기 때문이다. 이것
은 『어머니』에서 여성들의 행동 양식만을 살펴보아도 자명해 진다. 나타
샤는 연애가 혁명에 방해가 될 것을 우려해 안드레이를 의도적으로 멀리
하고 있다면, 사센카는 파벨과의 사랑이 희생의 길임을 분명히 인식하면
서도 배우자로 기꺼이 선택하고 있다. 이들에게 중요한 것은 혁명이지 사
랑은 아니다. 이 과정에서 사랑의 시련은 투쟁의식을 고취하기 위한 수련
의 과정이 된다. 따라서 그 행위자 기능은 부르주아문학의 수동적인 여성
들과는 전혀 다르게 적극적인 양상으로 나타난다.

이런 측면은 려순의 연애 서사에도 그대로 반영되어 있다. 경재에 대한
그녀의 기대는 부르주아 계층의 이기주의를 인식하는 계기로 작용하고
있다. 그녀는 자기비판을 통해 경재에 대한 일방적인 의존관계를 청산하
고 새로운 관계를 정립하고 있다. 무의미한 사랑을 지속하려는 경재의 이
기적인 욕망에 맞서 단호하게 중단을 선언하는 행위가 그것이다. 사랑의
실패는 개인적인 애욕의 굴레에서 벗어나 계급주의적 관점에서 인간과
사회를 바라보는 출발점이 된다. 이것은 자본주의로 대표되는 타락한 세
계에 대항하여 진정한 삶의 가치를 추구하는 "세계사적 개인"[184]으로 변
모했음을 의미하는 것이다.

---

183) 『황혼』, 213면.
184) 김윤식, 『한국근대문학사상사 비판』, 일지사, 1987, 249면.

이렇게 생각해오다가 그는 문득 사랑을 얻어 사랑에 사는 것보다 그것을 스스로 내던지는 예사 사람으로는 좀처럼 해낼 수 없는 대담하고 장엄한 인간의 일면을 생각해도 보았다.[185]

이와 같은 려순에게 있어서 시련은 좌절보다는 극복의 대상이 된다. 자아 성찰을 통해 새로운 삶의 목표를 지향할 수 있는 이성적인 태도는 지적 수련과 밀접한 연관이 있다. 여성 교육의 확대와 심화는 지식인으로서의 사회적 참여와 기능의 발전이라는 근본적인 문제와 직결되어 있기 때문이다. 려순과 경재와의 연애 서사는 이러한 사실을 구체적으로 반영한 것에 해당된다. 따라서 여성지식인의 사회적·문화적 역할의 발전은 프로문학 특유의 "낙관주의적 전망을 가능케 하는 토대"[186]가 된다.

그럼에도 불구하고 이러한 연애 서사는 이데올로기문학의 도식성을 그대로 노정하고 있다. 이것은 사회 계층을 '동지'가 아니면 '적'으로 이원화한 계급주의적 관점에서 "미래를 사랑하려면 현재의 모든 것을 포기"[187]해야 한다는 연애나 결혼에 대한 부정적인 측면을 강조한 것에 다름이 아니다. 사랑의 역사가 문명적인 억압에 맞서 "육체, 생기 있는 몸이라는 관념을 회복시키고 이를 더욱 심화"[188]하는 방향으로 전개되었던 사실과는 상치된다. 관념적 주인공은 사회주의 혁명을 위한 교육적 본보기는 될 수 있지만 문예 미학의 측면에서 형상화된 인물과는 거리가 멀다. 이런 의미에서 『황혼』의 연애 양상은 프로문학의 새로운 가능성과 더불어 극복해야 하는 문제점을 동시에 내포하고 있다고 할 수 있다.

---

185) 『황혼』, 223면.
186) 유기환, 앞의 책, 174면.
187) 막심 고리키, 『어머니』(최민영 역), 석탑, 1985, 54면.
188) 스티븐 컨, 앞의 책, 115면.

2) 노동 운동과 낙관주의적 전망

『황혼』의 후반부는 노동소설로서의 경향성을 드러내고 있다. 이것은 노사의 대립과 갈등이라는 서사 구조를 통해 구체화된다. 려순의 노동자로의 직업적 전이[189]는 복합적인 의미를 내포하고 있다. 이것은 동일한 공간인 Y방적공장을 배경으로 이루어지고 있지만 전혀 다른 삶의 실상을 보여주는 단절된 세계이다. 이 과정에서 다양한 삽화의 형태로 제시되었던 연애 서사는 노동투쟁의 당위성을 강조하기 위한 전경화 이상의 의미를 지니지 못한다. 그녀는 비서로서의 체험을 통해 부르주아의 비도덕적·반사회적인 사고와 행동 양식을 인식하고 있다면 여공으로서의 노동 체험을 통해서는 자본주의의 모순점을 깨닫고 있다. 그런 만큼 직업적 전이는 "투쟁과 생활로부터는 단절되어 있는 수동적인 사변보다는 통찰력을 제공해 줄 수 있는 보다 더 엄밀하고 믿음직한 근거"[190]로서 현실 세계에 참여하는 것을 의미한다.

『황혼』은 동일한 노동자 계층일지라도 각자가 처한 상황에 따라 의식의 차이를 드러내고 있는 노동 현장의 실상을 다양한 각도에서 형상화해놓고 있다. 그 대표적인 인물이 려순과 대비되는 정님이다. 그녀는 여성운동에 참여했던 지식인 출신의 여공임에도 불구하고 모양이나 내고 연

---

189) 려순의 직업적 전이는 일본 유학생 출신의 지식인 노동자인 형철의 계도를 통해 이루어지고 있다. 이 과정에서 철저한 자기성찰이 생략되었다는 점에서 사실성의 결여라는 한계성을 드러내고 있다.
「준식의 말도 말이지만 형철 그 사람이 육신으로써 가르쳐주는 교훈이 더욱 큰 힘이 되었다. 형철은 지식으로 보든지 견문이 넓은 점으로 보든지, 경력으로 보든지, 인격으로 보든지, 려순이 자기보다 사뭇 뛰어난 사람이었다. 그런 사람이 굳이 높은 지위를 구함이 없이 현재의 처지를 손수 구하고 또 스스로 만족해하는 것이 려순에게는 무엇보다 힘 있는 활교훈이 되었다.」(339면)
190) 제임스 D. 윌킨슨, 『지식인과 저항』(이인호 · 김태승 역), 문학과 지성사, 1984, 28면.

애나 나불거리는 쾌락주의자이다. "콜론타이"를 자처하며 동료이자 애인이었던 학수를 버리고 주임을 택하고 있다. 더 나아가, 려순의 뒤를 이어 비서로 들어간 뒤에는 자진하여 사장과 성적 관계를 맺고 있다. 모든 인간관계의 기준을 타락한 자본주의적 가치관에 두고 있으며, 물질적 욕망의 충족을 위하여 성을 도구화하고 있다. 이점에서 가혹한 노동 현장으로부터 벗어나고자 하는 절실한 소망과 비틀린 욕망을 동시에 보여주는 이 기적인 노동자의 전형에 해당된다.

> 공장 굴뚝에서는 갈색 연기가 길게 떠오르고, 무거운 더위에 눌린 공장은 신음소리와 같이 쿵쿵거리고 있다.
> "또 저 속으로!"
> …(중략)…
> 그러며 이 수다스런 여인은 불꽃이 날만치 백렬화하는 애욕을, 눈물과 시기와 싸움이 있는 청춘을, 부드러운 잎 속에 핀 꽃보다 열병같이 숭얼숭얼한 그 속에 핀 꽃을 생각하였다.[191]

이와 더불어 쇠퇴하는 양상을 보이고 있는 노동운동의 문제점과 새로운 지향점을 제시해 놓고 있다. 준식과 동필이 노동운동의 노선을 놓고 빚는 갈등과 대립이 그것이다. 오래된 노동운동가인 동필은 노동자의 실질적인 이익을 위해서는 현재의 "범위 내에서 행동을 신중"해야 한다는 온건한 방법론을 견지하고 있다. 이에 대해 새로 입사한 준식은 노동자의 단결과 조직화에 초점을 맞추고 있다. 이런 차이점은 학수의 부상을 바라보는 상반된 시각과 접근 방법에서부터 뚜렷하게 드러난다. 이 과정에서 동필은 개인적인 차원에서 물질적인 지원에 역점을 두고 있다. 그 반면에 준식은 노사의 관점에서 해결책을 모색하고 있다. 전자가 "개량주의적 경

---

191)『황혼』, 157~158면.

향 또는 개인적 영웅주의적 경향"192)을 보이고 있다면 후자는 자본가와
의 대결과 투쟁을 통해서만 노동자의 권리를 확보할 수 있다는 투쟁론의
관점을 취하고 있다.

> 그리하여,
> "우리는 어찌하든지 현재의 경우를 잃어서는 안 된다. 그렇기 때
> 문에 늘 그 범위 내에서 행동을 신중해야 한다."
> 하는 동필의 의견과,
> "앞길을 몸소 개척할 노력과 예비가 있어야 한다." 하는 준식의
> 의견은 정면으로 대립하기에 이르렀다.193)

『황혼』은 "노동조합운동을 둘러싼 노동자의 입장과 소시민 지식인의
상반된 입장을 보여줌과 동시에 당시 노동운동이 잠복하는 전환기의 상
황"194)을 제시해 놓고 있다. 그 중에서도 소시민적 지식인이나 온건한 노
동운동가와 대조되는 진보적인 지식인 노동자를 중심으로 노동운동이 전
개되고 있다. 이 과정에서 려순은 계급적 모순을 해결하기 위한 변혁주체
로서 역할을 하고 있다. 이것은 노동자 자신이 "프롤레타리아트의 공동
대의 일부분이 되어야 하며, 전 노동계급의 정치의식화된 전위에 의해 가
동되는 단일하고 거대한 사회민주주의적 기계장치의 '톱니바퀴와 나사'
가 되어야만 한다."195)는 사회주의 문학론을 반영한 것을 의미한다.
　프로문학의 본령은 자본주의 사회에 대한 비판이 아니라 사회주의 혁
명의 당위성을 강조하는 데 있다. 루카치의 변증법의 논리를 빌어 설명하
면, 이것은 "외적인 현실의 움직임을 포착하여 이를 인간 실천의 일부로

---

192) 김　철, 앞의 글, 462면.
193) 『황혼』, 153면.
194) 김재용, 앞의 글, 175면.
195) V.I 레닌, 『레닌의 문학예술론』(이길주 역), 논장, 1988, 52면.

전환할 수 있는 창조적 능력의 표현"196)을 의미한다. 그런 만큼 외부적 현실에 대한 객관적 묘사보다는 타락한 세계에 대항하여 계급적 모순을 극복해 가는 인물의 실천적 행위에 초점을 맞추고 있다. 그 결과 노동자가 계급투쟁에서 승리하여 새로운 사회의 먼동이 트는 아침을 맞는 도식적인 승리의 결말 구조를 취하게 된다. 이런 변증법적 역사의 전개 과정에서 사회적 환경과 인간의 실천적 능력은 끊임없는 교호작용을 일으켜 하나의 통일된 역사적 총체를 이루게 되는 것이다.

그러나 계급혁명에 대한 낙관주의적 전망은 자본주의 논리가 지배하는 사회적 현실과는 상당한 괴리가 있다. 부르주아는 철저한 계획과 냉철한 이성을 통해 무지한 프롤레타리아를 통제하고 있기 때문이다. 이런 측면은 피상적인 계급주의적 관점에서 비판의 대상이 되었던 이전의 부르주아의 재산 축적 과정과는 분명한 차이점을 보이고 있다. 이것은 동경 유학생 출신인 경재를 상대로 한 안중서의 대화 내용만을 살펴보아도 명확하게 드러난다. 그는 금광으로 졸부가 된 인물이지만 치밀한 경제 지식과 원리를 통해 산업 이윤을 추구하는 전형적인 기업인의 논리를 견지하고 있다. 이처럼 부르주아 계급은 자본뿐만 아니라 교육을 통해 축적된 지식을 통해 자본주의 사회를 지배하고 있는 것이다.

> "하지만 기왕이니 지금 좀더 확장했다고 체화가 생기겠습니까?"
> "그건 아주 모르는 소릴세. 사실 이번 방침은 긴축인 동시에 대확장이네. 인원수로 보면 물론 긴축이지만 생산고로 말하면, 두말할 거 없이 확장이란 말일세. 즉 전보다 적은인원으로 훨씬 많은 물건을 만들게 되었네…….
> 그러나 어떻게 판매전이 맹렬해졌는지 이 정도의 확장도 사실 이

---

196) 김우창, 『지상의 척도』, 민음사, 1985, 151면.

회사로서는 일종의 모험이네. 다른 것은 다 그만두고라도 종연방직
이 조선에 새로 뻗친 세력만 보게……!"197)

이 문제와 관련하여 그람시 알튀세 등은 "한결같이 계급 지배 구조를 재
생하는 주범"198)으로 교육을 꼽고 있다. 그것은 자본주의 사회의 지배 논리
인 부의 축적과 직결되어 있기 때문이다. 이에 반해 교육의 혜택으로부터 유
리된 프롤레타리아는 사회적 상승은 물론 모든 지식으로부터 원천적으로 봉
쇄되어 있다. 이들의 생활을 지배하는 실체는 자기부정으로 얼룩진 좌절의
담론이다. 이것은 단순한 지식의 문제에만 국한되지 않고 육체적 초상과 정
신적 빈곤을 상징하는 사회문화적 지표로 나타난다. 최소한도의 개선도 기
대할 수 없는 체념의 담론은 부조리한 사회 체계를 고착화하는 요인이 된다.
　자본주의 사회에서 경영의 성패는 노동자 집단의 순치 문제와 직결되어
있다. 이들은 자산가의 관점에서 볼 때 "어느 때 어디서 무엇이 불거져 나
올지 모"를 "불온한 집단"에 해당된다. 이처럼 불신과 불만으로 가득 찬 감
시의 시선을 견지하고 있다. 권위주의적인 자산가는 이런 노동자들을 전면
에 나서서 관리하거나 통제하지는 않는다. 지주가 마름을 통해 소작인을
관리하듯 또 다른 계층의 노동자를 통하여 노동자들을 통제하고 있다. 이
과정에서 지식인 노동자는 가장 위협적인 존재199)로서 경계와 회유의 대
상이 된다. 그 대표적인 예가 직책과 물질을 통한 회유와 통제이다. 이처럼
치밀한 계산을 통해 직공들에 대한 감시와 기찰을 강화하고 있다.
　안중서가 려순을 집요하게 설득하는 이유도 성적 욕망과 더불어 부르

---

197) 『황혼』, 446면.
198) 유기환, 앞의 책, 47면.
199) 노동운동과 관련하여 지식인 노동자는 자산가뿐만 아니라 동료 노동자 사이에
　　도 위험성이 많은 인물로 경계의 대상이 된다.
　　「동필이는 전연 백지와 같이 무지한 사람과도 달라서 어떤 경우에 이르면 한결
　　위험성이 많은 것이요, 또 회사에서 그를 이용하려고 하는 동정도 가끔 보이므
　　로 준식은 그에 대한 주의를 게을리 할 수 없었다.(『황혼』, 153~154면)」

주아의 경영 논리와 밀접한 연관이 있다. 그는 Y방직을 근대식 공장으로 쇄신하기 위해 최신식의 기계 도입과 설비 투자를 추진하고 있다. 이것은 "적은 인원으로 훨씬 많은 물건"을 생산하는 데 초점이 맞추어져 있다. 최소한의 희생을 통한 최대한의 이윤의 추구는 자본주의뿐만 아니라 사회주의에서도 그대로 적용되는 보편적인 경제 원리이다. 그런데 안중서가 내세우는 "경영합리화"는 산업 구조의 개편보다는 부르주아 계급의 이기주의가 강하게 내재되어 있다. 자신의 이익을 극대화하기 위해 노동자의 감원과 희생을 전제로 한 위선의 담론에 불과하기 때문이다.

부르주아와의 투쟁은 자산이나 자본 이전에 지식의 문제로 압축된다. 게오르그 짐멜Georg Simmel이 "사회를 항상 부자들이 이기는 전쟁터"[200]로 규정했듯이, 자산가는 오랜 교육과 경험을 통해 모든 사회적 갈등에서 승리할 수 있다는 사실을 분명하게 체득하고 있다. 따라서 이들을 상대로 한 투쟁은 노동자 계층의 의식의 증진화를 위한 교육에서부터 비롯될 수밖에 없다. 대부분의 프로문학이 귀향 모티브를 지닌 지식인을 주인공으로 설정하고 있는 이유도 이런 사실과 밀접한 연관이 있다. 이것은 프로문학의 요체가 노동자의 혁명 의식을 고취시키기 위한 교육에 있음을 의미하는 것이다.

이 문제와 관련하여 려순이 지식인이라는 사실은 경재와의 애정 문제뿐만 아니라 안중서를 상대로 한 투쟁 과정에서도 중요한 사회적 힘으로 작용하고 있다. 그녀는 남녀 직공을 가운데 "제일 유식"할 뿐만 아니라 "사장의 검은 뱃속"을 꿰뚫고 있다. 더 나아가, 노동 체험을 통해 "공장복 밑에 숨은 자존심"을 발견하고 있다. 노동자의 시각에서 사회 구조를 바라볼 수 있는 자기 정체성을 확립하고 있다. 이처럼 생산의 주체로서의 노동관의 확립은 타락한 자본주의 논리에 맞서 계급혁명의 당위성을 강조하기 위한 도덕적 자긍심과 지적 우월감의 이론적 바탕이 된다.

---

200) 위의 책, 140면.

사장이 우쭐해서 제 지위를 스스로 자존망대하는 것이 속으로 우
습기도 하였다.
　'그까짓 자리, 무엇이 그다지 놀라울 거 있느냐?'하는 생각이 났
고, '내 자리가 외려 그보다 낫다!'하는 뱃심도 생겼다.
　그는 구태여 세상 명리(名利)에 끌리지 않으려 하였고, 남을 공연
히 자기보다 높게 보려는 자비심(自卑心)을 버리려 하였다.201)

　여기서 려순의 노동운동은 안중서의 위선적인 경영 방침에 맞서 무지
한 여공의 의식화 교육에 초점을 맞추고 있다. 이 과정에서 복술, 분이 등
이 일차적인 규합의 대상이 되고 있다. 이들은 문맹 상태를 면한 젊은 여
공들과는 달리 편지를 쓰고 읽을 정도의 교육 수준을 지니고 있다. 이처
럼 지적 역량의 면에서는 초보적인 수준에 불과하다. 그러나 교육의 수월
성에 있어서는 분명한 차이점을 보이고 있다. 이들은 동필과 준식을 각각
연모하지만 연인 관계로 발전하지는 않는다. 그 반면에 체념과 굴종으로
일관하는 여공들과는 달리 부당한 노동 현실에 대한 비판적인 사고를 견
지할 만큼 의식의 성장을 보이고 있다. 이처럼 교육의 효과는 단순한 지
식의 문제를 넘어 자신과 사회를 인식하는 중요한 요소로 작용하고 있다.
이것은 노동운동의 성패가 노동자의 교육 문제와 직결되어 있음을 의미
하는 것이다.
　이런 측면은 새 기계의 도입과 건강진단의 결과 처리를 놓고 제기된 노
동쟁의를 통하여 명확하게 나타난다. 이것은 실질적인 행동의 주체인 노
동자의 각성과 단결이 없이는 불가능하다. 자본주의 사회의 노동자는 앞
에서 언급했듯이 지식과 자산의 총체적인 면에서 열등한 위치에 있다. 따
라서 무지하고 무력한 만큼 자산가와의 투쟁은 조직적 연대를 통해서만
가능하다. 이것은 려순과 준식에 의해 주도되고 있는 노동쟁의에도 그대

---

201) 『황혼』, 410면.

로 적용된다. 그것은 이들이 집단적인 투쟁에 돌입할 수 있을 정도로 노동자의 규합과 단합이 이루어졌음을 의미하기 때문이다. 여기서 Y방적공장은 궁핍하고 무기력한 노동 현장을 넘어서 노동해방을 위한 투쟁의 공간으로 전이되어 나타나게 된다.

> 그럴 때에 뛰어나게 높고 우렁찬 소리가 무중 들려왔다.
> "최고의 책임자가 말씀하시오……. 사장이 직접 말씀하시란 말이오."
> …(중략)…
> 그것은 견딜 수 없는 생각이었다. 가슴은 몹시 뛰었다. 높은 말소리가 낭하를 탕탕 울리며 지나 나갈 때까지 그는 정신을 수습하지 못하였다.
> 그날 황혼……숨소리 꺼진 우중충한 큰 회사를 걸어 나오는 경재의 앞은 더 한층 컴컴 해졌다.[202)

이러한 결말 구조는 안중서와 경재로 대표되는 자산가 집단의 몰락과 더불어 노동자 계급의 새로운 새벽이 열리는 것을 의미한다. 이처럼 사회주의 리얼리즘의 인물 구조와 작품 구성은 혁명적 낭만주의와 표리의 관계를 이루고 있다. 먼저, 전자와 관련하여 려순은 사회주의 이데올로기의 실천을 위한 정치적 계몽의식이 강하게 반영된 인물이다. 계급투쟁의 전위로서 미화되고 관념화되어 있다. 이런 사상적 편향성은 노사 갈등의 해결 과정에도 그대로 나타나고 있다. 이것의 극적 반전은 노동운동에 부정적이었던 정님과 동필이 합류함으로써 급진적인 투쟁의 양상으로 전환된다. 그런데 이들의 행위는 노동자 계급의 조직적 연대보다는 사적 감정 차원에서의 보복 내지는 화해에 가깝다. 따라서 노동투쟁의 낙관주의적 전망은 계급혁명의 당위성을 강조하기 위한 도식적인 결말

---

202) 『황혼』, 451면.

이라는 한계성을 노정하게 된다.

그럼에도 불구하고 려순과 같은 여성지식인의 등장은 도식적인 프로문학의 인물 구조를 극복하기 위한 문학적 토대가 되는 것은 분명하다. 그만큼 발전적 인물로서 역동적인 역할을 수행하고 있다. 이것은 『황혼』의 서사 구조는 다름 아닌 려순의 사회의식의 성장 과정이라는 사실만을 보아도 명확하게 드러난다. 이러한 행위자 기능의 발전은 사회주의의 실현을 위한 실천적 행동의 기반이 된다. 계급혁명은 남성과 대등한 생산주체인 여성 계층의 의식의 증진화가 전제되지 않고는 불가능하기 때문이다. 고리키는 여성 교육과 지식인의 의의를 『어머니』를 통해 이미 제기한 바 있었다. 이에 비해 한국 프로문단에서 여성지식인은 문학적 논의나 형상화의 대상이 되지 않았다. 이것은 식민지 프로문단의 지적 한계성을 감안하더라도 이데올로기 문학으로서의 후진성 이외 달리 설명할 방법이 없다. 이런 문제점을 변증법적 관점에서 지양점을 제시하고 있는 문학사적 인물이 려순이다. 그도 그럴 것이 여성지식인의 문학적 수용 문제는 사회주의 문예운동의 역사적 진보의 방향성과 관련하여 반듯이 극복해야 할 도전적인 명제에 해당되기 때문이다.

4. 맺음말

노동자와 여성은 사회주의적 관점에서 볼 때 자본주의 사회에서 대표적으로 착취당하는 계층에 해당된다. 노동자와 공동의 운명체로서 계급해방 운동과 동일한 차원으로 인식하였다. 그 중에서도 남성 중심의 가족제도로 인하여 예속 상태에 놓여있는 희생자로 보았다. 이것을 타파하기 위해서는 노동계급의 해방을 지양하는 프로문학만이 여성문학을 세울 수 있다는 것이다. 따라서 여성의 문제는 성(gender)의 정체성 확립과 같은 본연적인 측면보다는 이데올로기의 실천을 위한 투쟁의 관점이 강조되었다.

이 시기에 소개된 콜론타이의 작품은 한국문단에서는 여성 해방을 위한 기제보다는 성적 문란을 상징하는 기호로 통용되었다. 여성 사회주의자의 이상적인 삶을 공적인 계급혁명보다는 육체적인 본능의 향락을 통해 찾았기 때문이었다. 이와 더불어 프로문학은 1, 2차에 걸친 방향전환을 거치면서 문학의 볼셰비키화가 강화되었다. 여기에 신여성에 대한 부정적인 견해가 더해져 문학적 형상화는 이루어지지 않았다. 이런 의미에서 『고향』의 안갑숙과 『황혼』의 려순은 대표적인 여성지식인에 해당되는 데, 려순은 '관념의 화신'으로 비판되는 안갑숙에 비해 여러 면에서 발전된 양상을 보여준다.

『황혼』의 전반부는 경재, 려순, 현옥 등의 삼각관계를 중심으로 한 연애 담론이 서사의 핵심을 이루고 있다. 이들은 지식인이라는 공통점에도 불구하고 대비되는 삶의 양상을 견지하고 있다. 려순은 저급한 부르주아의 소비문화를 추종하는 현옥과는 달리 지적 수련을 통해 자기 정체성을 확립하고 있다. 려순에 대한 경재의 긍정적인 평가는 연애 감정으로 발전하지만 관념적 허구성과 계급적 한계성을 드러내고 있다. 그녀는 이에 맞서 일방적인 의존관계를 청산하고 주체적인 관계를 정립하고 있다. 무의미한 사랑을 지속하려는 이기적인 욕구에 맞서 중단을 선언하는 행위가 그것이다. 이러한 사랑의 희생 양상은 인간과 사회를 계급적 관점에서 바라보는 출발점이 된다.

이런 려순은 이전의 프로문학의 여성상과는 뚜렷하게 구분된다. 그녀에게 있어서 시련은 좌절보다는 극복의 대상이다. 자아 성찰을 통해 새로운 삶의 목표를 지향할 수 있는 이성적인 태도는 치열한 지적 수련의 결과이다. 그만큼 여성 교육의 확대와 심화는 지식인으로서 사회적 참여와 발전이라는 문제와 직결된다. 그런데 이것은 사회주의 혁명을 위한 교육적 모델은 될 수 있지만 미학의 측면에서 형상화된 인물과는 거리가 멀다. 사랑의 역사는 문명적인 억압에 맞서 감성적 생활을 증진하는 방향으로 전 개되어 왔기 때문이다. 이런 의미에서『황혼』의 연애 양상은 프로문학의 새로운 가능성과 더불어 극복해야 하는 문제점을 동시에 내포하고 있다.

이 작품의 후반부는 계급투쟁의 당위성을 강조하는 경향성을 드러내고 있다. 이 과정에서 려순의 노동자로의 전이는 복합적인 의미를 내포하고 있다. 그녀는 노동 체험을 통해서 자본주의의 모순점과 더불어 계급투쟁의 필연성을 깨닫고 있다. 그런데 자산가 계급은 자본뿐만 아니라 교육을 통해 축적된 지식을 활용하여 노동자를 지배하고 있다. 그런 만큼 노동투쟁은 노동자 계급의 의식의 증진화 교육에서부터 비롯될 수밖에 없다. 이처럼 자산가와의 투쟁은 자본 이전에 지식의 문제로 압축된다. 이것은 프로문학의 요체가 프롤레타리아의 투쟁의식을 고취시키기 위한 교육에 있음을 의미하는 것이다.

이와 같은 교육적 효과는 안중서를 상대로 한 노동쟁의 과정에서 명확하게 나타난다. 이것을 통해 Y방적공장은 무기력한 노동 현장에서 노동해방을 위한 투쟁의 공간으로 전이된다. 사회주의 리얼리즘은 혁명적 낭만주의와 표리의 관계를 이루고 있다. 특히, 려순은 노동계급의 낙관적 전망과 영웅주의가 결합된 투쟁의 전위로서 미화되어 있다. 이런 사상적 편향성은 계급혁명의 당위성을 강조하기 위한 도식적인 결말이라는 한계성을 노정하게 된다. 그럼에도 불구하고『황혼』의 서사 구조는 려순의 의식의 증진화 과정과 관련하여 역동적인 양상으로 나타나고 있다. 이러한 행위자 기능의 발전은 여성지식인의 문학적 수용이라는 점에서 중요한 의미를 지닌다. 사회주의 혁명은 남성과 대등한 생산주체인 여성 계층의 의식의 증진화가 전제되지 않고는 불가능하기 때문이다. 이런 의미에서 려순은 사회주의 문예운동의 역사적 진보의 방향성과 관련하여 변증법적 지양점을 제시한 인물로 볼 수 있다.

제2부

한국소설과 사회적 응전력

■ 신채호의 독립자강 사상과 애국시가

1. 머리말

신채호의 삶은 개화기에서부터 일제강점기로 이어지는 역사적 공간에 걸쳐있다. 이러한 한국사의 전개 과정은 지식인을 현실과 초연한 위치에 놓아둘 수는 없는 상황이었다. 그 삶 자체가 외세와의 투쟁, 국권 회복의 지사로서만 존재할 수 있었다. 이 시기 지식인들은 일제의 침략과 이에 대한 민족의 저항이라는 역사적 구도 속에서 한민족의 독립이라는 시대적 과제를 실현하기 위해 다양한 방법을 모색하고 실천해야 했다.

신채호는 연보에서 보듯 역사적 소명과 관련하여 정신과 육체 모든 면에서 가장 치열한 삶을 살았다. 그는 1880년 12월 8일 역사적 격변기에 태어나 본향인 충북 청원군 낭성면 귀래리(일명 고두미)에서 전통적인 한학을 익히며 성장했다. 성균관에서 수학한 직후인 1906년을 전후하여 ≪황성신문≫과 ≪대한매일신보≫의 주필로서 국권수호를 위한 애국계몽 활동을 펼쳤다. 경술국치 직전에 망명길에 올라 1936년 2월 18일 중국 여순 감옥에서 영어의 몸으로 순국할 때까지 독립운동에 헌신하였다. 이처럼 그의 삶은 자기희생을 통한 항일투쟁의 연속으로 근대 한국의 독립운동사를 대표한다.

한민족의 정체성 확립과 민족주의의 정립과 관련하여 신채호는 끊임
없는 지적 사유와 탐색을 보여주고 있다. 일제강점기에 활동했던 수많은
애국지사 가운데서도 가장 뚜렷한 업적을 남기고 있다. 역사·철학·
문학 등 한국학 전 분야에 걸친 학문적 성취가 그것이다. 이것들은 '단재
학'으로 지칭해도 무리가 없을 정도로 당대의 현실적 모순과 이념적 갈등
문제에 대하여 놀라운 통찰력을 보여주고 있다. 이러한 지적 집접물들은
국권회복을 위한 사상적 기반이 된다는 점에서 근대한국 민족주의의 시
발점이 된다.

이 문제와 관련하여 신채호의 문학은 민족주의에서 비롯되어 무정
부주의로 나아갔던 그의 사상적 궤적이 구체적으로 반영되어 있다. 그
는 문학은 국가의 흥망성쇠와 직결된다고 보았다. 이것은 문학을 예술
적 탐구의 대상이기보다는 철학적 사고를 표현하기 위한 도구로 삼았
음을 의미하는 것이다. 더 나아가, 모든 지적 행위가 항일투쟁에 초점
이 맞추어져 있다고 할 때, 이 절대의 명제 앞에 문학도 예외일수 없었
음은 자명한 이치이다. 따라서 그의 문학적 글쓰기는 철학적 사유의
일환으로써 사상이나 관념을 직설적으로 드러낸 '논설의 문학화'에 가
깝다고 할 수 있다.

이런 논리는 신채호의 시에도 그대로 적용된다. 시가 서정 양식임에
도 불구하고 정서의 형상화보다는 역사적 사건이나 현실 문제의 서술
에 초점을 맞추고 있기 때문이다. 이렇듯 대부분의 시는 장르적인 측면
에서 소설이나 비평과 같은 산문 양식과 구별되는 사상적 특징은 거의
없다. 그 작품도 소설 속의 삽입시를 포함한다고 하더라도 50여 수에
불과할 뿐만 아니라 그 내용도 적지 않은 작품이 유사성을 보이고 있다.
이점에서 소설에 대한 연구는 다양한 각도에서 이루어져 왔음에 비해

시에 대한 논의1)는 거의 없는 편이라고 해도 과언은 아니다. 그럼에도 불구하고 시는 표현 양상이나 철학적 사유의 면에서 소설과는 분명히 구분되는 변별적인 특징을 드러내고 있다. 이런 현상은 망명 이후의 한시와 무정부주의를 수용했던 시기의 시에서 두드러지게 나타난다. 따라서 그의 문학적 특질을 규명하기 위해서는 이것에 대한 치밀한 천착이 요구된다.

2. 국수주의 실체와 시의식

신채호의 모든 문화적 행위는 독립자강을 위한 국혼의 진작과 직결되어 있다. 그는 성균관 유생을 거쳐 박사가 된 이후 언론인으로서 애국계몽활동을 전개하고 있다. 이 시기에 대한협회와 신민회에 가입하는 한편 ≪대한매일신보≫의 주필로서 활발하게 자강운동을 펼치고 있다. 이것은 당시의 특수한 시대상과 더불어 개인적인 시국관이 복합적으로 작용한 결과이다. 1905년 일제에 의해 강제 체결된 을사늑약은 자주권의 상실뿐만 아니라 주자학으로 대표되던 유교적 봉건질서의 해체를 의미하는 것이었다. 이처럼 유교는 통치이념으로서의 절대성을 상실한 만큼 새로운 시대에 대처하기 위한 정치체계와 이념이 절실히 요구되었다. 이 문제와 관련하여 그는 자강론의 실천을 위한 구체적인 방법으로 언론매체라는 강력한 근대적 기제를 택하고 있다. 이것은 전통적인 주자주의에 학문적 바탕을 두었지만 그 못지않게 진보적인 측면에서 근대지향에 민감했음을 의미하는 것이다.

---

1) 신채호의 시에 대해 언급한 논문은 대체로 다음과 같은 것들이 있다.
　송재소, 「단재의 시에 대하여」, 『신채호의 사상과 독립운동』, 형설출판사, 1987.
　이경선, 「단재 신채호의 문학」, 『신채호의 사상과 독립운동』, 형설출판사, 1987.
　김병민, 『신채호문학연구』, 아침, 1989.

신채호의 민족주의는 일본의 제국주의의 침탈에 맞서 국권 수호를 위한 자구적인 대응논리에 해당된다. 이것은 "다아윈의 <진화론>에 바탕을 둔 우승열패優勝劣敗의 논리"2)를 국제질서의 기본 원리로 인식했음을 의미한다. 말하자면, 국가 역시 하나의 유기체로서 적자생존과 약육강식의 생리가 그대로 적용된다는 것이다. 따라서 자강론으로 대표되는 민족주의는 제국주의를 극복하기 위한 기제로서 국권수호를 위한 민족의 역량을 극대화하는 데 초점을 맞추게 된다. 그 대표적인 예가 ≪대한매일신보≫, ≪대한협회월보≫ 등의 일련의 논설과 시평이다. 이것들은 민족주의적 관점에서 당시 조선사회의 문제점을 총체적으로 고찰하고 있다. 그 중에서도 독립자강을 위한 전제조건으로 중화주의의 극복을 들고, 그 구체적인 실천 방안으로 국어국문운동을 전개하고 있다.

> 夫 國文도 亦 文이며 漢文도 亦 文이어늘 必曰 國文重 漢文輕이라 함은 何故오. 曰 內國文 故로 國文을 重히 여기라 함이며, 外國文 故로 漢文을 輕히 여기라 함이니라. …(중략)… 自國의 言語로 文字를 編成하고 自國의 文字로 自國의 歷史地誌를 纂輯하여 全國人民이 捧讀傳誦하여야 其 固有한 國精을 保持하며 純美한 愛國心을 鼓發할지어늘, 今에 韓人을 觀하건대…3)

자국어의 중요성에 대한 강조는 개화기의 특수한 시대적 상황과 밀접한 연관이 있다. 과거의 조선사회가 "韓國의 國文이 晩出함으로 其 勢力을 漢文에 被奪하여 一般 學士들이 漢文으로 國文을 代하며 漢史로 國史를 代하여 國家思想을 剝滅"4)하였다면, 서구문물을 수용하기 시작한 개

---

2) 김형배, 「신채호의 무정부주의에 대한 일고찰」, 『신채호의 사상과 민족독립운동』, 형설출판사, 1987. 451면.
3) 「國漢文의 輕重」, 『단재 신채호 전집』별집, 형설출판사, 1977, 74~76면.
4) 위의 글, 76면.

항 이후는 "小學校에 觀한즉 修身倫理를 讀하는 童子가 靜菴·退溪를 何代人인지 不知하며, 各學校 卒業生을 觀한즉 政治·法律을 習한 學士가 本國의 制度 沿革에 茫然"[5]하다는 것이다. 전통문화를 비하하고 외래문화를 추종함으로써 국가의 쇠망을 자초했다는 것이다. 소실된 민족의 자긍심과 문화적 주체성을 불러일으키기 위해서는 "歷史的으로 傳來하는 風俗, 習慣, 法律 등의 精神"으로서의 "國粹의 保全"이 시급하다고 보았다.[6] 이처럼 신채호는 전통적인 유학에 학문적 기반을 둔 계층이었음에도 불구하고 애국심 및 그 사상 보급의 요체를 문체의 변혁에서 찾고 있다.

이와 같은 언어관은 국수주의적 관점에서의 애국심의 발로와 그 구체적인 실현을 통한 독립자강의 기틀을 마련하기 위한 것이었다. 물론, 이런 문체의식은 실제의 문자 행위로 구체화되지는 못했다. 신문이나 잡지의 논설이나 시평뿐만 아니라 문예물에 이르기까지 일관되게 국한문혼용체를 구사하였다는 사실이 그것이다. 그런데 이것은 자국문의 우수성과 발달의 필요성을 강조한 국문연구소 보고서의 전문이 국한문체로 이루어져 있다는 사실에 비추어 볼 때 문체의식의 한계성을 노정한 것으로 볼 수는 없다. 장지연의 <是日也放聲大哭>의 문체의 권위와 경세적 힘에서 보듯 개화기의 특수한 언어 구조와 밀접한 연관이 있다. 당시 지식인 계층을 대상으로 한 애국계몽과 관련하여 국한문체냐 국문체냐는 선택이 주어질 때, 그 철학적 경세적 사상 및 논리를 전개하기 위해서는 전자가 선택될 수밖에 없었기 때문이었다.[7]

이러한 의식과 사상은 비평과 문예 창작에도 그대로 반영된다. 문학에 대한 신채호의 담론은 애국심의 고취를 위한 수단이자 도구로서의 공리

---

5)「國粹保全說」,『전집』별집, 118면.
6) 위의 글, 116~117면.
7) 김윤식·김현,『한국문학사』, 민음사, 2005, 145~148면 참조.

주의적 성격을 띠고 있다. 소설은 한 마디로 국민을 강한 데로 이끄는 나침반이 되어야 한다는 지론이 그것이다. 그런데 많은 소설들이 명목상 사회소설·정치소설·가정소설 등 그럴 듯하게 치부하고 있지만, 실제의 내용은 독자에게 음심만을 불러일으키는 회음소설에 불과하다는 것이다. 음설이나 음심 중심의 문학 풍토는 반드시 일소되어야 할 뿐만 아니라, '국민의 혼'으로서 소설은 일제의 침탈에 맞서 대중의 애국투쟁을 고무하고 민족적 자각을 불러일으키는 기폭제가 되어야 한다는 것이다. 이런 의미에서 그의 문학론은 독립자강 사상과 관련하여 현실주의의 기반 위에서 씌어진 논설의 문학화라고 할 수 있다.

> 小說은 國民의 羅針盤이라. 其 說이 俚하고 其 筆이 巧하여 目不識丁의 勞動者라도 小說을 能讀치 못할 者 無하며, 又 嗜讀치 아니할 者 無하므로, 小說이 國民을 强한 데로 導하면 國民이 强하며, 小說이 國民을 弱한 대로 導하면 國民이 弱하며, 正한 데도 導하면 正하며 邪한 데로 導하면 邪하나니, 小說家된 者 마땅히 自愼할 바어늘, 近日 小說家들은 誨淫으로 主旨를 삼으니 이 社會가 장차 어찌 되리오.[8]

　이러한 문학관은 역사 전기소설의 번안과 창작을 통하여 구체화된다. 애국계몽기의 신채호는 양계초의 『伊太利建國三傑傳』의 번역을 비롯하여 『乙支文德』, 『李舜臣傳』, 『東國巨傑 崔都統傳』등을 발표하였다. 이들 작품들은 문예 미학에 바탕을 둔 작품이라기보다는 "전통 한문학 양식인 傳과 당대 계몽적 글쓰기의 대표적인 양식인 政論의 결합"[9]인 역사와 소설의 혼성에 가깝다. 전기적 문학 형태는 역사를 이해하는 교훈적인 매개 기능 이상으로 저항문학의 특수 형태가 지닌 특수성을 지니고 있다. 역사

---

8) 「小說家의 趨勢」, 『전집』 별집, 81면.
9) 김진옥, 「신채호 문학 연구」, 서울대학교 대학원 석사학위논문, 1993, 17면.

란 외의를 입고 있으나 의도는 민족적인 저항력을 상승시키려는 것이다.[10] 말하자면, 구국 항쟁의 준거의 틀로 각국의 전쟁사나 민족영웅들의 애국투쟁사를 원용하였던 것이다.

이 과정에서 국난 극복의 영웅의 표본을 외국보다는 우리 역사 속의 인물에서 찾고 있다. 을지문덕이나 이순신과 같은 구국의 영웅들에 대한 문학적 부각이 그것이다. 전자는 수나라의 대군을 물리침으로써 민족적 자긍심을 드높였다면, 후자는 일본과의 대적함에 있어 민족정기를 고무시킨 영웅으로 반일의식을 고취시키기에 가장 적합한 역사적 인물이었기 때문이다. 이것은 국난 극복의 역사적 전범을 통해 저항의식을 각성시키기 위한 의도된 상황의 알레고리에 해당된다. 이런 의미에서 개화기 문학 사상사를 통 털어 국권수호 의지가 가장 강하게 반영된 지적 노작물로 평가할 수 있다.

원나라 장슈 범문호가 일본을 침노홀 때에 풍랑에 배를 엎지를고 류지에 느린 자 삼만명에 지나지 못ᄒ엿스니 일본의 승첩ᄒ 것이 또흔 족히 긔이홀 것이 업거늘 뎌희는 수백년이 지나도록 력ᄉ에 칭숑ᄒ며 쇼셜노 젼파ᄒ야 노래ᄒ고 읇허서 대대로닛지 안이케 ᄒ거늘 우리 나라는 흔손으로 독립 산하를 졍돈ᄒ고 흔칼노 백만 강뎍을 살퇴흔 참 영웅의 자최가 이럿듯 민몰ᄒ니 이것이 두 나라의 후셰 강약이 헌슈흔 원인이 아니리오 이제 이것을 개탄ᄒ야 지나간 영웅을 긔록ᄒ야 쟝래의 영웅을 부르노라[11]

대뎌 슈군의 뎨일 유명흔 사름이 잇고 텰갑션을 창조흔 나라으로 오늘날에 니르러 뎌 해군의 ᄀ쟝 강흔 나라와 비교ᄒ기는 고샤ᄒ고, 필경 나라이라는 명색좃ᄎ 업셔질 디경에빠졋스니 나는 뎌 몃 백년래에 백셩의 긔운을 꺽그며 백셩의 지식을 막고 문치의 ᄉ

---

10) 이재선, 『한국현대소설사』, 홍성사, 1984, 177~182면.
11) 「을지문덕」, 『전집』 별집, 500면.

샹을주던 비루흔 졍치객의 여독을 생각ᄒ매 흔이 바닷물과 ᄀᆺ치
깁도다.
　이에 리슌신젼을 지어 고통에 빠진 우리 국민에게 젼포ᄒ노니,
무릇 우리 션남신녀ᄂᆞᆫ 이것을 모범홀지어다. 하ᄂᆞ님께서 이십 세
긔 태평양에 둘재 리슌신을 기ᄃᆞ리ᄂᆞ니라.12)

　　이와 같은 신채호의 문학을 통한 국민 계몽의 의지는 「天喜堂詩話」를
통하여 구체적으로 나타난다. 이것은 '詩의 能力, 詩道와 國家의 關係'라는
부제만을 보아도 알 수 있듯, 문예미학에 바탕을 둔 시론이라기보다는 국
난 극복을 위한 논설에 가깝다. 그는 시를 '국민언어의 정수'로 규정하였
다. 이것은 한 나라의 문풍을 대표한다는 점에서 국풍과 직결된다는 것이
다. 시는 국민의 정신세계를 아우르는 사상적 실체로써 그 문풍의 강약에
따라 '일국의 성쇠치란'이 좌우된다는 것이다. 시의 근본 원리를 예보다는
도에서 찾고 있다. 이것은 동양의 전통적인 문학관인 문도합일설에 기반
을 둔 것이다.

　　　詩란 者는 國民言語의 精華라. 故로 强武한 國民은 其 詩부터 强
　　武하며, 文弱한 國民은 其 詩부터 文弱하나니, 一國의 盛衰治亂은
　　大抵 其 國語에서 可驗할지요, 又 其國의 文弱를 回하여 强武에 入
　　코자 할진대 不可不 其 文弱한 國詩부터 改良할지라.13)

　　「天喜堂詩話」는 '시계의 국수'를 보존하고 확립하는 데 논의의 초점을
맞추고 있다. 이것을 위해 통시적 관점에서 한국시의 특징과 문제점을 성
찰하고 있다. 이 문제와 관련하여 한국시의 기원을 유리왕의 「黃鳥歌」와
을지문덕의 「遺于仲文詩」에서 찾고 있다. 그런데 이 시들은 한문으로 표

---

12) 「리슌신젼」, 『전집』 별집, 491~492면.
13) 「天喜堂詩話」, 『전집』 별집, 56면.

기된 한시라는 점에서 국시가 아니라는 점을 강조하고 있다. 엄밀한 의미에서 한시는 '漢文과 共히 我國에 輸入하여 一種 文學을 成'한 것으로 외국의 문자이자 문학에 불과하다는 것이다. 그리고 대부분의 문인들은 동국의 상무적 정신을 고양하는 대신에 '李·杜·韓·蘇의 睡餘을 拾하여 戰事를 悲觀하고 苟安을 謳歌'한 한담·방광·음탕·염퇴 등의 시로 사대주의만을 배태시켰다는 것이다. 이러한 문화 풍토는 국문 시가의 발달을 저해했을 뿐만 아니라 강무한 국민정신을 쇠잔케 하는 국수쇠락의 원인이 되었다고 비판하였다.

> 五百年來 文學家 案上에 但只 漢詩만 堆積하여 馬上寒食 途中暮春이 童孺의 初等小學이되며, 落城一別 胡騎長驅가 校塾의 專門教科가 되고, 國詩에 至하여는 笆籬邊에 閑棄한 지 幾百年이니 嗚呼라. 此亦 國粹衰落의 一原因인저.[14]

신채호는 이러한 과거의 문화 풍토보다는 현재의 시 정신에 더 큰 문제점이 있다고 보았다. 강건한 국풍을 조성하기 위해서는 강무한 시가가 필요함에도 불구하고 풍속의 부패만을 조장한다는 것이다. 개화파 김윤식은 일본의 인물과 산천을 숭배하는 한시를 지어 통감부 관리에게 바치는가 하면, 각 학교의 교가는 한자의 과용으로 낱말의 뜻조차 제대로 전달되지 않는다는 것이다. 뿐만 아니라, 시가의 형태면에서 독립한 국시가 있음에도 불구하고 '신국시체'란 이름아래 외국 시가의 음률을 무비판적으로 수용하고 있는 현상을 지적하였다. 중국의 운율을 모방하여 국자운으로 현토한 '國文七子詩'와 일본 음절을 본받아 '十一字歌'를 실험하는 문화 풍토에 대한 비판이 그것이다. 이처럼 무분별한 외국 문화의 추종은 '鷄膝을 鳧脚으로 換하며 狗尾를 黃貂로 續'하는 이치와

---

14) 위의 글, 57면.

다를 바 없다는 점을 강조하였다.

이 문제와 관련하여 시의 언어는 장결하며, 율격은 격렬하며, 내용은 웅혼해야 된다는 점을 강조하였다. 그 대표적인 작품으로 최영 장군의 시조와 정몽주의 「丹心歌」를 들었다. 이들 시조는 '님 向한 一片丹心 가실 줄이 있으랴'는 종장에서 보듯 고려 말 충신의 결연한 충군사상을 볼 수 있다. 이와 더불어 조선시대의 대표적인 시로 김종서의 「朔風歌」와 남이 장군의 「長劍曲」을 들었다. 이들 작품 역시 국토에 대한 충정을 웅혼한 기상으로 노래한 것이다. 이처럼 사대주의를 극복할 수 있는 민족의 자주의식과 상무정신을 노래한 작품을 국시의 전범으로 삼고 있다.

이러한 비평관은 애국계몽기에 이르러서는 당시의 시대적 특성과 관련하여 심화된다. 시가는 사람의 감정을 도용함으로써 국민의 지식 보급에 이바지하여야 한다는 점을 강조하고 있다. 우리의 시가라면 마땅히 '國字를 多用하고 國語로 成句하여 婦人 幼兒도 一讀에 皆曉하도록 注意'를 기울여야 한다는 것이다. 그 대표적인 예로 「愛國吟」의 '제몸은 사랑하건만/ 나라 사랑 왜 못하노/ 國家疆土 없어지면/ 몸둘 곳이 어디메뇨/ 차라리 죽더라도/ 이 나라는'과 같은 작품을 들었다. 이것은 국어를 위주로 하고 있어서 늙은 여인도 이해할 정도로 평이하다는 것이다. 이와 더불어 시가의 음률도 '아국시의 음절'을 사용해야 한다는 것이다. 이처럼 전통적인 음률을 살린 작품으로 '새야 새야 팔왕(全字破字)새야/ 네가 어이 나왔더냐'와 같이 녹두장군 전봉준을 기린 세태 풍자 민요를 들었다. 이러한 비평관은 실용주의나 목적주의라는 전통적인 동양의 문학관에 한정되지는 않는다. 그 못지않게 우리 시가의 양태를 개혁하기 위한 시에 대한 진보적인 견해가 내포되어 있다고 할 수 있다.

吾子가 萬一 詩界 革命者가 되고자 할진대 彼 阿羅郎 · 寧邊東臺
等 國歌界에 向하여 其頑陋를 改誦하고 新思想을 輸入할 지어다.
如此하여야 婦女가 皆 吾子의 詩를 讀하며, 兒童이 皆 吾子의 詩를
革하여 全國의 感情과 風俗이 丕變되어 吾子가 詩界 革命家 始祖가
되려니와 苟或 漢子詩를 將하여 此로 國人의 感念을 興起코자 하려
다가는 비록 索士比亞(영국의 대시인「세익스피어」)의 神筆을 揮할
지라도 是는 幾個人의 閒坐諷詠함에 供할 而已니, 何故로 云然코
하면 즉 彼가 東國語 · 東國文으로 組織한 東國詩가 아닌 故니, 吾
子의 用心은 良苦하도다만은 其計가 實誤로다.[15]

신채호는 '비시의 시'가 지배하는 현상을 타파하기 위해서는 근본적인
시의 혁명이 필요하다는 점을 강조하였다. 근자에 들어 시인의 지위를 풍
화나 정교와 무관한 세외기물로 인식하고 있으나 이것은 시가 세계를 도
주하는 능력을 깨닫지 못한 데서 빚어진 오해로 보았다. 그 반대로 시는
인심을 '이개'하는 가장 강력한 문화적 장치에 해당된다는 것이다. 그 대
표적인 예로 민심의 교화나 포교를 위한 삼국시대 불교도의 향가, 중국
육조시대의 달마 · 혜능의 갈구喝句, 구약성경의 시가 등을 들고 있다. 이
런 관점에서 국난을 극복하기 위해서는 국혼과 국풍을 진작하여 독립자
강을 선도할 문화영웅으로서의 시인의 출현이 절실히 요구된다는 점을
강조하였다.

大詩人이 卽 大英雄이며, 大詩人이 卽 大偉人이며, 大詩人이 卽
歷史上의 一巨物이라.
故로 亞寇馬 · 陶淵明輩가 비록 山林에 居하여 足跡이 世에 不出
하였으나 其 著한 바 詩集이 一世를 風動하여 人心을 支配함에 至
하니, 大抵 辯士의 舌과 俠士의 劍과 政客의手腕과 詩人의 筆跡이
其 效用의 遲速은 異하나 世界를 陶鑄하는 能力은 一이라.[16]

---

15) 위의 글, 63~64면.
16) 위의 글, 71~72면.

이와 같이 신채호의 문학론은 애국계몽의 문제에 논의의 초점을 맞추고 있다. 그런데 이것은 유교의 도구주의와 목적주의의 한계성을 그대로 노정한 것이었다. 그 내용도 강건한 기상으로 우국충정을 읊은 을지문덕의「遺于仲文詩」를 '시인의 시'가 아닌 점을 들어 부정적인 견해를 취하는 논지의 혼란상을 보이고 있다. 더 나아가 국문의 창제자를 세종대왕이 아닌 '高僧 了義'로 드는 것과 같은 결정적인 오류를 범하고 있다. 이처럼 그의 문학론은 논설이나 시평에 가까운 것으로 근대의 문예 미학과는 상당한 거리감이 있다.

그럼에도 불구하고 그의 문학론은 국권침탈기의 국가적 위기의 현실 속에서 민족 자강을 위한 이론적 활로를 모색하고 있다는 점에서 중요한 의미를 지닌다. 이 과정에서 우리나라의 언어·문장·운율 등 모든 요소를 활용하여 시를 창작할 것을 주장하고 있다. 이것은 한문 위주의 '노예 문학'과 서구 편향의 추수주의에서 벗어나 국민의 정서를 기반으로 한 한국 시가의 새로운 지향점을 제시한 것이다. 이러한 논리는 민족문학론의 형성을 위한 시발점은 물론 독립자강으로 대표되는 근대적 의미의 민족주의와 직결된다고 할 수 있다.

3. 민족주의 형성과 새로움의 요소

애국계몽기 신채호는 언론인으로서의 문필 활동 못지않게 시가와 소설의 창작에 역점을 두고 있다. 이것들은 개화기 문학의 특성인 "표면상으로 대단한 시류성을 띠고 강력한 에너지를 발산하고 전개되었다는 동적 측면과 그것의 밑바닥에 전통적인 언어에 유착된 언고담諺古談으로 표현되는 민요, 고대 소설, 민간 전승물 등이 놓여 있다는 정적 측면"[17]을

---

17) 김윤식·김 현, 앞의 책, 152면.

동시에 지니고 있다. 그의 개화가사와 역사 전기소설이 그것이다. 이것들
은 "낡은 양식에 새 정신을 담은 문학"[18]이라는 개화기 문학의 특성이 그
대로 적용된다. 그 예로 형식적인 측면에서 그의 개화가사는 ≪독립신문≫
은 물론 1860년대에 창작된 최재우의 동학가사와 비교해도 후퇴한 양상
으로 드러난다.

　개화가사는 4·4조의 고전시가의 가사 형식을 답습한 전통적인 문학
양식이다. 이것은 "서술적인 의미 내용을 4·4조의 자수율에 담아 連疊
시켜 나가는 형식"으로 "무제한의 자유 속에서 다만 리듬에 대한 형식적
인 관심"만 있을 뿐 "시어로서의 응축성"은 결여되어 있다.[19] 이것과 관
련하여 ≪독립신문≫의 개화가사는 순국문체의 분절 형식을 취하고 있
다. "남녀 상하귀천이 모두 보게" 하기 위한 언어의 평등사상과 "구절을
떼여 쓰기는 알아보기 쉽게" 하겠다는 실용주의적 언어관이 반영된 결과
이다.[20] 이처럼 형식적인 측면에서 진전된 형태를 보이고 있다. 이에 반
해 신채호의 개화가사는 한문에 현토를 단 전근대적인 형태를 답습하고
있다. 이것은 한국문학의 특수성을 국어 국문에서 찾았던 주장과는 상치
되는 것으로 한문학의 자장에 벗어나지 못했음을 반증하는 것이다.

　　　① 대죠선국 건양원년 ᄌᆞ주독닙 깃버ᄒᆞ세
　　　텬지간에 ᄉᆞ름 되야 진츙보구 ᄃᆡ일이니

　　　님군ᄭᅴ 츙셩ᄒᆞ고 정부를 보호하세
　　　인민들을 ᄉᆞᆯ0ᄒᆞ고 나라긔를 놉히달세

　　　…(중략)…

---

18) 임　화, 「개설조선신문학사 4」, 『인문평론』 제3권 제3호, 32면.
19) 정한모, 『한국 현대시사』, 일지사, 1974, 138면.
20) 『독립신문』 1896. 4. 7.

나라위해 죽는죽엄 영광이제 원한업네
국태평 가안락은 ᄉ롱공상 힘을쓰세

우리나라 흥하기를 비나이다 하ᄂ님께
문명개화 열닌세상 말과일과 ᄀᆞ게ᄒᆞ세
　　　　　　　　　　　　　　　　-서울 · 슌졍골, 최돈셩의 글[21]

② 康衢煙月 昇平世에 擊壤布種 다식켜서
億兆蒼生 粒食ᄒᆞ니
擊壤鑿井 新羅民도 布穀鳥의 恩功이오
絲身穀腹 高麗人도 布穀鳥의 功德이오
本朝開國 五百年에 春耕夏種 勿失ᄒᆞ고
年年此日 警醒ᄒᆞ던 布穀鳥를 이질손가
布穀鳥아 布穀鳥아 誠力잇ᄂᆞ 布穀鳥아
心志구든 布穀鳥야 우리國民 네勸告에
一時半刻 잇지마러 水田에ᄂᆞ 種稻ᄒᆞ며
山田에는 種麥ᄒᆞ야 雨露바다 灌漑ᄒᆞ며
人力드려 耕耘ᄒᆞ되 四隣耒耟 모도와서
非其種者必鋤ᄒᆞ고 八九月 好時節에
含哺鼓腹ᄒᆞ려니와
나도또ᄒᆞ 有感ᄒᆞ야 一言勸告
네게ᄒᆞ니 尋常히 듯지마라
　　　　　　　　　　　　　　　　-「聽布穀」일부[22]

　　이와 같이 신채호는 민중 계몽을 위한 도구로써 가사가 지니고 있는 노
래체의 공리주의적 측면에 초점을 맞추고 있다. 이것은 시가를 비롯한 모
든 글쓰기의 바탕을 시인이나 작가보다는 문사나 지사로서 우국경세의
측면에 두었음을 의미한다. 그도 그럴 것이 그가 언론인으로서 활동했던

---

21) 『독립신문』 1896. 4. 11.
22) 박정규 엮음, 『단재 신채호 시집』, 한컴, 1999, 154~155면. 이하 신채호 시의 인
　　용은 위의 책에 의한 것으로 작품의 제목과 면수만을 밝힌다.

시기는 을사늑약으로 외교권을 박탈당했던 때였다. 뿐만 아니라, 일제에 편승한 매국 내각과 어용 단체의 친일 활동이 날로 노골화되었던 시기였다. 이에 맞선 일제에 대한 항일운동과 저항의 노래는 을사늑약을 기점으로 고조되기 시작하여 "1907년 군대 해산을 당하여 銃火로 항거한 武力鬪爭을 계기로 전국적으로 번진 抗日軍의 전면 전쟁"23)에 이르러 절정을 이루었다. 그 대표적인 의병가사가 「畿左倡義軍行所 倡義歌」와 신태식의 「倡義歌」이다. 이들 작품은 "우리의 주권을 강탈하며 국토를 강점하는 왜적을 용납할 수 없는 적으로 선언하고 이를 몰아내기 위해 싸우는 것"24)이라는 의병의 확고한 자주의식을 보여주고 있다.

이런 의미에서 신채호의 문학 행위는 일제에 대한 문화적 응전과 동궤의 의미를 지닌다. 특히 그가 언론 활동을 전개했던 ≪황성신문≫이나 ≪대한매일신보≫는 장지연, 박은식 등과 같이 유학을 기초로 삼되 근대 지향에 민감했던 자주적인 개혁론자들에 의해 운영되었던 신문이었다. 이처럼 두 신문사 모두 민족주의적 관점에서 항일정신을 기조로 하고 있다는 점에서 신문이나 필자에 따른 논지의 차이는 없다. 그 중에서도 후자는 개화가사를 '社會燈'이라는 고정란을 통해 무기명으로 된 것을 게재하고 있는데, 이것은 1890년대 서재필, 유길준, 윤치호 등 미국과 일본에 유학한 급진개화파에 의해 발행되었던 ≪독립신문≫의 개화가사와는 확연히 구분된다. 이것은 10여 년 동안에 급변한 정치적 상황을 고려하더라도 근본적인 사상과 의식의 차이에서 비롯된 것으로 볼 수 있다.

먼저, 작가와 관련하여 『독립신문』의 개화가사가 독자들이 실명으로 투고한 작품들이라면 ≪대한매일신보≫는 운영진이나 집필진이 직접 기

---

23) 정한모, 앞의 책, 142면.
24) 조동일, 「개화·구국기의 애국시가」, 『한국근대문학사론』(임형택·최원식 편), 한길사, 1982, 167면.

술한 것을 게재하고 있다. 이것은 "作者名이 밝혀지지 않은 것이 71편, 奈何生, 不屈生, 憂國生 등 匿名으로 된 것이 8편 도합 79편"[25])에 이르고 있다. 이 가운데는 신채호의 작품이 상당수 포함되어 있을 것이라고 추론하기는 어렵지 않다. 또한 그 내용도 전자는 서구화 = 근대화라는 서구 편향적인 관점에서 자주독립에 대한 확신이나 문명개화의 필요성을 낙관적으로 노래하고 있다. 이에 반해 후자는 자주적인 민족주의의 관점에서 국난 극복의 문제에 초점을 맞추고 있다. 이점에서 반민족적인 이완용, 송병준 등을 비롯한 친일파와 ≪국민신보≫, ≪대한신문≫ 등과 같은 친일기관지의 매국적 행위는 일차적인 비판의 대상이 되고 있다.

① 總理大臣李完用은 晝事夜度저心腸이
　蠹國虐民뿐일너니 拒絶賓客무슨일고
　倚子裝倒걱정인가 山亭夜月花田間에
　蝴蝶春夢깁헛는가 陶菴先生저靈魂이
　冥冥中에슯이운다 不忠不孝저人物을
　어찌ᄒ면좋탄말고

　…(중략)…

　豚犬不若爾輩들아 晝夜運動ᄒ는것이
　民國事에用力홈은 一言半句못듯겟고
　肥己之慾아니며는 附外精神뿐이로다
　너의祖國決敗ᄒ면 置身處가어데메뇨
　狡兎事에走狗烹은 너를두고일음이라
　再三思量홀지어다
　　　　　　　　　　　　　　　－「可以人乎」2, 7연[26])

25) 정한모, 앞의 책, 146면.
26) 『대한매일신보』, 1909. 2. 18.

② ᄉᆞ람마다魂잇건만/ 魂일흔國民報아
　사람마다魂잇건만/ 魂일흔大韓報야
　日俄戰爭大砲擊에 魂낫던가
　光武九年五條約에 魂낫던가
　往者는 不可諫이어니와/ 來者는 猶可追니
　나간魂다시찻고/ 일흔魂다시불너
　萬萬歲 大韓國에/ 大韓國民되야보게
　大韓報야國民報야

　　　　　　　　　　　　　　　－「招魂歌」일부27)

　이와 더불어 신채호는 민중의 역량을 제고하는 데 역점을 두고 있다.
당시의 국제 정세를 "弱肉强食ᄒᆞ는 恐怖時代오 天飜地覆ᄒᆞ는 鐵血世界"
로 파악하고, 이러한 위난을 극복하기 위해서는 이천만 동포형제가 독립
심을 잊어서는 안 된다는 점을 강조하였다. 이것은 을사늑약 이후의 패배
주의와 허무주의를 경계하고 비판하기 위한 것이었다. 이 문제와 관련하
여「聽布穀」,「漫筆感興」등 일련의 작품을 통해 쇠락한 국세와 피폐한
시국을 포괄적으로 조감하고, 정치계・실업계・교육계 등 사회 전반에
걸친 개혁의 필요성을 제기하였다. 그런데 이것은 군주나 위정자가 아닌
지식인・농민・실업가・학도 등 모든 국민이 각성하고 합심할 때만이
가능하다는 것이다. 그 중에서도 국권을 회복하기 위해서는 산업의 진흥
못지않게 정신적인 각성이 중요하다는 점을 강조하였다.

　신채호는 우리 민족의 자강독립에 대한 굳은 신념을 유구한 역사와 전
통을 통하여 강조하고 있다. "민족적 전통에 대한 긍정적 평가는 민족적
역량에 대한 신뢰"28)에 다름이 아니다. 특히,「聽布穀」의 "우리始祖 檀君
聖人 太白山下 降臨ᄒᆞ사/ 敎民稼穡 始作ᄒᆞᆯ새"라는 구절에서 보듯, 단군을

───────────────

27)『시집』, 152면.
28) 조동일, 앞의 논문, 163면.

국조로 내세워 단일 문화민족으로서의 긍지를 찾고 있다. 또한 창해역사가 사용했던 철퇴를 본 느낌을 노래한 「鐵椎歌」에서는 폭군 진시황을 암살하려 했던 고점리와 형가의 고사를 원용하여 한민족의 기개와 주체성을 노래하고 있다. 따라서 이들 시가는 『乙支文德』, 『李舜臣傳』 등의 역사 전기소설과 마찬가지로 역사의 객관적 진실을 통해 민족적 자부심의 고양뿐만 아니라 국난 극복을 위한 독립정신을 고취시키기 위한 계몽의 목소리에 해당된다.

> 二千萬人一心되야 大韓國權恢復ᄒ게
> 반갑도다륭희二年 새精神이니ᄂ고나
> 새精神새ᄉ름에 새事業만잘홀지면
> 强暴ᄒ者잇더라도 제가엇지侵犯ᄒ며
> 無禮ᄒ者잇더라도 제가엇지蔑視홀가
> 새해되ᄂ오늘날에 새사름이어서되셰
> 어셔되셰 어셔되셰
> 어셔獨立 어셔自由
>
> — 「獨立自由歌」 일부[29]

이상에서 살펴보았듯이, 신채호는 "유학의 경세학에 바탕을 두면서도 저널리즘의 센세이션날한 측면을 흡수한 자리에서 글을 썼기 때문에 이 무렵의 사상 속에는 서양의 근대적인 것과 전통적인 측면"이 혼재되어 있는 "경계의 사상"이라 할 수 있다.[30] 형태면에서는 비록 국한문혼용체를 구사했다고 하더라도 한문 위주의 문장에 현토를 단 전근대적인 형태를 답습하고 있다. 또한 그 내용도 동양의 전통적인 문사로서 역사·철학·

---

29) 『단재 신채호 시집』, 165면.
30) 김윤식, 「단재사상의 앞서감에 대하여」, 『신채호의 사상과 민족독립운동』, 형설출판사, 1987, 570~571면.

문학 등이 융합된 경세적인 글쓰기의 양태를 드러내고 있다. 이처럼 근대의 문예 미학과는 거리가 먼 논설의 율문화로서 목적주의 문학의 한계성을 그대로 노정하고 있다.

그럼에도 불구하고 신채호의 시가는 국가와 민족을 수호하기 위한 문화적 항전이자 자주정신의 결정체로서의 의미를 지닌다. 그의 문학의 특이성은 이렇듯 치열한 항일정신과 애국주의에서 찾을 수 있는 데, 국수주의로 대표되는 철학적 사상체계는 편협한 의미에서의 배타주의나 민족주의만을 의미하지는 않는다. 당대의 현실적 모순이나 이념적 갈등의 문제에 대하여 신채호가 보여주고 있는 놀라운 통찰력은 그 자체로서 근대적인 학문적 깊이와 성과를 지니고 있기 때문이다. 이것은 표피적인 우국정신을 넘어 명실상부한 독립자강을 위한 철학적 사유의 일단을 내포하고 있다. 그의 시가에서의 독립자강 의식은 군주 중심의 봉건국가에서 벗어나 민중과 민주를 기반으로 한 민족국가의 건설이라는 지향점이 제시되어 있다. 이점에서 개화가사를 포함한 애국계몽기의 지적 노작물들은 동시대를 뛰어넘는 '새로움'의 요소로써 한국 근대 민족주의 출발점이 된다고 할 수 있다.

4. 독립사상의 변모와 시적 대응양상

경술국치는 명목상으로나마 남아있던 조선이라는 국호조차 멸실되는 사건이었다. 이것을 예감한 신채호는 1910년 4월 만주의 안동을 거쳐 청도로 망명했다. 이 과정에서 안창호, 이갑 등 신민회 간부들과 동행하고 있다. 신민회는 1907년 4월 양기탁, 안창호 등이 주축이 되어 결성한 비밀결사 단체로 1909년에는 독립전쟁 전략을 채택하고 우선 국외 독립기지를 창설하기로 결정했다. 그 해 10월 26일 안중근이 하얼빈에서 이토

오 히로부미(伊藤博文)를 저격하는 의거를 거행하였다. 이처럼 국내에서의 의병활동이 일제의 폭압에 의해 침체되었던 것에 비해 국외에서의 무력투쟁은 강화되었다. 이에 따라 신민회 회원들이 구속되었던 사실에서 보듯 독립 단체와 민족 지사들에 대한 일제의 탄압은 더욱 가중되었다.

망명 직후 신채호의 활동은 직접적인 항일투쟁의 양상으로 전개되고 있다. 그는 중국에서는 청도회의에서 확정된 독립기지 창건을 위한 무관학교의 설립과, 러시아령 블라디보스톡에서는 ≪권업신문≫의 주필과 광복회를 중심으로 활동하였다. 특히 그가 부의장으로 이끌었던 광복회는 1911년 12월에 독립전쟁을 준비하기 위해 군자금 모금, 무관학교 설치, 교육기관 설립 등을 목적으로 설립된 단체였다. 1913년부터는 김좌진을 비롯한 국내조직까지 확충되어 3·1운동 이전까지 독립운동을 대표하는 조직이었다.[31] 이처럼 망국 이후부터 애국계몽기의 문화적 저항과 대비되는 투쟁의 전면에 나서고 있다. 그것은 국가주의를 바탕으로 한 민족자강론의 실현은 일제 강점 아래서는 원론적으로 실천 자체가 불가능했기 때문이었다.

이와 같은 반일적 민족주의는 시에도 그대로 반영되었다. 주지하다시피 신채호는 민족과 국가의 역사를 '아와 비아의 투쟁'으로 규정했다. 이렇듯 시에서도 국가 존망의 기본원리를 힘의 강함과 약함에서 찾았다. 이것을 「述懷 二」에서는 사람이 배를 채우기 위해서 죄 없는 개와 닭을 잡아먹는 이치에 빗대어 묘사해 놓고 있다. 적자생존의 현실에서 보편적인 도덕률인 인의를 외쳐보았자 소용없다는 것이다. 진정한 용기는 손칼 들어 생존을 위협하는 사람을 찌르는 데 있음에도 불구하고 옹졸한 선비들은 과거의 성현을 들먹이는 허튼소리로 일관하고 있다는 것이

---

31) 정윤재, 「단재 신채호의 국권회복을 향한 사상과 행동」, 『단재 신채호의 현대적 조명』(대전대학교 지역협력연구원 엮음), 다운샘, 2003. 236~237면 참조.

다.32) 이런 관점에서 도덕의 개념에 대한 해석을 근본적으로 달리하고 있다. 범박하게 말하자면 도덕은 사람으로서 지켜야 할 도리를 뜻한다. 그러나 그에게 있어서 도덕은 양심이나 이성적 능력과는 대비되는 생존 양식으로서의 저항의식이나 투쟁정신을 의미한다. 특히 일제의 식민지 배 아래 있는 한국인은 망국민으로서 이것을 타개하기 위한 '무국민'의 도덕성이 필요하다고 주장했다. 그것은 다름 아닌 "죽기를 기를 쓰고 救國의 길로 나아가는 烈士"33)가 되어야 한다는 것이다.

이와 같이 "민족의 독립운동을 위한 투쟁은 더 이상 단계론적인 준비론에 의해서가 아니라 직접적인 폭력 수단에 의하여 추구"34)해야 한다는 점을 강조하였다. 앞에서 언급한 도덕론의 개념에 비추어 볼 때 한국인이 국권을 회복할 수 있는 유일한 방법은 항일 무력투쟁밖에 없었다. 더 나아가 이것은 민족의 생존권의 문제와 관련하여 피지배국민으로서의 당연한 의무이자 권리이기도 했다. 이런 구국 투쟁의 논리와 관련하여 신채호의 영웅사관 역시 현실적인 대응 문제에 초점을 맞추고 있다. 을지문덕·이순신 등이 국난을 극복한 봉건시대의 영웅이었다면 일제하의 현실에서는 국권회복에 진력하고 있는 열사나 투사가 "新東國 新英雄"35)이라는 것이다. 일제에 맞서 독립을 쟁취할 수 있는 민족적 역량은 한두 명의 영웅에 의지했던 고대와는 달리 민족 전체의 저항의식과 항일투쟁에 달려 있기 때문이었다.

이러한 민중 중심의 영웅사관은 「이날」에 구체적으로 드러나 있다. 이

---

32) 「述懷 二」, 『시집』, 113면.
　　「鷄狗於人本無罪 只爲口腹日殺之 惟有强權而已矣 空言仁義欲何爲 席門談道眞活士 手劍斬人是快兒 云云聖哲果何者 高標二字謾相欺」.
33) 「道德」, 『全集』 하, 137~139면.
34) 진덕규, 「단재 신채호의 민중·민족주의 인식」, 『신채호의 사상과 민족독립운동』, 403면.
35) 「二十世紀 新東國之英雄」, 『全集』 下, 116면.

것은 총 165행으로 이루어진 장시이다. 그 내용도 한일합방의 통분, 열사들의 항일투쟁, 일제의 혼란상과 쇠망 예언, 국내외 영웅들의 구국투쟁, 애국심의 고취 등 망국 직후의 비극적인 시대상과 독립을 향한 민족적 염원을 담고 있다. 이 과정에서 최면암·민충정공·이준·안중근 등 순국열사에서부터 의병·청년 학도·신앙인 등 항일투쟁에서 무주고혼이 되거나 옥고를 치른 지사들의 행적을 제시해 놓고 있다. 특히 이 부분에서 "눈이 있고 귀가 있으면 보고 드를 지어다"라고 하여 독자의 주의를 환기시키고 있는데, 이것은 항일투쟁의 과정에서 순국한 이들이야말로 '신국민'이 본받아야 할 '영웅렬사'의 표상이라는 점을 강조한 것이다.

> 우리의 원수를 활빈 정거장에서 단총 일발에
> 거꾸러트리고 여순구에서 영혼을 하나님께
> 부탁한 안중근(安重根)씨의 일도 이날이오
> 우리 국록을 먹고 원수를 돕는 스티븐스(須知分)를
> 상향 정거장에 더러운 피를 뿌리게 하고
> 지금 옥중에 있는 장인환(張仁煥)씨의 일도 이날이오
> 형경의 비수가 한 번 번쩍한 결과로
> 원수의 손에 원통한 혼이 된
> 이재명(李在明)씨의 일도 이날이오
> 우리의 조국을 위하여 후사를 부탁하고
> 재산을 분급하여 공익사업에 부치고 페테르부르크에서
> 자결한 이번진(李範晉)의 일도 이날이오
> 　　　　　　　　　　　　　　　－「이날」 일부36)

이처럼 신채호는 허울뿐인 애국이 아닌 실천적인 투쟁의 중요성을 강조하고 있다. 그 대표적인 작품 가운데 하나가 「讀史」이다. 이 시에서 송나라의 유학자들이 진시황을 죽이려다 실패한 자객 형가荊軻를 비방하면

---

36) 『시집』, 18~19면.

서도 정작 자기들은 남쪽으로 쫓기면서도 적을 향해 화살 한 대 쏘지 못하는 비열함을 비판하고 있다.[37] 비록 형가는 진시황의 암살은 실패하였지만 공리공론만을 내세우는 유학자들 보다는 낫다는 것이다. 그런데 이것은 당시의 독립운동의 방향과도 밀접한 연관이 있다. 일제 강점기라는 조선의 현실을 무시한 준비론이나 외교론이 그것이다. 이것은 "우리 生存의 敵인 强盜 日本과 妥協하려는 者"[38]로 또 하나의 적에 불과하다는 것이다. 따라서 무력투쟁을 통해서만 일제를 구축할 수 있다는 저항적 폭력론을 주장하였는 데, 이것은 그때까지 논의되었던 "실력 준비론이라던가 외교론과 같은 방법의 한계를 극복한 것"[39]이었다.

이러한 관점에서 볼 때 신채호의 시는 항일투쟁의 단호한 결의의 표명에 다름이 아니다. 이렇듯 자기희생을 전제로 한 확고한 결단은 원초적인 상징성을 띤 시어로 형상화되어 있다. 그의 시에서 가장 빈번하게 나타나는 '칼'[40]과 '피'[41]가 그것이다. 일반적으로 시에서의 칼과 피는 유사성보다는 이질적인 이미지로 나타난다. 전자가 죽음·파괴·차가움·물질성·도구성 등을 표상하는 이미지라면 후자는 자유·생성·따듯함·정신성·존재성 등을 대표하는 것으로 볼 수 있기 때문이다. 그러나 그의 시에서 이것들은 일제와의 생사를 건 독립투쟁에서 필연적으로 요구되는 물질적인 도구이자 민족적인 정기를 의미한다. 이처럼 대립적인 이지지의 표리 관계를 통하여 강렬한 긴장미를 구축하고 있는 것이다. 이런 정

---

37) 「讀史」, 『시집』, 118면.
　　「宋儒饒舌罵荊卿」 千秋傷心盜刺名 不識當年南渡後 誰將一矢向邊城
38) 「浪客의 新年漫筆」, 『전집』 하, 38면.
39) 진덕규, 앞의 논문, 402면.
40) 그 대표적인 작품으로 「한나라 생각」, 「이날」, 「칼부름」, 「황금산의 노래」, 「가갸
　　풀이」, 「일이승의 노래」, 「贈別 期堂安泰國」, 「述懷 二」 등을 들 수 있다.
41) 그 대표적인 작품으로 「한나라 생각」, 「너의 것」, 「무궁화 노래」, 「무궁화」, 「이
　　날」, 「天鼓頌」 등을 들 수 있다.

신과 육체의 변증법적 지향은 신채호 특유의 수사학적 장치로 치열한 정신세계를 함축적으로 드러내는 요체가 된다고 할 수 있다.

① 내가 살면 대적이 죽고
　대적이 살면 내가 죽나니
　그러기에 내 올때에
　칼들고 왔다
　대적아 대적아
　네 칼이 세던가
　내 칼이 센가
　싸워보자.
　앓다 죽은 넋은
　땅속으로 들어가고
　싸우다 죽은 넋은
　하늘로 올라간다.
　하늘이 멀다마라
　이길로 가면
　한뼘뿐이니라.

－「칼부름」 일부42)

② 봄 비슴이 고운 치마
　님이 나를 주시도다
　님의 은덕 갚으려 하여
　내 얼굴을 쓰다듬고
　비바람과 싸우면서
　조선의 아름다움
　쉬임없이 자랑하려고
　나도 이리 파리하다
　영웅의 시원한 눈물

42) 『시집』, 42면.

열사의 매운 핏물
사발로, 바가지로,
동이로 가져 오너라
내 너무 목마르다.

—「무궁화 노래」 전문[43]

이와 같이 저항적 민족주의를 견지하던 신채호는 1924년을 전후하여 무정부주의를 접함으로써 새로운 전기를 마련한다. 이러한 변혁의 실체를 규명하기 위해서는 여러 각도에서의 성찰이 필요하겠지만 그 주된 요인 가운데 하나로 국수적 민족주의의 전개 과정에서 배태될 수밖에 없었던 논리적 모순을 들 수 있다. 그의 민족주의는 "我의 단위를 민족국가로 파악하고 있고, 민족국가에서도 외형적인 국가보다도 민족정신을 중시하고 있는 것"[44]이었다. 그런데 이것으로 제국주의에 대한 대항의 논리를 세우기에는 적지 않은 한계점이 있었다. 그가 투쟁의 대상으로 삼았던 일본의 제국주의도 그들의 관점에서 보면 민족주의의 대외적인 활동 양상의 하나에 지나지 않았다. 이점에서 무정부주의는 그 당시에 독립운동 방향의 주류를 이루었던 자본주의 저항세력과 사회주의 저항세력 사이의 갈등에 대한 변증법적 지양을 추구한 사상으로 "국가 소멸론에 대한 확신적 의미보다도 민족본위의 민중주의적 속성을 바탕으로 하는 독립운동의 의미"[45]를 지니고 있었기 때문이었다.

신채호 시에서의 무정부주의 사상은 "사회진화의 원동력이 <상호경쟁>이 아니라 <상호부조>에 있음"[46]을 강조한 크로포트킨P. Kropothin

---

43) 『시집』, 15면.
44) 김명구, 「한말·일제강점 초기 신채호의 민족주의 사상」, 『단재 신채호의 현대적 조명』, 213면.
45) 진덕규, 앞의 논문, 411면.
46) 김형배, 「신채호의 무정부주의에 관한 일고찰」, 『신채호의 사상과 민족독립운동』,

의 상호부조 이론을 기반으로 하고 있다. 이것은 독립운동의 실천적 방향과 관련해서 씌어진 「朝鮮革命宣言」(1923), 「宣言文」(1928) 등의 글에서 행동 강령으로 무력투쟁론을 강조하고 있는 것과는 대비된다. 그는 대만의 기융항基隆港에서 체포되기까지 3년 동안(1926~1928) 무정부주의에 입각한 무력투쟁을 활발하게 전개하고 있다. 그러나 이러한 행동 양식에 비해 시는 치열한 저항정신을 보이지는 않는다. 이 시기를 전후하여 씌어진 작품들은 이전의 칼과 피로 표상되었던 격정적인 시와는 달리 정적인 서정성을 보이고 있다. 특히 대부분의 한시는 헤어진 동지나 떠나온 고향에 대한 애틋한 그리움을 노래하고 있다. 이런 망국의 나그네의식은 객회나 우수에 그치지 않고 변해 버린 세태나 도로한 투쟁의 여정과 관련하여 허무주의적인 양상을 보이기까지 한다.

> ① 야박한 세상 인심 손님 되기도 어렵구나 　世薄難爲客
> 　봄이 오니 무슨 소리 들리는 듯하건마는 　春來若有聲
> 　하루 아침 빈부가 이리도 다를는가 　　　一朝貧富異
> 　친구도 변하는 걸 이제서야 알겠구나 　　始識故人情
> 　　　　　　　　　　　　　 －「北京偶吟」 일부[47]

> ② 이역 땅 십년인데 수염에 서리 내리고 　殊方十載霜侵鬢
> 　깊은 밤 병석에는 달빛만 비쳐드네 　　　丙枕三更月入樓
> 　강동의 농어 회 맛 좋다 하지 마라 　　　莫說江東鱸膾美
> 　오늘은 땅이 없거늘 어디다 배를 맬고 　如今無地繫漁丹
> 　　　　　　　　　　　　　 －「秋夜述懷」 일부[48]

456면.
47) 『시집』, 99면.
48) 『시집』, 102면.

이처럼 신채호는 망명 10여년을 전후하여 망향의 슬픔을 한시 양식으로 표현하고 있다. 그런데 이것은 앞장에서 살펴보았듯이 한국시를 '동국어·동국문·동국음'으로 창작해야 한다는 주장과는 상치된다. 이것의 주요한 요인은 「浪客의 新年漫筆」에서 보듯 당시 조선의 무국적주의적인 문예에 대한 부정적인 견해와 밀접한 연관이 있다. 비록 '支那律體'라고 하더라도 무분별한 서구 문화의 추종보다는 민족 전래의 문학 양식을 택한 것으로 추론할 수 있기 때문이다. 따라서 이것은 민족의식이나 항일정신의 퇴락으로 볼 수는 없다. 오히려 "어찌하여 십년이 가도 돌아가지 못하고서/ 이역 땅에 머물면서 망향가를 부르는고"[49]와 같은 실향의식은 객회의 회한을 넘어 애국의 정조로 전이되고 있다. 고향은 시원적 평화의 공간인 조국과 동궤의 의미로서 반듯이 되찾아야 할 낙원을 뜻하기 때문이다. 그런 만큼 실향의식은 조국 광복을 위한 강건한 항일정신과 투쟁의식을 불러일으키는 정신적인 촉매로 작용했다고 보아도 무방할 것이다.

신채호 문학에서 이런 측면은 국수주의의 편협함을 발전적으로 극복하여 보편성을 띤 민족주의로 지향해 나아갔음을 뜻한다. 이런 사상적인 변환의 기저에는 근대성의 한 양상으로서 무정부주의가 자리하고 있음은 주지의 사실이다. 그것은 절대적인 적인 일제와의 투쟁에서 "제국주의를 넘어서기 위한 가장 합리적 과학적 사상이고 방법"[50]이 되었기 때문이다. 그런데 그의 시에서 이러한 사유를 구체적으로 보여주는 작품은 거의 없다. 그것은 시라는 장르 자체가 복잡한 사상 체계를 드러내기에는 한계성을 지닐 수밖에 없기 때문이다. 이 점을 고려할 때 매미의 말을 빌려 인간 세계의 부조리한 측면을 비판하고 이상적인 세계상을

---

49) 「故鄕」, 『시집』, 100면. 「何如十載不歸去 留滯燕南學越吟」.
50) 김윤식, 앞의 논문, 563면.

우회적으로 제시한 「매암의 노래」[51]는 표현 기법이나 주제 의식에 있어서 이전의 작품과는 뚜렷하게 구별된다. 그 중에서도 이것은 사상적인 측면에서 무정부주의적인 사유가 가장 농후하게 반영된 있는 작품이다. 이 작품은 서두와 6연으로 구성되어 있는데, 먼저 서두의 한 부분을 제시하면 다음과 같다.

> 진단의 뼈 진단의 피로 된 우리니
> 살아도 진단 죽어도 진단 우리 터
> 광명은 그대로 반만년 진단 위에
> 둥그신 태양의 그 빛 변함 없건만
> 구변진단의 양구호검을 뵈인 날
> 님이여 결내결내를 한데 뭉쳐서
> 진단의 영원한 생명 품어 주소서
> 단군 한배여, 님 잃고 우는 아기들
> 두 나래 아래로 모아다가 젖 주소서

이 부분에서 신채호는 한국 민족의 정체성을 같은 뼈와 피로 된 민족공동체에서 찾고 있다. 단일민족 사관의 관점에서 우리 겨레는 단군의 자손인 이상 "國家가 卽 一家族"으로 "二千萬 兄弟姉妹"가 모두 "天倫至親"이라는 점을 강조하고 있다.[52] 혈연이라는 공동운명체로 맺어진 만큼 삶과 죽음도 같이 하는 것은 당연하다는 이치이다. 그러나 현재의 겨레와 국가는 "구변진단의 양구호검"에서 보듯 절체절명의 위기에 처해 있다. 일제의 식민지의 상황이 그것이다. 여기서 이 시의 목적이 분명하게 드러난다. 배달겨레의 시조이자 신앙의 대상인 "단군 한배"에게 "진단의 영원한 생명"을 품어달라는 조국 광복에 대한 간절한 희구가 그것이다.

---

51) 「매암의 노래」, 『시집』, 30~35면.
52) 「가정교육의 전도」, 『전집』, 별집, 147면.

「매암의 노래」는 이것을 1연에서부터 6연까지 매미의 노래를 빌려 제시해 놓고 있다. 1연과 2연은 조상대대로 배운 매암소리만을 내며 살고 있는 매미의 삶의 실상을 제시해 놓고 있다. 이런 매미는 하늘·땅·바람·구름 등 자연물을 인식할 필요가 없다. 더욱이 의사소통을 위한 문법이나 언어 따위는 매미 사회에서는 존재할 이유조차 없다. 그런 만큼 심술궂음이나 음미淫靡함도 없으며 예수쟁이나 시대 영웅처럼 하느님을 찾거나 입 애국을 부르지도 않는다. 매미는 자연의 이법에 순응하여 그에게 주어진 생을 살아가면 되기 때문이다. 그러나 인간은 다음의 3, 4연에서 보듯 보편적으로 지켜야할 윤리가 있음에도 불구하고 '싸움질'로 일관하고 있다. 그런 만큼 미물인 매미로부터 신랄한 비판의 대상이 되고 있는 것이다.

> 3
> 일시적 순간적인 너의 몸을 바치어
> 동포 국가 사회 인류 모든 것을 위하라는
> 너희의 가진 윤리 싸움질 못 금한다.
> 싸움 없는 매암의 사회 윤리 어데 쓰랴
> 온 세계의 모든 거레 한 소리로 화답하자 매암매암
>
> 4
> 수천(數千)여년 기업(基業)으로
> 문학 미술 정치 풍속 모든 것을 창조해 온
> 너희의 가진 역사 종 되는 화 못 구한다
> 자유 자재 매암이 나라 역사를 어디 쓰랴
> 자연으로 만든 풍류 또 한 마디 아뢰어라 매암매암

이 문제와 관련하여 3연에서 윤리는 일차적인 비판의 대상이 된다. 이것은 표면적으로는 자기희생을 통하여 "동포 국가 사회 인류 모든 것을 위"한다는 그럴듯한 명분으로 내세우고 있지만, 그 내면의 논리는 개인의 사리사욕이나 국가적 이기주의를 합리화하기 위한 구실에 불과하다는 것이다. 이렇듯 윤리는 인류가 기본적으로 지켜야할 규범보다는 침략주의의 도구로 전락한 현상을 비판하고 있다. 이런 논리는 4연에도 그대로 적용된다. 인간은 오래 기간에 걸쳐 "문학 미술 정치 풍속 모든 것을 창조"해 왔지만, 역사적 유산들은 인류의 복지보다는 약소국을 침략하기 위한 제국주의의 전유물로 귀속되었다는 것이다. 약육강식의 논리를 앞세운 윤리나 유산은 개인이나 국가를 막론하고 "싸움질"을 조장하는 원인이 될 뿐만 아니라 절대 강자의 "종 되는 화"를 자초할 수밖에 없다는 것이다.

그렇다면 매미의 노래를 통해 제시하고자 한 사회 윤리나 국가 역사의 요체는 무엇인가. 이것은 3연에서는 싸움 없이 "온 세계의 모든 겨레 한 소리로 화답"하는 윤리로, 4연에서는 "자연으로 만든 풍류"의 역사를 지향하는 것으로 각각 제시되어 있다. 그런데 이처럼 낙관적인 세계관은 이전의 투쟁적 민족주의 시기의 시에서는 찾아볼 수 없는 것으로 무정부주의의 상호부조론에 의하지 않고는 불가능한 것이었다. 말하자면, 독립운동의 실천 방향과 관련하여 무정부주의의 "암살·파괴·폭동 등 폭력의 테러리즘의 방법"[53]을 택하였다면, 시에서는 "한국민족의 고통뿐만 아니라 세계의 억압받는 민중으로 시야를 확대"[54]한 것으로 볼 수 있다. 이런 관점에서 5연을 살펴보면 신채호의 사상적 지향점이 보다 뚜렷하게 드러난다.

> 여름은 우리 시대 녹수(綠樹)는 우리 가향(家鄉)
> 이슬은 우리 양식 생활이 평등하다
> 좋을씨고 매암이 생활 매암매암 매암매암
> 아비가 매암이면 아들도 매암
> 사내가 매암이면 아내도 매암

---

53) 신일철, 「신채호의 근대국가관」, 『신채호의 사상과 민족독립운동』, 387면.
54) 김강녕, 「단재 신채호의 정치사상」, 『단재 신채호의 현대적 조명』, 280면.

이름도 차별도 없다
좋을씨고 매암이 이름 매암매암 매암매암

　이렇듯 매미의 노래에서 예찬의 대상이 되고 있는 것은 단순하다. 그것
은 차별이 없는 평등함이다. 매미는 공평하게 이슬을 양식으로 삼고 있
다. 그 이름도 아비·아들·사내·아내 등 가릴 것이 없이 '매암' 하나면
족하다. 그 이외의 어떤 것도 탐할 필요가 없다. 그런데 이런 삶의 양상은
매미에게만 국한된 것은 아니다. 짐승이나 곤충을 막론하고 지구상의 모
든 생명체들은 그와 같은 삶의 방식을 따르고 있기 때문이다. 이것들은
모두 자연의 이법에 따라 자신에게 주어진 삶을 살아가고 있다. 이것이야
말로 모든 생명체가 평화롭게 공존할 수 있는 삶의 법칙이다. 이 부분에
서 시끄러울 정도로 매미의 노래를 되풀이하고 있는 것도 공평성을 강조
하기 위해서 이다.

　그러나 매미의 삶의 방식에 비해 인간은 상호투쟁론을 내세워 평화로
운 공존의 틀을 송두리째 파괴하고 있다. 적자생존의 논리에 의한 약육강
식의 현실이 그것이다. 이것은 무력을 앞세워 약소민족을 식민화하는 제
국주의의 본질에 다름이 아니다. 그런데 이것은 특정한 민족이나 국가에
국한된 문제는 아니었다. 민족과 국가를 초월하여 모든 무산대중에게 해
당되는 정치적인 억압과 지배의 논리였다. 그런 만큼 식민지의 한국인이
나 제국주의의 일본인에게도 공통적으로 적용되는 문제이기도 했다. 따라
서 이것은 인류의 공존을 위해서는 우선적으로 타기해야 할 대상이었다.

　「매암의 노래」는 제국주의의 침략에 맞선 대응이론으로 상호부조론을
제시한 것으로 볼 수 있다. 이러한 논리는 6연의 "개는 개요 소는 소요 말
은 말이요"라는 구절을 통하여 분명하게 드러난다.바꾸어 말하자면, 이것
은 개가 소나 말이 될 수는 없다는 말이다. 이렇듯 한국인이 일본인은 될

수는 없는 일이다. 그것은 두 민족은 근본적으로 '뼈'와 '피'가 다르기 때문이다. 이 국가들이 화평하게 살아가기 위해서는 차별성에 대한 이해와 존중이 선행되어야 한다. 이처럼 상호부조론의 요체는 "일체의 무력과 권력과 강제를 거부하고 모든 사람들이 자유롭고 평등하게 공동체적 연대를 이루며 살아가는 자치공동체를 이상"[55]으로 삼았다는 데 있다. 이것은 매미의 평등한 생활에서 보듯 인위적인 윤리나 역사를 앞서는 자연의 이법으로 삶의 질서이자 원리에 해당되는 것이다.

그런데 「매암의 노래」는 평등의 당위성만을 강조하고 있을 뿐 이에 대한 어떠한 낙관적 전망도 내재되어 있지 않다. 그것은 약육강식의 국제질서 속에서 국가 간의 평등은 관념적이고 이상적인 구호에 지나지 않았기 때문이었다. 이런 상호부조론의 한계성을 가장 명확하게 알아차린 것은 다름 아닌 신채호 자신이었다. 이점에서 볼 때 미완의 사상으로 볼 수밖에 없다. 그럼에도 불구하고 이것은 그의 정치사상사는 물론 독립운동사에 있어서 중요한 의미를 지닌다. 그의 무정부주의의 요체는 동방연맹 사건의 재판에서의 "東方의 旣成國體를 變革하여 다같이 自由로서 잘살자는 것"[56]이라는 답변을 보면 자명해진다. 이렇듯 평등과 평화주의를 기반으로 하고 있다. 그런 만큼 일제와의 투쟁에 있어서 테러리즘을 포함한 모든 수단과 방법을 정당화시킬 수 있는 강력한 대응이론이 되고 있다. 그것은 한국인의 독립투쟁의 차원을 넘어 보편적인 시각에서 민족자치의 원칙을 천명하고 있기 때문이다. 이런 의미에서 신채호가 추구했던 사상과 사유 체계는 많은 시간이 흐른 오늘날에도 국가와 민족을 뛰어넘어 여전히 진행형으로 남아있는 것이다.

---

55) 위의 논문, 279~280면.
56) 신일철, 앞의 논문, 385면.

5. 맺음말

신채호의 문학은 일제에 대항하여 실천적 대응을 모색했던 철학적 사고와 지적 탐색 과정을 잘 보여주고 있다. 그 중에서도 민족주의에서 시작하여 무정부주의로 전개되었던 그의 사상적 궤적이 밀도 있게 반영되어 있다. 이처럼 철학적 사유의 실천으로서의 문학적 글쓰기는 사상이나 관념을 직설적으로 드러낸 '논설의 문학화'에 가깝다. 특히 이것은 소설이나 비평과 같은 산문 양식의 문학에 두드러지게 나타난다. 이에 비해 시는 철학적 글쓰기의 양태를 벗어난 것은 아니지만 표현 양상이나 철학적 사유의 면에서 소설과는 구분되는 변별적인 특징을 보여주고 있다. 이런 현상은 망명 이후의 한시와 무정부주의를 수용했던 시기의 시에서 뚜렷하게 드러난다.

첫째, 신채호의 문학론은 국가의 존망 위기에 직면하여 민족 자강을 위한 이론적 활로를 모색하는 데 초점을 맞추고 있다. 그는 한국문학은 한국의 언어·문장·운율 등 한국적인 요소를 활용하여 창작할 것을 주장하였다. 이것은 한문 위주의 '노예문학'과 서구 편향의 추수주의에서 벗어나 국민의 정서를 기반으로 한 한국 시가의 새로운 지향점을 제시한 것이다. 이러한 논리는 민족문학론의 형성을 위한 시발점은 물론 독립자강으로 대표되는 근대적 의미의 민족주의와 직결된다. 따라서 그의 국수주의는 오늘날에도 문화적 식민주의를 극복하기 위한 강력한 정신적인 기제이자 실체로써 유효성을 지닌다고 할 수 있다.

둘째, 애국계몽기의 신채호의 글쓰기는 독립정신의 함양과 민족적 역량의 제고에 초점을 맞추고 있다. 이 과정에서 국한문혼용체를 구사하고 있는 데, 이것은 한국문학의 특수성을 국어 국문에서 찾았던 국수주의적 주장과는 상치되는 것이다. 그러나 당대의 현실적 모순과 이념적 갈등의 문제에 대하여 신채호가 보여주고 있는 깊은 통찰력은 그 자체로서 근대적인 학문적 깊이와 성과를 지니고 있다. 그의 시가에서의 독립의식이나 애국정신은 군주 중심의 봉건국가에서 벗어나 민중과 민주를 기반으로 하는 민족국가의 건설이라는 근대성을 지향하고 있기 때문이다. 이점에서 개화가사를 포함한 애국계몽기의 시가들은 사상적인 측면에서 민족문학의 형성과 관련하여 '새로움'의 요소로 작용했다고 볼 수 있다.

셋째, 신채호는 민족과 국가의 역사를 '아와 비아의 투쟁'으로 규정했듯, 시에서도 국가 존망의 기본 원리를 힘의 강함과 약함에서 찾고 있다. 이런 관점에서 직접적인 폭력 수단에 의해서만 일제를 구축할 수 있다는 무력투쟁론을 주장하였다. 이렇듯 자기희생을 전제로 한 항일투쟁에 대한 확고한 결단은 그의 시에서 '칼'과 '피'로 상징화되어 있다. 이것들은 일제와의 생사를 건 독립투쟁에서 필연적으로 요구되는 물질적인 도구이자 민족적인 정기를 의미한다. 따라서 정신을 표상하는 피와 육체를 상징하는 칼의 변증법적 지향은 신채호 특유의 수사학적 장치로 치열한 투쟁정신을 함축적으로 드러내는 요체가 된다.

끝으로 1923년을 전후하여 신채호는 독립운동의 실천 방향을 무정부주의에서 찾고 있다. 그것은 약육강식의 논리를 앞세우는 제국주의에 대해 암살·파괴·폭동 등 폭력의 테러리즘으로 대항한다는 점에서 일제와의 투쟁에서 효율적이고 효과적인 대응방법이 되었기 때문이었다. 이에 따라 순국하기까지의 행동 양식도 폭탄제조소의 설치와 같은 극단적인 투쟁 양상으로 나타난다. 그러나 시에서는 이와는 대조적인 상호부조론의 관점을 취하고 있다. 그는 「매암의 노래」에서 한국인의 독립투쟁의 차원을 넘어선 보편적인 시각에서 민족자치의 원칙을 천명하고 있다. 이렇듯 그의 투쟁사상은 한국민족의 고통뿐만 아니라 세계의 억압받는 민중으로 확대되고 있다. 이것은 그가 추구했던 문학 장르 가운데서도 시를 통해서만 찾아볼 수 있는 사유 체계의 특질로 일제와의 투쟁에 있어서 테러리즘을 포함한 모든 수단과 방법을 정당화시킬 수 있는 강력한 대응이론이 되었다고 할 수 있다.

■ 조명희의 소설과 식민지 사회의 조망

1. 머리말

조명희는 한국 지식인 가운데 특이하고도 비극적인 삶을 궤적을 지니고 있는 작가이다. 그는 1894년 8월 10일 충청북도 진천군 진천면 벽암리(수암부락)에서 태어나, 1938년 5월 11일 망명지인 소련에서 "일본을 위한 간첩행위를 한 자들에게 협력한 죄"로 KGB에 의해 총살된 것으로 알려져 있다.[1] 이처럼 약 45년에 걸친 생애는 크게 식민지 지식인으로서 삶과 소련에서의 이주민으로서 삶으로 나눌 수 있다.

식민지 한국에서의 삶은 망국민으로서의 가난과 일제에 대한 저항의식으로 요약할 수 있다. 4살 때 부친을 여읜 조명희는 어머니와 40세의 위의 맏형인 조공희 슬하에서 자랐다. 일종의 자서전인 「생활 기록의 단편」에 의하면, 그의 성장기는 학비와 생활비 문제로 늘 고통을 겪어야 하는 가난의 연속이었다. 이와 더불어 유림가문으로부터의 반일 의식의 체득이다. 그의 맏형 조공희는 일제의 침탈에 항거하여 지리산에 수년간 칩거하는 우국지사로서의 절의와 기개를 보여 주고 있다. 조명희는 기미독립운동 당시에 적극적으로 가담하였다가 몇 개월간 구금되기도 하는 데, 그

---

1) 조명희의 연보는 『포석 조명희 전집』(『동양일보』 출판국, 1995)에 의거하였다. 1956년 7월 20일 소련 극동군 관구 군법회의는 1938년 4월 15일의 사형언도 결정을 파기하고 무혐의 처리함으로써 그를 복권시켰다.

저변에는 맏형과 가문의 영향력이 상당히 작용한 것으로 볼 수 있다. 이러한 성장기의 고난과 반일의식은 심층의식 속에 각인되어 조명희 문학의 중요한 모티브를 이룬다.

망명 이후 소련에서의 조명희의 삶이 단편적이나마 학계에 알려지기 시작한 것은 월북 작가에 대한 해금 조치와 『조명희 선집』(쏘련 과학원 동방도서출판사, 1959)이 국내에 유입된 이후부터였다. 그는 소련으로 망명했지만 소련어는 해독하지는 못했다. 이것은 작가로서의 분명한 한계였다.2) 따라서 소련에서의 대부분의 삶은 하바로프스크의 한인 자치구를 중심으로 조선인의 교육과 작품 창작에 전념한 것으로 되어 있다. 이 시기의 그는 생활인으로서 사회주의 종주국에 왔다는 안도감과 일제의 폭압 아래서 신음하는 조국 동포에 대한 안타까움이라는 양면성으로 나타난다. 이런 측면은 문학에도 그대로 반영되어 조선과 소련의 '땅 냄새'를 동시에 풍기는 이원적 구조3)를 나타나게 된다.

조명희의 문학적 편력은 시·소설·희곡·수필·평론 등 모든 장르에 걸쳐 있다. 1920년대 전반기의 문학적 관심사가 시와 희곡에 있었다면, 그 후반기는 주로 소설 창작에 몰두했다. 이들 작품은 신문학 형성기의 특징을 반영하듯 작가의식의 미숙성을 드러낸 것도 적지는 않다. 그러나 희곡 「김영일의 사」, 시집 『봄 잔디밭 위에』, 소설 「낙동강」등은 각 장르별로 새로운 문학의 길찾기에 해당된다. 그런 만큼 한국근대문학의

---

2) 강태수, 「기억의 한 토막」, 『조명희 선집』, 쏘련 과학원 동방도서출판서, 1959, 557면.
「그는 소련 작가들의 작품을 손에 들고 「이것이 과연 보고도 못 먹는 떡이야」하고 이리 저리 뒤번지며 몸소 읽을 수 없는 것을 몹시 안타까와하시었다.」
3) 앞의 글, 599면.
「대체 조명희 선생의 작품에서 「땀 냄새」가 난다는 것은 누구나 다 하는 말이다. 「짓밟힌 고려」와 「고려 땅에 정말 태양이 비칠 때」에서 사회주의적 사실주의 립장에서 「조선 땅 냄새」가 코를 찌른다면, 「흑룡강가에서」와 「콤쏘몰쓰크」에서는 「쏘베트 땅 냄새」가 물컥물컥 났다.」

형성 과정에서 선구적 업적을 남긴 작품으로 평가할 수 있다.

　그럼에도 불구하고 조명희에 대한 연구는 남북 분단이라는 특수한 정치적인 상황과 연계되어 논의되지 못했다. 해금 이전까지는 문학사적인 측면에서의 단편적인 기술이나 평전류[4]가 대부분이었다. 그에 대한 논의가 본격적으로 이루어진 것은 1990년 전후부터 이었다. 이 시기를 기점으로 활발한 논의가 이루어져 괄목할 만한 성과[5]를 거둘 수 있었다. 이 글은 기존 연구의 성과를 바탕으로, 그리고 그것이 안고 있는 문제점들은 염두에 두고, 조명희 소설의 실체를 규명하고자 한다.

---

4) 그 대표적인 예로『조명희 선집』에 실린 강태수의「기억의 한 토막」, 리기영의「포석 조명희에 대하여」, 한설야의「정열의 시인 조명희」, 황동민의「작가 조명희」등으로 북한의 문인들이 주류를 이루고 있다.
5) 그 대표적인 예로 다음 논문을 들 수 있다.
　김상일,「조명희와 민족문학의 성립」,『실천문학』, 1989. 가을호
　김재홍,「프로문학의 선구, 실종문인 조명희」,『한국문학』, 1989. 1.
　민병기,「망명작가 조명희론」,『비평문학』3호, 1989. 8.
　박혜경,「조명희론」,『해금문학론』, 미리내 1991.
　백운복,「조명희의 시 연구」,『인문과학연구』제5호, 서원대인문과학 연구소, 1996.
　송재일,「조명희의 <파사>고」,『한국언어문학』27집, 한국어문학회, 1989. 5.
　이강옥,「조명희의 작품세계와 그 변모과정」,『한국근대리얼리즘작가연구』, 문학과 지성사, 1988.
　임헌영,「조명희론」,『조명희 선집』, 풀빛, 1998.
　장양수,「조명희 단편 <낙동강>의 프로문학적 성격」,『한국문학논총』14, 한국문학회, 1993.
　장덕준,「포석 조명희의 현실인식-<김영일의 사>와 <파사>를 중심으로」,『어문논집』22, 1981.
　정상균,「조명희 문학연구」,『전농어연구』6집, 1994.
　채수영,「조명희 시 연구」,『시와 비평』, 1990. 봄호

2. 지식인 삶의 양상과 허위의식

조명희는 「땅속으로」(1925)를 발표하기 시작하면서부터 1928년 소련으로 망명하기 이전까지 소설 창작에 전념하고 있다. 이것은 이전의 문학적 행보와는 대비된다. 이런 변모는 식민지의 현실과 밀접한 연관이 있는 것으로 추론할 수 있다. 그는 동경 유학시절에 사회주의에 눈뜨기 시작했지만 철저하게 경도된 것은 아니었다. 그의 문학적 출발은 "부르죠아적 문학 청년의 생활을 동경"6)하는 것부터 시작되었다. 그런 만큼 1920년대 초의 낭만주의적 경향과 밀접한 연관이 있다.

이 시기 대부분의 식민지 지식 청년의 이념적 궤적이 그러했듯이 조명희는 사상적인 보헤미안을 거쳐 사회운동 분자가 된다. 그러나 이것은 정신적인 방황을 잠재울 수 있는 이념적인 실체는 되지 못했다. 이 과정에서 사회 개조보다도 인심 개조가 더 급함을 느끼고 자연주의·종교적 신비주의 등 사상적인 탐색을 계속하지만 "자기의 힘으로는 도저히 자기를 구원해 낼 수 없다"(161면)는 허무주의의 늪에서 벗어나지 못하고 있다.

사상적 방황은 귀국 후에도 상당한 기간 지속된다. 의식의 회색안개 속에서 타고르의 시 「기탄자리」를 애송하며 절대고독의 세계로 침잠한다. 이것은 타고르의 신비적인 서정주의를 비판한 한용운의 「타고르의 시를 읽고」에서도 분명히 드러나듯, 초월적인 상태에 안주하는 것을 의미한다. 말하자면, 현실적 대응력을 상실한 채 자신의 안위와 초월에만 집착하는 소승적 태도인 감상적 탐닉에만 몰두했던 것이다.

조명희가 사회의식에 관심사를 두게 된 것은 배고픔의 고통을 체험하면서부터였다. "'타골'류의 신낭만주의냐, 그렇지 않으면 '고리끼'류의 사

---

6) 조명희, 「생활기록의 단편」, 『낙동강』, 슬기, 1897, 159면. 이하 『생활 기록의 단편』의 원문용은 이 책의 면수만 밝히기로 한다.

실주의냐?"(162면)의 갈림길에서 후자를 택하고 있다. 이것은 현실을 해부하고 비판하는 것을 뜻한다. 이런 맥락에서 식민지 지식인의 삶을 포괄적으로 조망하기 위한 장치로써 서정성에 기반을 둔 시 보다는 서사성에 기반을 둔 소설을 택한 것으로 추론할 수 있다.

이 시기의 조명희의 문학적인 관심사는 지식인의 좌절과 궁핍상에 맞추어져 있다. 그 중에서도 '밥'7)은 핵심 문제가 된다. 포스터E. M Foster는 '밥'을 문학의 5가지 주제 가운데 하나로 들고 있다. 이것은 인간 생활에 있어서 사랑이나 죽음 못지않게 중요한 요소이면서도 문학적으로는 비중 있게 다루어지지는 않았다. 이것이 현실성을 지닌 문학적인 주제로 형상화되기 시작한 것은 로맨스의 영웅주의가 청산된 근대문학 출범 이후부터 였다. 리얼리즘 소설은 근대로 내려올수록 "타락한 세계 속에서 확실한 가치를 타락한 방법으로 추구하는 이야기"8)형식을 취하고 있다. 이 과정에서 소설은 필연적으로 "저급의 모방양식"9)의 형태를 띠게 되며 하층민의 생활상의 형상화에 초점을 맞추게 된다.

한국문학의 전개 과정에서 '밥'문제가 문제의식을 띠고 제기된 것은 1920년대부터였다. 이것은 "삶의 어떤 표준과 관련된 불충분의 상태, 소득 분배의 날카로운 불균형, 어떤 목적을 달성함에 있어서의 무력상태 혹은 행위 패턴이나 행동의 하부문화"10)로 빈궁의 문제와 밀접한 연관이 있다. 특히 프롤레타리아 문학이 본격적으로 수용되기 시작하면서부터 개인사적인 문제를 넘어선 사회적인 문제로 제기되었다.

조명희 소설은 궁핍의 사회학적인 측면이 두드러지게 나타난다. 이것

---

7) E. M. Foster. *Aspects of Novel*, Harcourt; Brace and Company, Inc, 1954, p. 55.

8) Lucien Goldman, *Towards A Sociology of the Novel*, p. 1.

9) N. Frye, *Anatomy of Criticism*, Princeton University. pp. 33~34.

10) Marshall B, Clinard, Daniel J. Abbott, *Crime in Developing countries*, John Wiley & Sons New York, 1973, p. 173.

은 1920년대의 대표적인 빈궁문학 작가인 최서해의 경우와도 상당한 차이점이 있다. 최서해의 문학이 가족 내적인 혈연의 인간관계만을 다루고 있기 때문에 민족 유리의 서사시로 확대되지 못하고 있다.[11] 이에 반해 조명희는 가난의 문제를 사회적인 문제로 제시해 놓고 있다. 이것은 그의 문학이 계층 이론의 차원으로 확대되어 가는 중요한 전거가 된다.

> 동경 생활은 별 생활이 없었네, 다만 나의 생활의 큰 전환을 준 것뿐일세, 그것은 말하자면 사상 생활의 전환이겠지. 그때는 한참 일본 천지에 사회사상이 물끓듯 일어난 판에, 나 역시 지식상으로 또는 생활의 경험으로부터 새로운 사상이 나의 피를 끊게 하던 때일세. 나는 또한 같은 동지를 모두 열렬한 선전운동에 착수하였네.[12]

그러나 이 시기의 조명희는 사회주의 내지 계급의식에 깊이 침윤된 것은 아니었다. 「땅속에서」를 비롯한 대부분의 작품에서 사회주의적 리얼리즘의 요소는 발견되지 않는다. 그보다는 반일 감정에 기반을 둔 민족주의적 색채가 농후하게 드러난다. 그 중에서도 궁핍의 문제와 연관하여 고리대금업을 대표적인 경제적 수탈의 예로 들고 있다. 이것은 비정상적인 자본의 축적 이동으로 소액의 민족 자본이 일본인의 대자본에 의해 수탈되는 과정을 분명하게 보여 준다. 고리대금업에 대한 울분을 통해 식민지 치하의 법률 자체를 비판하고 있다. 일제의 침탈상의 제시는 동시대의 어떤 작가보다도 탁월한 현실 인식의 결과라고 할 수 있다.

> 그때는 지금 이 집보다도 더 크고 좋은 집인데 아까 그 매방아집에서 너더댓 집 건너집이다. 지금은 이곳이 좀 번화하여진 까닭으

---

11) 이재선, 「한국현대소설사」, 홍성사, 1979, 245면.
12) 조명희, 「R군에게」, 『낙동강』, 슬기, 1987, 99면. 이하 조명희 소설의 원문 인용은 이 책에 의한 것으로 제목과 면수만 밝히기로 한다.

로 잡화상 겸 고리 대금업자의 일본 사람이 그 집에 들어있다. 지금
들어 있는 집도 물론 그자에게 잡혀있다.(70면)

궁핍은 인간의 기본적인 삶의 양상을 파괴한다. 그것이 극단화될수록
인간은 배고픔의 생리적 고통에서 벗어나기 위하여 정상적인 삶을 포기
해 버린다. 굶주림은 인간의 정서를 도덕적인 경향에서 상호 격앙적이고
동물적인 본능 충동으로 퇴행시킨다. 이것이 만연된 사회는 자아 파괴적
인 의지의 자살, 살인, 도둑질, 강도적인 탈취 및 계층적인 반항의 범죄적
인 폭력의 증대화 현상이 야기될 수밖에 없다.[13]

조명희 문학은 '배고픔'에서 기인하는 병리적인 현상에 대한 기록이다.
그 중에서도 지식인 계층의 삶의 양상에 초점을 맞추고 있다. 이것은 동시
대의 최서해가 "작가 자신의 체험영역에 대한 존중"[14]과 연관하여 하층민
의 생활상을 그린 것과는 대비되는 측면이다. 「땅속으로」, 「R군에게」, 「저
기압」 등에 공통적으로 그려져 있는 주인공들이 그것이다. 이들은 동경 유
학생, 전직 교사, 신문기자 등으로 1920년대를 대표하는 지식인이자 직업
인이다. 그럼에도 불구하고 이들은 신문화를 대표하는 지식인으로서의 역
동성을 보여주지 못하고 있다. 오히려 그 반대이다. 밥은 이들에게 있어서
가장 현실적이면서도 절실한 문제이다. 무직 인텔리의 삶을 그린 「땅속에
서」의 나는 물론, 현직 신문기자인 「저기압」의 주인공도 마찬가지이다.

봉급이란 것도 잘 안 나온다. 생활난은 여전하다. 사지나 마음이
나 다 한 가지로 축…… 늘어진다. 눈만 멀뚱멀뚱하는 산 진열품들
이 축- 늘어앉았다.(48면)

---

13) 이재선, 앞의 책, 224~225면.
14) 앞의 책, 245면.

궁핍의 문제는 인간관계의 파탄이라는 양상으로 나타난다. 정상적인 인간의 삶은 자아와 사회의 조화를 통하여 이루어진다. 사람이 정말 뜻있고 진정하게 산다는 것은 자신과 자신의 에워싸고 있는 사람과 사회 사이에 생생하고 친밀한 관계를 유지할 때 가능하다. 그러나 조명희 문학에서 친밀함이나 연대감 같은 명제는 처음부터 존재하지 않는다. 주인공들은 한결같이 삶의 목표를 상실한 채 끊임없이 의식의 절멸 상태만을 지향하고 있다. '뿌리 뽑힌 자'(uprooted)의 좌절의식과 소외의식만이 지배하고 있는 것이다.

> 나는 아무 생각도 할 수 없다. 생각할 까닭도 없다. 다만 무너지려는지, 터지려는지, 어찌될 줄은 모르는 컴컴한 앞이 있을 뿐이다. 앞 뿐 아니라 뒤도 옆도 다 캄캄한 것뿐이다. 다만 그 캄캄한 세계의 이쪽에서 저쪽으로 올라가는 무슨 비통한 휘파람 소리가 이따 금씩 일어날 뿐이다. 그것은 고통과 절망으로부터 나오는 부닥칠 곳 없는 생의, 아니 영혼의 고적한 숨이었다.(72면)

이런 주인공에게 있어서 사회나 가정은 창조적 노력의 토대가 될 수는 없다. 「저기압」에서 주인공은 자신의 신문사 동료들을 묶은 진열품, 고슴도치, 도야지, 썩은 콩나물 대구리 등에 비유하는 "정체폭로로서의 비속화"[15]를 시도하고 있다. 이처럼 사회 구성원 가운데 어느 누구와도 친밀한 유대 관계를 맺지 못하고 있다. 이것은 가족과의 관계에도 그대로 이어진다. 아내는 "보기 싫은 사람을 억지로 대"할 수밖에 없는 고통스러운 존재이며, 아이들과의 관계도 "무슨 원수나 대적을 하는 셈"으로 일관하고 있다.

---

15) 이재선, 앞의 책, 195면.

언제인가, 밥 먹고 들앉아있는 집 식구들 꼴을 혼자 우두커니 바
라보다고 있다가 속으로 "이 몹쓸 아귀들! 내 육신과 정신을 뜯어먹
는 이 아귀들!"하며 혐오증이 왈칵 나던 생각이 다시 난다.
　"아―인재 그 꼴들 보기도 참 싫다! 그 시덥지 않은 생활을 되풀
이하기도 참 멀미난다!"(51면)

　조명희는 1920년대를 생활의 기본 조건이 되는 경제가 파멸되었기 때
문에 "다른 생활도 파멸"(48면)될 수밖에 없는 시대로 인식하였다. 이 경
우 지식인의 삶은 경제적인 측면에서 하층민에 비해 더 많은 적응력의 한
계성을 드러낸다.16) 교육을 시키고 또 그것을 받는 저변에는 신분의 상향
이동(upward mobility)이라는 내면적 욕구가 깃들어 있다. 그러나 식민지
와 같은 부조리한 시대는 보편적인 진리나 욕구마저도 통용되지 않는다.
이런 현상이 나타나는 사실 자체가 개인적인 문제라기보다는 시대적인
모순이자 비극이다. 따라서 주인공들은 자아가 세계로 말미암아 파괴당
하는 시대의 희생양에 해당된다.

　　　이 땅의 지식계급…… 외지에 가서 공부깨나 하고 돌아왔다는 소
　　위 총준자제들, 나갈길은 없다. 의당히 하여만 할 일은 할 용기도 힘
　　도 없다. 그거다. 자유롭게 사지하나 움지기기가 어려운 일이다. 그
　　런데 배속에서는 쪼로록 소리가 난다.(48면)

　그러나 이런 사회적 요인이 있다고 하더라도 주인공들의 부조리한 행
동 양식마저 정당화될 수 없다. 신채호가 "조선의 주의가 되지 않고, 주의

---

16)「생활 기록의 단편」의 다음과 같은 부분에서 이를 확인할 수 있다.
　「요 얼마 전에 우리집에서 나를 보고 앞 행길에 가서 물지게를 지고 물을 길어오
　라고 한다. 나는 이웃집 사람이 부끄러워서 그 물지게를 지고 물을 긷지 못하였
　다. 그리고 나서 나는 또 자신을 욕하였다. '이 뿌띠 부르죠아'하고 그리고까지 덮
　어 놓고 '현실주의 현실주의'하는 것이 막연한 일인 것 같았다.」(162면)

의 조선이 되고"17)마는 당시의 문화풍토를 개탄했듯이, 이들의 의식이나 행동에서 지식인다운 면모는 찾아 볼 수 없다. 지식인으로서의 자아성찰 보다는 자가당착적인 모순상과 자기 비하만을 되풀이하고 있을 뿐이다. 「저기압」의 주인공은 스스로 "인조병신"(50면)을 자처하며 "여름날 쇠부랄 모양으로 축—늘어져 매달린 생활"(46면)로 일관하고 있다. 넉 달 치의 방세를 내지 못해 쫓겨날 처지에 있으면서도 30원의 돈이 생기자 술값으로 탕진하고 있다. 이것은 「땅속으로」의 주인공 역시 마찬가지이다. 지식 인으로서의 사회적인 기능이나 역할에 대해 전혀 인식하지 못하고 있다. 타인을 계몽하고 계도하기에 앞서 자아 확립과 자기 정체성을 확립할 필요가 있는 인물들이다. 그럼에도 불구하고 온 세계 프롤레타리아를 고통에서 구하기 위해 계급투쟁에 투신할 것을 결심하고 있다. 이런 사실 자체가 태도의 희극이자 아이러니에 다름이 아니다.

> 이때부터 내 사상 생활의 전환의 동기가 생기었다. 이때껏 '식, 색, 명예만 아는 개 도야지 같은 이 세상 속종들이야 어찌 되거나 말거나 나 혼자만 어서 가자, 영혼 향상의 길로'라고 부르짖던 나는 내 자신 속에서 개를 발견하고 도야지를 발견한 뒤에는 '우로 말고 아래로 파들어 가자.— 온세계 무산 대중의 고통 속으로! 특히 백의인의 고통 속으로! 지하 몇 천 층 암굴 속으로!'라고 부르짖었다. (75면)

사회주의는 아시아 · 아프리카의 식민지 제국에서 정치제제에 대한 저항운동의 중요한 논리의 하나였다. 한국의 경우 "동경 유학생들이 이러한 방면의 주도역할을 담당했던 것"18)으로 되어 있다. 주인공 역시 경제적인 파탄으로 인한 대응 방안을 정치성과 연관된 사회주의를 통하여 찾고

---

17) 신채호, 『신채호전집』, 형성출판사, 1975, 123면.
18) 김준엽 · 김창순, 『한국공산주의 운동사』 제1권, 고대 아세아문제연구소, 1967, 156~157면.

있다. 그러나 이것은 계급혁명에 대한 완벽한 인식의 결과로 이루어진 선택은 아니다. 자살이나 도피 이외는 다른 것을 선택할 수 없는 한계 상황에서의 "사상 생활의 전환"은 당위성이 결여되어 있다. 작가는 "절도가 구걸보다 덜 구차하다"는 논리 아래 순사에게 붙잡히는 꿈으로 결말을 맺고 있다. 이것은 주인공이 자기희생적인 이데올로기의 실천보다는 생활난의 타개에 집착하고 있음을 보여주는 반증이다.

주인공의 사회주의 운동은 E. 프롬이 말한 "권위주의(authoritarianism)의 매커니즘"[19]과 밀접한 연관이 있다. 이것은 사회와의 연대 관계를 상실함으로써 한 개인과 외부 세계로부터의 소외·고립·격리라는 상황에서 빚어지는 불안과 고통을 극복하기 위해 본능적으로 택하는 방법을 의미한다. 이것 역시 "외부 권력에 대한 복종"으로 "자기 자신을 판단하는 능력을 약화시키는 경향"이 있다.[20] 말하자면, 생활 파탄자로서의 현실도피를 사상운동으로 위장하고 있는 것이다. 외부의 사상이나 권력에 대한 모든 복종이 그렇듯이 이념의 파탄과 허위의식이라는 부정적인 측면을 드러내고 있다. 따라서 주인공의 행동 양식은 현실적 대응력을 상실한 지식인의 사상적인 방황 내지는 위장적인 포즈 이상의 의미를 지니지 못한다.

3. 이념형 인물의 현실 대응력과 식민지 사회의 조망

「낙동강」은 한국문학사상 가장 많은 주목과 논란의 대상이 되었던 작품 가운데 하나이다. 그것은 프롤레타리아 문학의 진로 설정과 밀접한 연관이 있었기 때문이었다. KAPF는 1927년 9월 1일 연맹원 총회를 열고 방향전환을 시도했다. 이것은 "종래의 자연발생적 단계에서 목적의식을 뚜

---

19) 조남현, 『한국 지식인소설 연구』 일지사, 1984, 225~226면.
20) E. 프롬, 『반항과 자유』(홍순범 역), 문학출판사, 1990, 17~18면.

렷이 파악하여 활동"21)했음을 의미한다. "빈궁의 사회적 계급적 원인이 추구되고 그에 대한 반항의 혁명적 근거를 명백"22)히 하고 있다. 따라서 빈궁에 대한 반항이 혁명적 기초 위에 서 있지 않았던 전대의 자연발생적인 문학과는 명확하게 구분된다.

이 작품이 발표되었을 당시 비평가들의 반응은 상치된 양상으로 나타났다. 김기진은 절망이 아닌 열망의 인생을 그렸다는 점, 독자의 감정의 최후에 이르러 어떤 방향으로 행해야 할 것인지를 제시했다는 점, 작품 개개 인물에 상응하는 성격과 풍모를 그렸다는 점 등을 들어 자연발생기의 작품과는 명백히 구별되는 것23)으로 보았다. 이에 반해 조중곤은 현 단계의 정확한 인식, 맑스주의적 목적의식, 작품 행동, 정치주의적 사실, 표현 등 각 분야에서 자연발생적인 수법을 그대로 답습했기 때문에 목적의식기의 작품으로 볼 수 없다24)고 주장했다.

이처럼 상반된 견해는 세대에 따른 의식의 차이에서 비롯된 것이다. 김기진이 PASKULA(1923)의 창설 멤버로서 자연발생기부터 프로문학을 이끌어 온 중견이었다면, 조중곤은 방향전환(1927)을 전후하여 KAPF에 가담한 신인이었다. 이 문제와 관련하여 "초기 KAPF 구성원은 예술적 기능인이었으나 조직 확대 이후 비예술인이 많이 섞여 들었다"25)고 할 때 두 사람 사이에는 문학에 대한 견해의 차이를 드러낼 수밖에 없었다.

김기진이 「낙동강」을 프로문학의 방향 전환을 시도한 작품으로 본 것은 당연한 귀결이었다. 그 이전에 박영희 「철야」와 「지옥순례」의 비평에서 계급투쟁에 대해 추상적인 설명으로 시종하고 있는 작품의 한계성을

21) 김윤식, 『한국근대문예비평사 연구』 일지사, 1976, 32면.
22) 조연현, 『한국현대문학사』 성문각, 1973, 296면.
23) 김기진, 「시감 2편」, 『조선지광』, 1927. 8, 9~11면.
24) 조종곤, 「「낙동강」과 제2기 작품」, 『조선지광』, 1927. 10, 9~13면.
25) 김윤식, 앞의 책, 32면.

지적한 바 있었다. 이 글은 '소설건축론'에 의거해 "기둥도 없이 석가래도 없이 붉은 지붕만 입혀놓은 건물이 있는가"[26]라는 질문을 던지고 있는데, 이것은 박영희의 작품뿐만 아니라 프로문학이 안고 있는 근본적인 결함의 정곡을 찌른 지적이었다. 그런 만큼 '문학의 선전 삐라화'를 추구했던 프로문학에 대한 전면적인 부정을 뜻하는 것이었다. 이런 관점에서 볼 때 「낙동강」은 자연발생기의 작품에 비해 긍정적인 요소를 지닌 것으로 인식했던 것이다.

그러나 이것은 문학의 볼셰비키화를 주장하는 극좌파의 입장에서는 결코 받아들일 수 없는 논리였다. 그들이 문학을 통하여 추구한 것은 이데올로기였지 예술성은 아니었다. KAPF의 형식논쟁과 관련하여 프로문예에서 "표현적 기교를 무시하는 것은 용서할 수 없는 착오"[27]라는 양주동의 비판에도 불구하고 "프롤레타리아의 문학에 있어서는 빛나는 내용이 중요하지 형식은 제일의적이 아니다"[28]라는 루나챠르스키의 내용 제일주의를 견지하였다. 조중곤도 이런 유물변증법적 리얼리즘의 연장선상에서 「낙동강」은 한 개의 경제 투쟁의 사실을 취급했다고 하더라도 거기에 정치적 해석을 가하지 않았기 때문에 목적의식기의 작품으로 볼 수 없다[29]고 주장했던 것이다.

「낙동강」은 KAPF 내에서의 논쟁을 야기할 정도로 뚜렷한 전환의 폭을 보여주고 있다. 이것은 작중인물의 성격에서부터 분명하게 드러난다. 이 작품의 박성운은 이전 작품의 주인공과 마찬가지로 지식인이다. 그러나 그 의식이나 행동 양식에 있어서는 분명한 차이점을 보여주고 있다. 이전의 주인공들이 하나같이 현실적인 대응력을 상실한 무기력한 인물이

---

26) 김기진, 「문예시평」, 『조선지광』, 1926. 12, 4면.
27) 양주동, 「문단 3분야」, 『신민』, 1927. 5, 106면.
28) 박영희, 「예술의 형식과 내용의 합목적성」, 『해방』 2권 5호, 8면.
29) 조종곤, 앞의 글, 13면.

었다면 박성운은 구체적인 목적성을 지닌 이념형 인물로 형상화되어 있다. 그는 신교육을 통하여 자기 성취를 이룩한 인물이다. "농업학교를 마치고 나서, 군청 농업 조수"(13면)로 일할 정도로 가족 구성원과 친밀한 관계를 맺고 있다. 또한 사회적인 측면에서도 이전의 프로문학에서는 거의 찾아볼 수 없었던 로사라는 여인과 애정 관계를 맺고 있으며, 고향 사람들과도 깊은 정신적인 유대감을 형성하고 있다.

농업 조수인 박성운의 의식전환은 독립운동의 폭발과 그것에의 적극적인 참여를 통하여 이루어진다. 이것은 경제적인 안정을 비롯한 모든 기득권을 자의적인 선택에 의해 포기했음을 뜻한다. 그리고 일제하의 지식인소설의 많은 주인공들이 옥살이[30]를 하고 있듯이, 박성운도 두 번의 옥살이 체험을 하고 있다. 첫 번째가 독립운동에 참여하였다가 "1년 반 동안이나 철창생활"(13면)을 한 것이라면, 두 번째는 낙동강변의 국유지 불하사건과 관련하여 검찰 당국에 체포되어 옥살이를 하는 것이다. 이러한 저항은 "부적절하다고 생각되는 문화적·사회적 제도와의 친화관계를 포기해 버리고 대신 새로운 사회를 건설해 보겠다는 그런 사람들의 대사회적 응전"[31]을 의미한다.

박성운의 저항의식은 독립운동을 하는 과정에서 사회주의자로 변환된다. 그 사상적 기반을 러시아 혁명의 성공과 1차 대전 전후의 불안으로 인해 현대사의 전면으로 대두한 계급사상에서 찾고 있다. 옥살이 모티브를 지닌 주인공들의 출옥후의 삶의 양상이 대부분 "환멸의 구성"[32]을 취하고 있는데 반해 그는 "생무쇠쪽 같은 시퍼런 의지"(15면)을 견지하고 있다. 이것은 그가 동일한 윤리적 가치를 지속하려는 '보존하는 개인'과 대

---

30) 조남현, 앞의 책, 214면.
31) Albert K, Cohen, *Deviance And Contrl,* New Delhi; Prentice Hall of India Private Limited, 1970, p. 77.
32) 조남현, 앞의 책, 218면.

비되는 역사적 진보와 방향성을 자각한 '세계사적 개인'으로 변모[33]했음을 뜻하는 것이다.

박성운은 농촌 야학과 소작조합운동을 통해 저항 활동을 전개하고 있다. 농촌 야학은 무지한 농민을 대상으로 한 문맹퇴치 운동이었다. 그러나 그 이면에는 계급혁명을 목적으로 하고 있는 만큼 「흙」이나 「상록수」에서의 농촌계몽 운동과는 근본적인 차이점이 있었다. 이와 더불어 소작조합은 좌파의 대표적인 농민운동의 하나였다. 사회주의 진영은 코민테른으로부터 노동자 농민에 대한 공산주의 운동이 지시된 이후에 농민운동을 계급투쟁의 일환으로 다루고 있다. 이것을 기점으로 하여 프로문단에서는 농민소설의 증폭화 현상이 나타났다. 이처럼 농민운동은 좌파의 운동 방향과 밀접한 연관이 있다.

> 그는 먼저 일할 프로그람을 세웠다. 선전, 조직 투쟁— 이 세가지로, 그리하여 그는 먼저 농촌야학을 설시하여 가지고 농민교양에 힘을 썼었다. 그네와 감정을 같이 할 양으로 벗어붙이고 들어 덤비어 그네들 틈에 끼어 생일도 하고, 농일터나, 사랑구석에 모인 좌석에서나, 야학시간에서나 기회가 있는대로 교화에 전략을 썼었다.
> 그 다음에는 소작조합을 맨들어가지고 지주 더구나 대주주인 동척의 횡포과 착취에 대항운동을 일으켰었다.(15~16면)

그럼에도 불구하고 「낙동강」은 사회주의 혁명을 전제로 한 정치투쟁 의식이 강하게 반영되어 있지는 않다. 프로문학의 본령은 자본주의 사회에 대한 비판이 아니라 사회주의 혁명의 당위성을 강조하는 데 있다. 이런 관점에서 사회를 부르주아와 프롤레타리아의 양극의 관계로 규정하고, 그 변동을 위한 "사회계급간의 이원적인 갈등을 예각화"[34]하고 있다.

---

33) 김윤식, 『한국근대문학사상 비판』, 일지사, 1987, 249면.
34) 이재선, 앞의 책, 302면.

따라서 그 창작방법론도 "유물론적 변증법에 의거하여서 현실을 분석하고 탐구하고 파악"[35]하는 것을 기반으로 하고 있다.

이에 반해 「낙동강」은 일제에 대한 저항의식이 밀도 있게 반영되어 있다. 그 중에서도 경제적 착취와 관련하여 동양척식주식회사에 초점을 맞추고 있다. 한국의 농촌사회는 '동척'을 앞세운 일제의 토지 수탈로 급격히 붕괴되었다. 이것을 계기로 일본회사 및 일본인 지주 등에 의한 토지 집중이 급격하게 진행됨에 따라 해외로의 농업 이민이 가속화되었다. 박성운이 서북간도로 떠나게 된 것도 지주 계층의 착취보다는 일제의 토지 수탈의 결과였다. 작가는 일본 자본의 융성과 한국 농촌사회의 몰락을 다음과 같이 대비적으로 묘사해 놓고 있다.

> 그가 처음으로, 자기 살 던 옛 마을을 찾아와 볼 때에 그의 심사는 서글프기가 가이없었다. 다섯 해 전 떠날 때에는 백 여호 촌이던 마을이 그동안 인가가 엄청나게 줄었다. 그 대신에 예전에는 보지도 못했던 크나큰 함석집웅집이 쓰러져가는 초가집들을 멸시하고 위압하는 듯이 둥두렷이 가로 길게 놓여있다. 그것은 묻지 않아도 동척창고임을 알 수 있다.(14~15면)

이와 더불어 간도의 한국인들이 "관헌의 압박, 호인의 횡포, 마적의 등쌀"(14면) 등으로 참혹한 생활을 하고 있는데 반해 일본인들은 일제의 비호 아래 경제적인 부를 축적하고 있음을 제시해 놓고 있다. 이 작품의 가장 중요한 모티브 가운데 하나인 낙동강 기슭의 갈밭사건이 그것이다, 마을사람들은 이곳의 '갈'을 팔아 옷과 밥을 구한다는 점에서 토지 이상의 의미를 지닌다. 그런데 일제는 갈밭을 국유지에 편입하였다가 "가등(일인)이란 자에게 국유 미간지 철일(拂)"(17면)이라는 명목으로 불하하고 있

---

35) 김기진, 「투르게네프와 빠르뷰스」, 사상계, 1958. 5, 39면.

다. 그 반면에 이에 항거하는 박성운은 지독한 고문 끝에 죽음에 이르게 하고 있다.

> 자기네 목숨이나 다름없이 알던 촌민들은 분해 눈이 뒤집혀가지고 덮어 놓고 갈을 비어재쳤다. 저편에 수직군하고 시비가 생겼다. 사람까지 상하였다. 그 끝에 성운이가 선동자라는 혐의로 부뚤려가서 가득이나 검찰당국에서 미워하던 끝에 지독헌 고문을 당하고나 서검사국으로 넘어가서 두어달 동안이나 있다가 병이 급하게 되어 나온 터이다.(17면)

제2차 방향전환 직후 KAPF는 예술운동의 볼셰비키화를 위해 "조선 푸로레타리아-트와일본 푸로레타리아-트의 연대적 관계를 명확하게 하는 작품"36)을 창작할 것을 요구하고 있다. 그러나 이것은 프로문학의 지향점을 제시했다기보다는 딜레마를 드러낸 것이었다. 로자 룩셈부르크는 민족과 계급투쟁과의 관계에 대하여 프롤레타리아트의 통일된 정치투쟁이 무모한 민족투쟁으로 대치되어서는 안 된다는 점을 분명히 밝힌 바 있었다.37) 이런 프로문학의 창작방법론에 KAPF는 민족주의를 덧붙이는 변용을 시도한 것이었다.

그렇다면 이 두 이데올로기는 결합할 수 있는가 하는 문제이다. 결론부터 제시하면, 이 둘은 앞에서도 언급했듯이 결코 양립될 수 없는 것이었다. 계급투쟁론의 측면에서 볼 때 민족주의나 민족문화는 "부르조아지의 사기"38)에 해당된다. 그러므로 이들의 관계는 "전 자본주의에 걸친 거대한 두 계급진영에 상응되며, 민족문제상의 두 정책(아니 두 세계관)을 표현하는 화해할 수 없이 적대적인 두 슬로건"39)으로

---

36) 권 환, 「조선 예술운동의 당면한 구체적 과정」, 『중외일보』 1930. 9. 4.
37) M. 레위, 『마르크스주의와 민족문제』(배동문 역), 한울, 1986, 137면.
38) V. I. 레닌, 『레닌의 문학예술론』(이길주 역), 논장, 1988, 128면
39) 위의 책, 132면.

간주되었던 것이다.

KAPF의 딜레마는 한국의 정치적인 상황과 밀접한 연관이 있다. 그것은 다름 아닌 일제의 식민지라는 특수한 정황이었다. 그런 만큼 KAPF는 이론상으로는 상치됨에도 불구하고 계급투쟁과 민족투쟁의 병행 양상을 취했다. 그런데 이 과정에서 목적과 수단의 문제가 필연적으로 제기될 수밖에 없었다. 말하자면, '사회주의 건설을 위한 민족투쟁이냐' 아니면 '민족주의를 위한 계급투쟁이냐'하는 상반된 가치체계 속에서의 선택의 문제가 그것이었다.

이 문제와 관련하여 「낙동강」은 계급해방 운동을 상위에 놓았던 대다수의 프로문학과는 달리 민족주의를 우위에 놓고 있다. 이것은 다음과 같은 진술을 통하여 명확하게 드러난다. (a)가 프롤레타리아 국제주의에 입각해 계급투쟁의 범세계적인 필요성을 논한 것이라면, (b)는 저항운동의 구체적인 목표를 공동운명체로서의 민족 문제에 둔 것이다. 이 가운데 서사의 초점은 후자에 놓여 있다. 이것은 사회주의적 관점에서 보면 세계 노동계급 운동의 가장 큰 장애 요원인 "분트주의"[40]를 뜻하는 것이다.

---

40) 분트주의자(The Bundist) 리브만(Liebman)은 프롤레타리아 국제문화가 지니고 있는 비민족적인 문화의 부정적인 측면에 대하여 다음과 같이 비판했다.
국제적인 이념은, 오직 그것이 노동자가 말하는 언어와 노동자가 살고 있는 구체적인 민족적 조건들에 적합할 때에만 노동계급에게 호소할 수 있다. 노동자는 자신의 민족문화의 조건 및 발전에 무관심해서는 안된다. 왜냐하면 "민주주의 및 세계 노동계급 운동의 국제문화"에의 참여는 오직 그의 민족문화를 통해서만 가능하기 때문이다. 이것은 잘 알려진 사실이다. 그러나 레닌은 이 모든 것에 전혀 귀를 기울이지 않고 있다.(앞의 책, 128면)
V. I. 레닌은 이와 같은 리브만(Liebman)의 견해에 대하여 다음과 같이 재비판했는데, 분투주의는 그 조직원의 자발적 결정에 따라 1921년 3월에 해체되었다.
민족주의문화와 사회주의문화의 요소들은 비록 초보적인 형태로나마 모든 민족문화 속에 존재한다. 왜냐하면 모든 민족 내에는 그 생활의 조건상 불가피하게 민주주의와 사회주의의 이데올로기를 산출하지 않을 수 없는 피자취 근로대중이 존재하기 때문이다. 그러나 모든 민족은 "요소"의 형태로뿐만 아니라 지배적인

"아니다. 그래도 여기 있어야 한다. (a) 우리가 우리계급의 일을 하기 위하여는 중국에 가서 해도 좋고 인도에 가서 해도 좋고 세계의 어느 나라에 가서 해도 마찬가지다. (b)하지마는 우리 경우에는 여기 있어서 일하는 편이 가장 편리하다. 그리고 우리는 죽어도 이 땅 사람들과 같이 죽어야 할 책임감과 애착을 가지고 있다."(16면)

이런 의미에서 「낙동강」은 식민지 치하의 한국인의 삶의 실상을 포괄적으로 조망한 궁핍의 서사시이다. 이념형 인물인 박성운은 단순한 개인이라기보다는 민족의식을 상징하는 '대표자적인 개인'에 해당된다. 그의 죽음은 일제에 의한 지독한 고문의 결과로써 "각 단체 연합장"(20면)으로 거행될 만큼 이데올로기를 넘어서는 민족적인 문제로 부각되어 있다. 루카치의 변증법의 논리를 빌어 설명하면, 이것은 "외적인 현실의 움직임을 포착하여 이를 인간 실천의 일부로 전환할 수 있는 창조적 능력의 표현"[41]을 의미한다. 그런 만큼 타락한 세계에 대항하여 사회적 모순을 극복해 가는 인물의 실천적 행위에 초점을 맞추고 있다. 그 결과 파벌과 다투기가 일수인 사회운동 단체들이 사상과 행동의 통합을 이루는 계기로 작용하고 있다. 이런 변증법적 역사의 전개 과정을 통해 사회적 환경과 인간의 실천적 능력은 끊임없는 교호 작용을 일으켜 하나의 통일된 역사적 총체를 이루게 된다. 따라서 적지 않은 구조적인 모순점에도 불구하고 민족주의적 관점에서 일제에 대한 저항의식과 정치적인 응전력을 제시한 대표적인 작품으로 평가할 수 있다.

문화의 형태로 부르조아 문화(게다가 대부분의 민족은 반동적이고 교권 주의적인 문화)를 또한 가지고 있다. 따라서 일반적인 "민족문화란 지주, 성직자, 부르조아지 등의 문화이다."

…(중략)…

"민주주의 및 세계 노동계급운동의 국제문화"라는 슬로건을 개진하는데 있어, 우리는 각 민족문화로부터 오직 민주주의적 요소 및 사회주의적 요소들만을 취한다. 즉, 우리는 각 민족의 부르조아 문화와 부르조아 민족주의에는 반대하며, 오직 절대적으로 민주 주의적 요소 및 사회주의적 요소들만을 취한다.(앞의 책, 129면)
41) 김우창, 『지상의 척도』, 민음사, 1985, 151면.

4. 맺음말

만44세로 삶을 마감해야 했던 조명희의 생애는 짧았다. 그의 문학 역시 마찬가지로 미완의 것이었다. 더구나 그의 죽음이 정신적인 요람으로 인식하여 망명했던 소련의 공권력(KGB)에 의하여 이루어졌다는 사실은 단순한 아이러니를 넘어 세계 지성사의 한 비극이었다. 따라서 그의 삶과 문학과의 연관 관계를 총체적으로 규명하기 위해서는 지속적인 연구가 필요하다고 본다.

전기적인 측면에서 조명희의 성장기는 가난과 반일의식으로 요약할 수 있다. 전자가 4살 때 부친의 죽음으로 인하여 파생된 개인사적인 비극이었다면, 후자는 맏형인 조공희를 비롯한 유교적인 가문으로부터 체득한 민족의식이었다. 이것은 생활과 이념을 지배하는 실체로써 그의 문학의 중요한 모티브를 이루고 있다.

1920년대 전반기까지 시와 희곡의 창작에 몰두했던 조명희는 「땅속으로」(1925)를 발표하기 시작하면서부터 소련으로 망명(1928)하기 이전까지 주로 소설 창작에 몰두하고 있다. 그가 시인이나 희곡 작가가 아닌 소설가로 활동한 시기는 3년 남짓하다. 이 기간도 「낙동강」을 전후하여 작품세계가 명확히 구분된다는 점에서 크게 2기로 나누어 볼 수 있다.

전기의 소설들은 '밥'의 문제를 사회적인 측면에서 제시하고 있다. 동경 유학생의 출신의 지식인 주인공들은 실업과 실직에서 연유한 궁핍으로 인해 정신적으로나 육체적으로 병리적인 현상을 드러내고 있다. '인조 병신'임을 자처하는 이들의 의식이나 행동에서 지식인다운 면모는 찾아볼 수 없다. 주인공들은 외부세계로부터의 소외·고립·격리 등의 상황에서 빚어지는 불안과 고통에서 벗어나기 위하여 사회주의 운동을 택하고 있다. 이처럼 사회주의에 대한 인식의 결과로 이루어진 자의적인 선택이 아니라 현실도피를 사상운동으로 위장하고 있다. 이점에서 현실 대응력을 상실한 지식인의 이념 파탄과 허위의식이 이상의 의미를 지니지는 못한다.

「낙동강」은 전기의 작품과는 대별된다. 주인공 박성운은 기미독립운동이 일어나자 사회적인 안정을 포기하고 독립운동에 참여하는 이념형 인물로 부각되어 있다. 옥살이 모티브를 지닌 주인공들의 출옥 후의 삶이 대부분 환멸의 구성을 취하고 있는데 반해, 그는 역사적 진보와 방향성을 자각한 세계사적인 개인으로서의 의식과 행동을 분명히 보여주고 있다. 이 작품은 동양척식주식회사를 앞세운 일제의 경제적 수탈과 박성운의 죽음으로 대표되는 정치적 폭압에 초점을 맞추고 있다. 이것은 작가가 사회주의의 계급투쟁보다는 민족의 생사와 직결되는 반일민족 투쟁을 상위의 개념으로 놓았음을 뜻한다. 이런 의미에서 민족주의적 관점에서 일제에 대한 저항의식과 정치적인 응전력을 제시한 대표적인 작품에 해당된다.

■ 『林巨正』의 민중의식과 봉건의식

1. 머리말

홍명희의 『林巨正』은 1928년 11월부터 조선일보에 연재되기 시작하여 1940년 『조광』 10월호에 이르기까지 13년여에 걸쳐 집필되었다.[1] 이것은 '화적편' 가운데 '평산쌈'에 이어 '자모산성 상'이 끝나고 '자모산성 하'의 1회 분만이 게재되어 있다. 작가의 말[2]에 의하면 '화적편' 가운데 절반 이상이 미완인 상태로 중단된 셈이다. 모든 작품은 작가의 사회의식과 예술관에 의하여 총체적으로 완성된다. 그런 만큼 결말 부분을 자의적으로 추론한다는 것은 상당한 위험이 따른다. 그럼에도 불구하고 임꺽정의 행로가 청석골·자모산성·구월산성 등으로 이어졌다는 사실史實에 비추어 볼 때 구월산성에서 관군과의 치열한 싸움과 비극적인 최후가 결말 부분이 되리라고 짐작할 수 있다.

---

1) 정해렴, 「교정후기」 『임꺽정 10』(사계절, 1995), 166면. 이 글에 의하면 발표 당시의 작품 제목, 발표지 및 기간은 다음과 같다.
   제1차: '임거정전' 『조선일보』 1928. 11. 21～1929. 12. 26(307회 분)
   제2차: '임거정전' 『조선일보』 1932. 12. 1～1934. 9. 4(399회 분)
   제3차: '화적 임거정' 『조선일보』 1934. 9. 15～1935. 12. 24(140회 분)
   제4차: '임거정' 『조선일보』 1937. 12. 12～1939. 7. 4(264회 분)
   제5차: '임거정' 『조광』, 1940년 10월호. (200자 원고지 약 90매 정도로 신문 연재 8회 분)
2) 「『임꺽정』의 연재와 이 기대의 반향」, 『조선일보』 1937. 12. 8.
   「「화적 림거정」을 청석편·자모편·구월편 세 편으로 난호아 쓰겠습니다」

『林巨正』은 "여러 번 휴재도 되고 연재도 되는 동안 휴재가 되면 독자의 야단이 추상과 같았고 연재가 되면 독자의 환영이 홍수와 같았"[3]다는 조선일보의 사고社告에서 보듯 한국 근대 문학사를 통하여 독자들로부터 가장 많은 기대와 찬사를 동시에 받은 작품이다. 또한 동시대의 작가들로부터 작품의 예술성과 문학사적 의의에 대하여 평가가 이루어지고 있다. 단평이기는 하지만 "벽초의 손에 재현되어 지하에서 웃을 임꺽정"(한용운), "조선문학의 전통과 역사적 대작품"(이기영), "동양 최초의 대작이며 우리의 생활사전"(박영희), "어학적으로 본 『임꺽정』은 조선어 광구의 노다지"(이극노) 등 다양한 계층과 측면에서의 평가가 그것이다.

그러나 홍명희의 정치적 행보와 관련하여 『林巨正』은 해방 이후의 한국문단에서는 문학적 성과와 관계없이 금기시 되는 작품의 하나였다. 그는 월북 인사 가운데 북한의 최고위직인 부수상에 오른 분단시대 냉전의 이데올로기를 상징하는 대표적인 인물이다. 그런 만큼 해방 이전의 몇 편의 연구[4]와 문학사적 관점에서의 단편적인 기술[5]을 제외하면 작가와 작품에 대한 본격적인 논의는 전무한 편이었다. 이것이 정치적인 관점에서 벗어나 활발하게 논의되기 시작한 것은 월북 작가에 대한 해금조치가 취해진 1980년대 중반 이후부터였다. 그 중에서도 강영주[6]의 작품과 작가에 대한 기본 자료의 정리는 새로운 연구의 지평과 함께 다양한 관점에서의 문학적 논의[7]의 터전을 마련해 놓았다고 할 수 있다.

---

3) 「『임꺽정』의 연재와 이 기대의 방향」, 『조선일보』 1937. 12. 8.
4) 그 대표적인 연구로 임화의 「세태소설론」(『동아일보』 1938. 4. 1~4. 6)과 이원조의 「「임거정」에 대한 소고찰」(『조광』4권 8호)을 들 수 있다.
5) 그 대표적인 예로 백철의 『조선신문학사조사－현대편』(백양당, 1949)와 이재선의 『한국현대소설사』(홍성사, 1982)에서의 문학사적 의의를 들 수 있다.
6) 임형택·강영주 편, 『벽초 홍명희 『임거정』의 재조명』, 사계절, 1988.
7) 그 대표적인 예로 신재성 「1920~1930년대 한국역사소설 연구」(서울대학교 대학원, 1986)와 채진홍의 『홍명희의 「林巨正」 연구』(새미, 1996)를 들 수 있다.

이 논문은 기존의 연구 성과를 바탕으로, 그리고 그것이 안고 있는 문제점들을 염두에 두고, 『林巨正』에 나타난 작가의식을 규명해 보고자 한다. 전통적인 사대부 계층인 홍명희가 백정계급인 임꺽정을 문학적 탐구와 형상화로 삼은 근본 요인은 봉건사회에 대한 계급적 저항의식과 투쟁정신에 있었다. 민중들의 단합과 단결을 꾀했던 인물로 이시애나 홍경래와 공통점이 있을 뿐만 아니라 독립협회 당시의 보부상의 활약상 과도 일맥상통한다는 것이다.8) 이처럼 작가의식은 과거의 역사적 사실에 대한 단순한 재현이 아니라 역사의 진보를 향한 현재에 대한 참된 전사前史를 제시하는데 초점이 맞추어져 있다. 따라서 이에 대한 해명이 밀도 있게 이루어질 때 『林巨正』은 물론 한국문학에 대한 이해의 폭도 넓어지리라고 본다.

2. 보수와 진보의 양면성

홍명희의 의식은 보수와 진보라는 상치된 양상으로 나타난다. 이것은 그의 삶의 논리는 물론 문학을 지배하는 원리로 작용하고 있다. 보수적 성향은 출신 배경과 밀접한 연관이 있다. 그는 일제 강점기의 문화계 인 사들 가운데 가장 전통적인 명문 가문 출신이다. 그런 만큼 이광수·최남 선 등과 같이 신문화의 전면에 설 수 있는 위치에 있으면서도 이들과는 상당히 다른 삶의 궤적을 드러내게 된다. 이광수가 조선 제일의 문사가 되어 구습 타파를 열렬히 부르짖고, 최남선이 신문물의 수용을 강하게 주 장하는 동안 그는 일부의 인사들로부터 "역량을 의심" 받을 뿐만 아니라 "염세주의로 들어가는 경향"을 보일 정도로 시대나 사회 적응에 한계성

---

8) 이에 대한 작가의 견해는 「『林巨正傳』에 대하여」(『삼천리』 창간호, 1929. 6)와 「『林巨正傳』을 쓰면서」(『삼천리』, 제5권 9호, 1933. 9)에 제시되어 있다.

을 보이고 있다.9) 이것은 사대부 가문 출신이라는 점과 유년 시절 한학을 통하여 길러진 보수주의적인 성향이 작용한 결과이다.

그러나 홍명희의 가문은 유림 가운데서도 진보적인 성향이 강했던 것으로 볼 수 있다. 그는 14세 때에 서울로 올라가 이듬해 중교의숙中橋義塾에 입학했다. 이것은 전통적인 학문인 유학 대신에 신학문을 지향했음을 의미한다. 그의 아버지는 신학문을 주선할 만큼 "시세에 대한 안식"10)이 있었다. 그는 19세 때에 사비로 일본 유학을 떠나고 있는데, 그 주된 목적은 "법률을 공부해서 관리"11)가 되기 위해서 였다. 이것을 통해서 문학에 대하여 관심을 갖고 있지 않았다는 점과 조선은 을사보호 조약(1905)으로 외교권을 상실한 상태에 있었지만 국권 상실에까지는 이르지 않을 것으로 인식했다는 두 가지 사실을 추론할 수 있다.

경술국치(1910)는 홍명희의 생애에 있어서 큰 전환점이 되었다. 당시 금산 군수였던 그의 부친은 "금산관아에서 합병조칙이란 것을 읽지 않고 순사"12)했다. 이것은 가장의 죽음뿐만 아니라 집안의 몰락을 가속화시키는 계기로 23세의 그에게 심각한 영향을 미치고 있다. 아들 홍기문의 술회에 의하면, 그는 아버지에 대해서 최대의 자부심과 존경심을 지니고 있었던 것으로 되어 있다.13) 그는 부친의 삼년상을 마치자마자 출국하여 만주·북경·상해·남양 등 중국의 여러 곳을 방랑한다. 이 과정에서 신채호·

---

9) 양건식, 「문인인상호기」, 『벽초 홍명희와 『임꺽정』의 연구 자료』(임형택·강영주 편), 사계절, 1996, 230면.
10) 홍명희, 「자서전」, 위의 책, 23면.
11) 「홍벽초·현기당 대담」, 위의 책, 177면.
12) 이원조, 「인물소묘-「벽초론」」, 위의 책, 249면.
13) 홍기문, 「아들로서 본 아버지」, 위의 책, 235면.
「그뿐이 아니라 때로는 우리 할아버지를 뒤이어 우리들은 남달리 자존심이 있어야 하고 인내력이 있어야 한다고 힘차게 일러주시었다. 또는 가끔가끔 눈물까지 머금어 가시면서할아버지의 생전을 이약이하야 주시었다.」

정인보·문일평 등 민족주의자들과 교분을 쌓고, 귀국 이듬해 괴산에서 기미독립운동을 주도하여 옥고를 치루고 있다. 이처럼 그의 반일의식은 적극적인 행동 양식으로 나타나고 있다. 민족주의자들과의 교류는 허무주의의 늪에 빠져 있던 그에게 적지 않은 영향을 미친 것으로 볼 수 있다.

홍명희에게 있어서 사회주의는 의식의 실체를 해명해 볼 수 있는 중요한 거멀못이다. 그가 언제부터 사회주의에 대하여 관심을 갖게 되었는지는 명확하지 않다. 일본 유학시절을 회고하는 설정식과의 대담에서 "나는 그때 사회주의니 뭐 그런 것은 몰랐지요."[14]라고 잘라 말하고 있다. 이것으로 보아 기미독립운동으로 옥고를 치른 직후부터 사회주의에 대하여 관심을 갖게 된 것으로 볼 수 있다.[15] 세계사적인 측면에서의 시대적인 흐름이나 국내에서의 반일운동과 관련하여 식민지 조선이 지니고 있는 현실 문제의 타개책을 사회주의에서 찾았음을 의미한다. 그리고 "공산주의의 학설은 조선에 있어 누구보다도 못지않게 통효할 것"[16]이라는 지적처럼 사회주의 이론에 해박했던 것으로 되어 있다. 또한 실제의 활동도 화요회·신간회·조선문학가동맹 등 사회주의 성향의 단체를 중심으로 이루어지고 있다.

그러나 신간회 사건으로 옥고(1929~1932)를 치른 이후부터는 모든 사회운동을 절연한 채 『林巨正』의 집필에만 몰두하고 있다. "시정에 있으면서 세사를 다만 바라만 보시는 처사"로서 "청빈낙도"하는 생활로 일관하고 있다.[17] 이 문제와 관련하여 조선공산당의 비밀당원이었다는 설

---

14)「홍명희·설정식 대담기」, 위의 책, 214면.
15) 홍기문, 앞의 글, 237면.
　　「본래 내가 조선에 있을 때부터도 아버지는 벌써 맑스주의를 공부해야 된다고 그렇게 고생하시는 중에도 원서를 어더다가 읽으시고 하상조(河上肇) 산천균(山川均) 등의 책을 사오시었다.」
16) 박학보,「홍명희론」, 위의 책, 243면.
17)「청빈낙도하는 당대 처사 홍명희씨를 찾어」, 위의 책, 159면.

과 조공朝共에 입당했다가 김철수(조공의 당수 역임─필자)에 의해 출당당했다는 두 가지 견해가 제기되고 있다.18) 이것을 해명하기 위해서는 문학론이나 문학 대담기를 주목해 볼 필요가 있다. 그런데 이런 것들에서 사회주의와 연관된 의식이나 사상은 거의 찾아볼 수 없다. 그는 사회주의적 관점에서 당시 남한 사회의 모순점을 비판하는 설정식의 논지에 대하여 부정적인 견해로 일관하고 있다. 사회주의 이데올로기의 정체성보다는 개인과 민족의 양심에 더 큰 비중을 두고 있다. 이점에서 사회주의와 민족주의의 양면성을 지닌 "민족주의의 좌익" 내지는 "민족주의의 좌익 속에서도 또 구분할 수 있다면 좌익"19)에 가까웠다고 할 수 있다.

> 홍: 주의자 말이 났으니 말이지 나더러 누가 글을 쓰라면 한번 쓰라고도 했지만 8·15이전에 내가 공산주의자가 못된 것은 내 양심의 문제였고 공산주의가 무엇인지도 모르면서야 공산당원이 될 수가 있나요. 그것은 창피해서 할 수 없는 일이지. 그런데 8·15 이후에는 또 반감이 생겨서 공산당원이 못되요. 그래서 우리는 공산당원이 되기는 영 틀렸소. 그러니까 공산주의자가 나 같은 사람을 보면 구식이라고 또 완고하다고 나물하겠지만 그래도 내가 비교적 이해를 가지는 편이죠.
> 그러나 요컨대 우리의 주의 주장의 표준은 그가 혁명가적 양심과 민족적 양심을 가졌는가 안 가졌는가 하는 것으로 귀정지을 수밖에 없지.20)

---

18) 임형택, 「벽초 홍명희와 임꺽정」, 『임꺽정』10권, 사계절, 1995, 150면.
19) 박학보, 앞의 글, 243면.
20) 「홍명희·설정식 대담기」, 임형택·강영주 편, 앞의 책, 225~226면.
  가 대담은 그가 월북하기 직전(1948년 5월)에 이루어진 것으로 그 내용 자체를 그대로 받아들이는 데에는 상당한 문제점이 있다. 그의 월북과 그 이후의 행적으로 보아서 이것은 다분히 위장적인 포오즈일 가능성이 크다. 그럼에도 불구하고 대다수의 사람들로부터 지조 있는 선비이자 명문 가문의 후예로 숭앙 받았던 그가 이 시기에 군이 위장적인 포오즈를 취할 필요가 있었는가, 조정래의 『태백산맥』에 비장하게 그려져 있듯이 반민족적인 친일 인사들이 득세하고 있는 남

이런 의식과 사상은 문학관에도 그대로 나타난다. 그는 프롤레타리아 문학을 현단계의 신흥문예로 규정하고 조선에 있어서도 헤게모니를 잡을 것으로 전망하고 있다.[21] 그러나 이것은 시류적인 측면에서 당시의 문단 상황에 대한 단순한 진단일 뿐 "카프의 입장과 이론의 대변"[22]으로 볼 수는 없다. 그는 "문학이 독자성을 잃으면 벌써 문학이 아니다"[23]라고 하여 문학의 정치적 예속성을 부정하고 있다. 이것은 프롤레타리아 문학론과는 상치되는 논리이다. 설정식은 교육·문화·역사 등 당시 남한 사회에서의 문제점들을 좌익의 관점에서 논지를 전개하고 있다. 이에 반하여 그는 민족주의적 관점에서 민족문화 유산의 계승과 발전의 문제에 초점을 맞추고 있다. 뿐만 아니라, 그 자신이 위원장으로 있는 <조선문학가동맹>의 프롤레타리아 문학론의 교조주의적인 태도에 대해서도 부정적인 견해를 피력하고 있다.

> 설: 그러면 새로운 문학건설은 어떻게 하였으면 좋을까요. 일테면 소설을 쓰려는 사람가 있을 경우에 그는 어떠한 창작태도를 취해야 될 것인가요.
> 홍: 그것은 무어 그렇게 공식적으로 생각할 필요가 있을가?
> 설: 그러나 기성국가, 질서잡힌 사회라면 문학과 같은 상층 정신 활동은 어느 정도 방임하여도 좋을는지 모르지마는 조선같은 후진 국가, 낙후사회에 있어서는 모든 것이 거의 초창기에 처해 있는데

한사회 현실에 대한 절망감은 없었는가 등 적지 않은 의문점이 제기될 수 있다. 이와 더불어 대부분의 남한 출신의 남로당 인사들이 숙청되거나 처형되는 상황 속에서도 그는 말년까지 거물 정치인으로서 북한 권력층에서 활동한 것으로 되어있다. 따라서 홍명희뿐만 아니라 정신사적 측면에서의 한국문학사에 대한 올바른 이해를 위해서도 다양한 각도와 거시적인 안목에서 이 문제를 규명해 볼 필요가 있다.
21) 홍명희, 「신문예의 운동」, 위의 책, 71~72면.
22) 임형택, 앞의 글, 144면.
23) 「벽초 홍명희 선생을 둘러싼 문학담의」, 앞의 책, 192면.

아모 정신적 예비가 없이 될까요.

　　홍: 설정식이 더러 말하라면 대번 문학가동맹을 들고 나오겠지.
(웃음)

　　설: 문학가동맹이 무얼 잘못한 것 있습니까.

　　홍: 잘못이야 없지. 나도 동맹에는 관계도 깊고 또 아는 친구도
많지만 이제 이야기한 홍익인간이나 민족주의에 대하야 너무 반발
하는 것 같은 점이 있는 것 아닐가.[24]

　　홍명희의 작가의식을 규명해 보기 위하여 문학 체험을 살펴볼 필요가
있다. 이것은 크게 일본 유학 전과 후로 나누어 볼 수 있다. 전자에 해당하
는 기간 동안에는 5세부터 배웠던 한문을 바탕으로 하여 『삼국지』를 비
롯한 『수호지』, 『서유기』, 『금병매』 등 주로 중국의 고전을 탐독했다. 이
에 반해 일본 유학 시절에는 德富蘆花・夏目漱石 등의 일본 작가에서부
터 톨스토이・도스토예프스키・바이런 등과 같은 서구 작가에 이르기까
지 다양하게 섭렵하고 있다.[25] 이처럼 서구 편향적인 동시대의 작가들과
비교하여 동・서양의 문학 세계에 대한 포괄적인 체험을 하고 있다. 이것
은 사상적인 측면에서는 민족주의와 사회주의, 학문적인 측면에서는 한
문학과 신문학 등 양면성을 지닌 그의 삶의 요소와 결합된다. 보수와 진
보의 변증법적 지양은 그의 사상과 의식의 핵심적인 요소가 된다. 『林巨
正』은 이러한 작가의식의 구체적인 표현이자 예술적인 형상화이다.

3. 계급의 경계 허물기와 민중의식

　　『林巨正』의 전반부인 봉단편・피장편・양반편은 연산조의 갑자사화
로부터 명종조의 을묘사변에 이르는 50여 년간의 시대상황을 배경으로

---

24) 「홍명희・설정식 대담기」, 위의 책, 220~221면.
25) 위의 글, 293~295면.

하고 있다. 이 3편은 임꺽정을 중심으로 한 화적패의 출현을 위한 서장으로 연산군부터 명종 때까지의 사회적인 혼란상에 초점을 맞추고 있다. 이 과정에서 다양한 계층의 인물들이 파노라마처럼 제시되어 있다. 위로는 연산군·인종·명종 등 임금으로부터 아래로는 고리백정·갖바치 등 천민에 이르기까지 조선사회의 각계각층의 인물들이 그것이다. 다양한 인물의 설정과 묘사는 "상·하층간의 복잡한 상호작용 속에서 역사를 총체적으로 그려내는 가운데서만 하층 생활도 객관화할 수 있다"[26)]는 점에서 당시의 사회 분위기를 총체적으로 재구성하기 위한 작가의 의도가 반영된 것이다.

이들 3편은 이장곤과 양주팔이 양반과 천민 계층을 각각 대표하여 활동상을 보이고 있지만 유기적으로 연결시켜 줄만한 메인 플롯은 설정되어 있지 않다. 이들은 폭정과 황음荒淫을 거듭하던 연산군이 신하 전체를 대상으로 자행한 거대한 폭력인 갑자사화의 결과로 신분을 초월하여 친인척 관계를 형성할 수 있었다. 그 내용도 "벽초가 자작으로 만들어낸 이야기는 것의 없다"[27)]할 정도로 정사보다는 야담에 의존하고 있다. 이런 구성상의 특징과 관련하여 홍명희는 "소설이 아니라 강담식으로 시작"[28)]했음을 밝히고 있다. 야담이나 강담과 같은 이야기 문학의 전통은 중국은 화본話本, 한국은 야담野談, 일본은 강담講談 등으로 불리고 있는 동양 삼국의 공통된 문학 유산이다.[29)] 이점에서 강담은 "담화조로 하는 이야기의 방식으로 사랑방 같은 데서 벌어지는 이야기판"[30)] 속에 나타나는 야담과 같은 의미로 파악할 수 있다.

---

26) 강영주,『한국 역사소설의 재인식』, 창작과 비평사, 1991, 120면.
27) 「『임꺽정』연재 60주년 좌담」, 임형택·강영주 편, 앞의 책, 325면.
28) 「<이조문학> 기타─홍명희·모윤숙 양씨 문답록」, 위의 책, 172면.
29) 김외곤, 「순조선식 정조의 결정체『임꺽정』」,『충북의 근대 문학』, 역락, 2002, 76면.
30) 임형택, 앞의 대담, 322.

야담은 "중세에서 근대로의 이행기문학의 특색"[31]이 반영되어 있다. 이것은 사대부 중심의 전통 한문학에 맞선 민중의식의 성장의 표현이다. 조선 후기에 시작된 야담의 기록화 과정은 『청구야담(靑邱野談)』의 간행에서 보듯 1930년대 "야담형 역사소설"[32]의 발흥과 밀접한 연관이 있다. 이 문제와 연관하여 봉단편의 이장곤은 『을묘록보유(乙卯錄補遺)』의 이장곤전(李長坤傳)과 『청구야담(靑邱野談)』의 췌유장이학사망명(贅柳匠李學士亡命)을 바탕으로 하고 있다. 전자는 무오사화에서 기묘사화에 이르기까지 사화에 피해를 당했던 인물들에 대한 역사적 기록으로서의 성격이 강한 반면, 후자는 야담계 한문소설을 집대성한 작품집으로 소설적인 성격이 강하다. 그 중에서도 봉단편은 후자에 실린 이교리에 대한 내용이 중심이 되어 있다.[33] 연산군 때 홍문관 교리인 이장곤은 거제에 유배되어 귀양살이를 하던 중 생명의 위협을 느껴 배소지를 탈출하여 고리백정의 사위가 되어 살아간다. 그러던 가운데 중종반정이 일어나자 상경하여 동부승지로 승차하는 한편 아내 봉단은 왕의 특지를 받아 숙부인에 봉해져 정실부인이 된다.

봉단편을 『청구야담』과 비교해 보면 작품 구성이나 작중 인물의 갈등 양상이 대체로 일치하고 있다. 단지 이학사가 이장곤으로, 계집아이가 양봉단으로 각각 명명된 점과 이장곤이 사위가 되는 과정에서 차이가 있다. 『청구야담』에서는 이학사가 "계집아이의 뒤를 따라 유기장의 집으로 가서 사위가 되기를 청하여 몸을 의탁"[34]하고 있다면, 봉단편에서는 봉단

---

31) 조동일, 『한국문학통사 3』, 지식산업사, 1992, 434면.
32) 김윤식, 『한국근대소설사연구』, 을류문화사, 1986, 431면.
33) 『을묘록보유』의 「이장곤전」은 주로 중종반정 이후의 이장곤의 행적에 대하여 기술되어 있는데, 피장편에서 기묘사화 당시의 병조 판서로서의 이장곤의 역할은 『청구야담』의 「췌유장이학사망명」을 바탕으로 하여 전개되고 있다.
34) 임형택·강영주 편, 앞의 책, 370쪽.

의 숙부이자 백정 학자인 양주팔의 주선에 의해서 맺어지는 것으로 되어 있다. 『林巨正』에서 양주팔의 역할의 강조는 임꺽정 가문과의 연결 고리35)를 맺는 동시에 피장편에서 주인공으로 설정하기 위한 복합적인 의미가 내재되어 있다. 이처럼 「봉단편」은 독립된 형태의 야담인 「췌유장이학사망명」에 갖바치에 관한 야담을 결합해 놓고 있다.

피장편은 『오백년기담(五百年奇譚)』과 『우전야담총(雨田野談叢)』의 피장 이야기를 수용한 양주팔을 중심으로 전개되고 있다. 이들 야담집에서 피장은 비범한 학덕과 예견력을 지닌 '은군자隱君子'로 피상적으로 기술되어 있다. 이에 반해 『林巨正』에서 피장은 이장곤의 처인 양봉단의 숙부이자 그녀의 외사촌 임돌과도 친인척 관계36)인 구체적인 인물로 형상화되어 있다. 함흥 시절부터 지인지감知人之鑑 있는 백정학자였던 양주팔은 묘향산에서 이천년으로부터 도술을 연마한 뒤부터는 이인으로서의 능력을 발휘하고 있다. 특히, 이장곤을 따라 상경한 뒤부터는 백두산에서 한라산에 이르기까지 전국토를 배경으로 당대의 이름난 유학자, 명기, 이인 등과 교유하고 있다. 이처럼 피장편은 갖바치에 관한 야담을 메인 플롯으로 하여 조광조를 비롯한 사림파에 의한 소격서昭格署 혁파, 심정·홍경주 등이 일으킨 기묘사화 등의 역사적 사실과 『해동야언(海東野言)』의 허암 정희량, 『기제잡기(寄齊雜記)』의 심의 등에 관한 야담의 결합으로 이루어져 있다.

양반편은 인종의 승하와 명종의 등극, 대왕대비인 문정왕후의 수렴청정과 윤원형 일파의 득세, 보우를 중심으로 한 숭불정책과 을묘왜변 등 당시의 정치적 상황과 사회적 분위기가 광범위하게 묘사되어 있다. 이것

---

35) 봉단은 임꺽정의 아버지 임돌과 외사촌간으로 임꺽정에게는 외당숙모에 해당되며, 봉단의 숙부인 양주팔의 아들 금동과 꺽정의 누이가 결혼하여 양주팔은 꺽정에게는 사돈에 해당된다.
36) 양주팔의 아들과 임돌의 딸이 혼인함으로서 이 두 사람은 사돈 관계가 된다.

은 대체로 명종실록에 제시된 역사적 사실과 일치한다. 그럼에도 불구하고 양반편 역시 정사보다는 야사에 의존하고 있다. 인종의 죽음이 전적으로 윤원형의 방자에 의한 것으로 묘사되어 있다. 정순봉의 죽음에 관해서도 을사사화 때 죽은 윤관의 계집종 갑이가 상전을 위해 복수한『오백년기담』의 이야기를 그대로 전재해 놓고 있다. 특히 윤원형과 정난정에 대해서는『동각잡기(東閣雜記)』와『패관잡기(稗官雜記)』에 실려 있는 내용들을 재구성해 놓고 있다. 윤원형의 매관매직과 관련하여『동야휘집(東野彙集)』의 화살통과 초피, 누에고치 뇌물과 관직 제수 등을 들 수 있으며, 정난정과 관련해서는『연려실기술(燃黎室記述)』에서의 난정의 오라비 정담의 이인다운 면모와『석담일기(石潭日記)』에서의 난정이 정실부인을 독살한 내용 등을 들 수 있다.

전반부의 특징 가운데 하나는 봉건적 신분 계급의 경계 허물기이다. 봉건제도는 지배층인 양반과 피지배층인 상민이라는 엄격한 신분 질서의 바탕 위에서 형성된 계급사회이다. 이처럼 계급이나 계층에 따른 엄격한 신분적 차별성을 전제로 하고 있다. 그 중에서도 백정은 일체의 공권에서 배제된 천민 집단이다. 이들은 출생에서 죽음에 이르기까지 변두리 인간으로서의 삶의 양태를 지닌다. 이런 사실은 양반은 물론 평민과도 뚜렷하게 구분되는 외양묘사에서부터 명확하게 드러난다. 이장곤이 북방으로 피신하는 과정에서 장교들의 눈을 속일 수 있었던 것도 '소도적놈' 같은 '큰 발'과 '시꺼멓고 우락부락'한 '낯바대기'에 있었다. 전통적인 사대부 계층임에도 불구하고 신체적으로는 천민에 해당되는 외모를 지녔기 때문이다.

> "이것이 소도적놈의 발일세. 양반치고 이 따위 큰 발 가진 것을 본 일이 있나?"
> "양반의 발 같지는 아니해도 그래도 누가 아나?"

"아닐세. 이런 발 가지고 과거를 하고 교리를 하여? 없는 일일세.
낯바대기도 시꺼멓고 우라부락하지 않은가. 소도적인지는 몰라도
이장곤이는 아닐세."[37]

이장곤이 고리백정의 사위가 되어 연명한다는 사실 자체가 천민으로
의 신분의 하락을 의미한다. 그에게 있어서 천민의 삶의 양식은 이해할
수 없는 이질적인 경험이자 세계에 해당된다. 그는 고리백정의 일에 서투
를 뿐만 아니라 관심도 보이지 않기 때문에 장인과 장모로부터 '게으름뱅
이 사위'로 구박을 받는다. 그 중에서도 언어 사용의 문제는 변화된 신분
과 관련하여 심각한 부조화의 양상으로 나타난다. 언어는 봉건사회의 신
분적 질서를 구체적으로 나타내는 사회적 지표이다. 그것은 "그 구성원들
이 언어사용에 대한 지식과 태도를 공유하면서 복잡하게 맞물려 있는 의
사소통상의 관계망"[38]이 되기 때문이다. 백정과 같은 천민 계층은 같은
민중일지라도 특수한 계층적 언어의 사용이 요구된다. 그것은 다름 아닌
자신에 대한 하대와 상대방에 대한 공대이다. 그런데 이장곤은 양반의 생
활상뿐만 아니라 그 언어에 익숙해져 있기 때문에 농군에게 '뺨'을 맞는다
든가, 도집강으로부터 '멍석말이'를 당하는 것과 같은 수난을 겪고 있다.

"감사 행차냐? 길 중간을 잡고 오게. 키짐 저리 비켜라!"
소장수의 볼멘 소리에 김서방은 놀라서 길을 피하다가 등에 잘
붙지 아니하는 지게가 삐딱하며 길 옆으로 오던 농군의 머리가 킷
불에 스치었다.
"이 자식, 정신 차려!"
농군의 말을 듣고 김서방은 미안한 뜻을 말한다는 것이
"다쳤어?"

---

37) 『林巨正 1』, 42면.
38) Bernard Spolosky, 『언어사회학』(김재원 · 이재근 · 김성찬 공역), 박이정, 2001, 35면.

무심히 반말을 하였더니 그 농군이 대번에 얼굴을 붉히며
"이놈의 새끼! 백정놈이 반말은…… 버릇을 배워라!"
하고 껑청 뛰어 김서방의 뺨을 갈겼다.[39]

이와 같은 장면의 설정과 묘사는 조선 정조의 형상화를 위한 "풍속의 재구"[40]의 차원을 넘어 봉건적 신분제도의 부당성을 환기시키는 전거가 된다. 이것은 중종반정 직후 신원伸寃을 위해 함흥 동헌을 찾아간 이장곤이 원과 나누는 대화만을 살펴보아도 분명하게 드러난다. 그는 '백정의 사위'로서의 체험을 통해 체득한 '천인도 사람'이라는 평등사상과 이들에 대한 부당한 신분적 학대와 천대를 역설하고 있다. 양반 신분을 회복한 이후에도 백정의 딸인 봉단을 정실부인으로 삼는 각성된 의식의 면모를 보여주고 있다. 이 과정에서 이장곤은 봉건적 신분제도의 불합리성과 '기걸한 인물'의 저항의식의 필연성을 다음과 같이 피력하고 있다.

"여보, 백정에 인물이 있다니 그 인물을 무엇하오?"
하고 이급제를 돌아보니 이급제는 거나한 술기운에
"할 것이 없으면 도적질이라고 하지요. 백정의 집에 기걸한 인물
이 난다면 대적 노릇을 할밖에 수 없을 것이오. 내가 억울한 설움을
당할 때에 참말 백정으로 태어났다고 하고억울한 것을 풀자고 하면
무슨 짓을 하게 될까 생각해 본 일이 여러 번 있었소이다."[41]

그러나 이장곤의 천민에 대한 생각은 의식의 각성 차원에 한정되어 있다. 그는 동헌에서 백정계급의 고통을 역설하면서도 기생의 수청을 받고 있으며, 봉단의 집으로 돌아와서는 전형적인 양반으로 행세하는 신분의

---

39) 『林巨正 1』, 79면.
40) 신재성, 앞의 논문, 63면.
41) 『林巨正 1』, 126면.

차별성을 견지하고 있다. 봉건제도의 모순점을 명확하게 인식하고 있으면서도 그것을 변혁하기 위한 어떠한 의식이나 행동도 보여주지 못하고 있다. 더 나아가, 기묘사화 당시는 금부당상으로 '남곤이와 부동'해 조광조를 비롯한 사림파를 사사에 이르게 하는 '간특한' 훈구파 일원으로 참여하고 있다. 이런 행동 양식을 종친 파릉군巴陵君은 일신의 안위와 영달만을 추구하는 파렴치한 인물로 비판하고 있는 데, 이것은 양반계급의 핵심을 유자儒者의 인仁과는 거리가 먼 정권 쟁탈을 위한 "관벌주의官閥主義"[42]로 파악한 홍명희의 비판의식을 그대로 반영한 것이다.

> 파릉군은 빈청에 와서 대신들을 보고 나랏일을 걱정하여 울며불며 하는 중에 마침 빈청로 들어오던 이장곤을 보고 인사도 채 아니하고
> "희강이, 나는 대감을 사람으로 알았더니 불여우 생쥐 틈에서 꼬리를 흔들고 다닌단 말이오? 대감이 사람이오? 대감이 효직이 일파를 해칠 줄은 몰랐소."
> 하고 나무라며 눈물을 좌르르 흘리니 이판서는 아무 말도 아니하고 얼빠진 사람같이 두리번거리기만 하다가 영의정 정광필 앞으로 나아가서 금부의 처지를 말하는데 영의정은 상를 찡그리었다.[43]

이에 반해 양주팔은 이장곤과는 정반대로 천민의 신분을 뛰어넘어 양반 계층과 폭넓게 교유하고 있다. 그는 백정임에도 불구하고 인종이 "정

---

42) 「이조 정치제도와 양반사상의 전모」, 임형택 · 강영주 편, 앞의 책, 131면.
「양반의 사상이라면 누구나 그 곧 유자(儒者)의 사상이요 또 얼른 본다면 그 곧 유자의 사상임이 틀림없으되, 양반사상의 핵심은 유자의 교훈보다 관벌(官閥)주의에 놓여 있다는 것을 주의해야 한다. …(중략)… 이미 설명한 바와 같이 양반이란 그 말부터도 관원의 총칭으로부터 나온 것일 뿐이 아니라 양반정치의 부산물인 근세의 당쟁도 그들이 표면상 떠든 모든 대의명분(大義名分)을 떠나 실상 이·병(吏兵) 양전(兩銓)의 쟁탈에다 중요한 목표를 두었다.」
43) 『林巨正 2』, 69면.

승을 시키어 태평건곤"을 이루고 싶을 정도로 학식이 뛰어난 인물이다. 더 나아가, 사림파를 대표하는 조광조가 "학문을 묻기도 하고 때론 잠을 함께 자"며 대소사를 의탁할 정도로 존경과 신뢰를 받고 있다. 그는 조광조에게 관직에서 물러날 것을 권유하지만, 결단을 내리지 못하고 있다가 기묘사화로 인하여 사사 당하고 만다. 그런데 이것은 양반 중심의 봉건사회에서 결코 실현 가능한 이야기는 아니다. 이런 의미에서 "민중의 관점에서 민족의 수난을 다루기에, 잠재적인 역량이 발휘될 수 없었던 시절을 들추어내면서 집권층에 대한 반감"[44]을 표상하는 양주팔의 형상화에 초점을 맞춘 것으로 볼 수 있다.

그러나 양주팔은 "잘못된 현실과의 대결을 의식하면서 대단한 능력을 숨기고 있"[45]을뿐 현실 개혁의 의지나 실천적인 행동은 드러나지 않는다. 그의 이인다운 면모는 병해스님이 된 뒤 회암사 무차대회에서 요승 보우를 혼내주는 정도인데, 이것은 "팔십 노인이 일부러 회암사 걸음"을 하여 시행하기에는 "싱거운 일"에 불과하다. 이런 행동 양상은 임꺽정과의 관계에서도 잘 드러나고 있다. 평소 거친 말과 행동이 체질화된 임꺽정도 그에 대해서만은 '선생님'이라는 호칭과 깍듯한 경어로써 예의를 표하고 있다. 이처럼 임꺽정의 인격 형성과 사회 활동에 가장 많은 영향을 미치는 사제 관계로 설정되어 있다.

그럼에도 불구하고 봉건사회에 대한 변혁의식이나 비판의식을 상실한 채 무기력한 순응주의로 일관하고 있다. 뛰어난 학식과 신이한 능력을 지닌 백정학자이자 생불로 추앙을 받지만 지향하는 의식이나 목표는 모호하기 짝이 없다. 이점에서 "인간 본연의 해방과 관계된 역사적 진실에 대한 방향감각"을 지니고 "세상의 흐름을 인간 삶 전체 구원의 길로 인도"

---

44) 조동일, 앞의 책, 427면.
45) 위의 책, 428면.

하는 생불로 평가한 견해[46]는 상당한 무리가 있다. 그도 그럴 것이 "황당무계할 정도로 이상화"[47]된 인물로서 봉건사회의 어느 계급이나 계층에도 영향력을 미치지 못하는 한계성을 드러내고 있기 때문이다.

> "옛말에 하늘을 거슬리는 자는 망한다네. 자네는 그 맘이 탈이니."
> "탈도 무섭지 않습니다."
> "그러니까 점점 더 탈이지."
> "탈이고 무어고 생각난 김에 회암사 한번 다시 갔다오리다. 우선 이대로 가기가 생각할수록 싱겁습니다."
> "이 사람아, 어디를 간다고 그러나. 자네가 주먹질을 하면 일이 조용치 못할 것이 아닌가. 그리고 보우의 대가리를 바시니 자네가 시원할 것이 무엇인가."[48]

이런 의미에서 임꺽정의 아버지 임돌은 전반부의 인물들 가운데 가장 사실적으로 형상화된 인물에 해당된다. 대부분의 작중 인물들은 실재했던 역사적인 인물이지만 정사보다는 야사의 기록을 그대로 차용하고 있다. 그런 만큼 음양 술수·방술 등에 바탕을 둔 이인 설화나 지배층의 권력 쟁탈을 다룬 궁중비화라는 야담의 양상으로 나타나게 된다. 이에 반해 임돌은 양반과 천민 계급을 넘나드는 이장곤이나 양주팔과는 달리 천민 계층의 삶의 양상과 봉건 사회에 대한 피해의식을 표출하고 있다. 이처럼 사실적인 성격 묘사는 천민사회의 생활 실상과 의식의 재구성으로써 "영웅소설의 확대판"[49]일 정도로 황당무계하게 형상화된 인물들의 한계성을 극복하여 사실성을 제고시키는 중요한 요소가 된다.

---

46) 채진홍, 앞의 책, 94면.
47) 강영주, 「홍명희와 역사소설 『임꺽정』」, 임형택·강영주 편, 앞의 책, 366면.
48) 『林巨正 3』, 248면.
49) 조동일, 『한국문학통사 5』, 지식산업사, 1989, 313면.

돌이가 어기대는 바람에 김서방도 찬찬한 말로

"새 상감이 나다니, 국상이 나고 새 임금이 섰단 말이지?"

물으니 돌이는 고개를 가로 흔들고

"국상은 무슨 국상. 국상이 나면 천하상을 불게. 망한 상감은 내쫓기고 새로 상감이 났대."

"새 상감이거나 헌 상감이거나 우리에게야 무슨 상관이 있어? 망한 상감이 내쫓긴 건해로울 것이 없지만 경사가 났다고 뛸 것까지야 없지그려."[50]

임돌의 의식은 양반 계층을 대표하는 이장곤과의 관계를 통하여 구체적으로 형상화되어 있다. 이장곤은 정치적인 대의명분에는 어긋나는 관벌주의자이지만 친인척 관계를 맺고 있는 천민 계층에 대해서는 신의를 지키는 온정적인 인물이다. 양반 신분을 회복한 뒤에도 봉단을 정실부인으로 삼고 있으며, 양주팔에 대해서도 계층을 초월한 교유 관계를 지속하며 후의를 베풀고 있다. 인간적인 면은 "외사촌 처남"인 임돌을 대하는 태도에도 그대로 나타난다. 그러나 임돌은 이장곤의 온정주의에 대해 조소와 비판으로 일관하고 있다. 이장곤의 달라진 신분에 대해 "공연히 심정"이 사납고 "창피"하여 대면하지 않겠다고 까탈을 부리며, 그를 찾아 상경하던 날 "구종놈"에게 "손찌검" 당한 분풀이로 거듭된 요청에도 불구하고 대면조차 거부하는 반감을 표출하고 있다. 따라서 인간관계나 사회 현상에 대해 냉소주의적인 성향과 원초적인 부정의식으로 일관하는 반항적인 인물에 해당된다.

돌이는 뒷문 밖에서 방안의 수작하는 말을 들었다. 구종인지 별배인지 자기에게 손질한 사람이 손질한 죄로 내쫓기었다는 것은 맘에 싫지 아니하였다. 자기를 푸대접한 이승지가 푸대접한 죄로 조

---

50) 『林巨正 1』, 114면.

정에서 내쫓기기까지 하였으면 두말할 것 없이 속이 시원할 것 같
았다. 지금도 이승지가 자기 말하는 데도 그놈, 그 구종 말하는 데도
그놈 하는 것이 자기를 구종과 같이 여기는 까닭이라고 생각하였
다. 이승지가 돌아간 뒤에 돌이가 주팔을 보고 말 한즉 주팔이는

"네가 몰라 그러는 것이다. 어디 이 다음 두고 보자."

말하는데 돌이가

"당신이 몰라 그렇소. 이 다음 볼 것은 무어요? 그는 그고 나는 나지."

말하니 주팔이는

"너의 입으로 고마운 사람이라고 말할 때가……"

하고 웃음으로 말끝을 흐리었다.[51]

임꺽정의 저항적인 기질은 임돌의 유전적 요소에 기반을 둔 것이다.
'꺽정'이란 이름의 유래[52]에서 보듯, 어린 시절부터 매사에 냉소적이고
저항적인 기질을 보이고 있다. 그 단적인 예가 어머니와의 대화에서 백정
의 가업인 "소 잡는" 것을 익히라는 당부에 맞서 "사람 잡는 것"을 배우겠
다고 고집을 부리는 장면이다. 이런 성격은 "사람의 머리 베기를 무 밑동
도리듯 하면서 거미줄에 걸린 나비를 차마 그대로 보지 못"하는 "서로 되
쪽되는 성질"로 고착화된다. 이것은 임돌의 저항적인 동시에 인정적인 기
질[53]과 밀접한 연관이 있다. 그런데 임돌이 봉건사회의 신분 질서에 순응

---

51) 위의 책, 203~204면.
52) 『林巨正 2』, 153~154면.
　　「섭섭이의 사내 동생이 꺽정이니 꺽정이도 섭섭이와 같이 별명이 이름이 된 것이
　　다. 처음의 이름은 놈이었던 것인데 그때 살아 있던 외조모가 장래의 걱정거리라고
　　"걱정아 걱정아"
　　하고 별명 지어 부르는 것을 섭섭이가 외조모의 흉내를 잘못 내어 꺽정이라고 되
　　게 붙이기 시작하여 꺽정이라 놈이 대신 이름이 되고 만 것이다.」
53) 『林巨正 1』, 221~222면.
　　그 대표적인 예가 소 잡는 백정 일이에 대한 임돌의 다음과 같은 "아니, 나는 쇠피
　　묻히기가 처음이야. 일은 망했어. 이에 대면 고리일은 정하지. 그리고 고리일은
　　사내 여편네 어른 아이 할 것 없이 다같이 하는 것이 좋거든. 빙부님더러 고리일
　　하자고 해 볼까?" 하는 거부 반응을 수 있다.

적인 면모를 보이는 반면 임꺽정은 사회적인 인습이나 질서 자체를 근본적으로 부정하는 성향으로 나타난다. 따라서 신분 계층이나 장소를 가리지 않고 "비위에 틀리는 일만 있으면 물불 헤아리지" 않고 거침없이 말하고 행동하는 과격한 양상을 보이게 된다.

> "예법을 당초에 모르는 자식이라 할 수가 없어."
> "예법이니 무엇이니 그런 8것만 가지고 떠들기 때문에 세상이 망해요."
> "누가 세상이 망한다드냐?"
> "이 세상이 망한 세상이 아니고 무엇이오. 공연히 죄없는 사람만 죽여내고."
> "그러니 너도 고이 죽을라거든 가만히 닥치고 있어."
> 부자가 말다툼하는 것을 덕순이가 듣고 있다가
> "그렇게 하다가는 부자간에 주먹다짐이 나겠네."
> 하고 웃으니 돌이가
> "예법만 없으면 저 자식이 족히 주먹다짐이라도 하지요."
> 하고 역시 웃었다.[54]

이 문제와 관련하여 임꺽정의 청년 시절의 행동 양상은 의인으로서의 면모를 갖추고 있다. 이 시기는 중종을 계승한 인종이 재위 8개월 만에 병사한 뒤 경원대군(명종)의 왕위 승계를 둘러싸고 정치적 갈등이 첨예하게 빚어졌던 혼란기였다. 이 과정에서 명종의 척신인 윤원형과 훈구파는 을사사화를 통해 인종의 외숙인 윤임을 비롯한 사림파를 제거함으로써 정권을 쟁취한다. 이러한 정치적 대립과 갈등은 대의명분의 시비를 떠나 민중들의 삶과는 거리가 먼 지배계급 내부의 세력 다툼이었다.

그런데 이것을 바라보는 민중들의 시각은 야사나 야담[55]에서 보듯 선

---

54) 『林巨正 3』, 66~67면.
55) 이에 대한 자료는 임형택 · 강영주 편, 앞의 책제 4부 제2장 「사건 및 등장인물의

인 대 악인의 대결이라는 이원적 관점으로 나타난다. 그 중에서도 인종과 윤임을 비롯한 사화의 희생자들은 "성군"이자 "명망 있는 정승"을 표상하는 전형적인 사대부로 평가되고 있다. 이에 반해 문정왕후와 윤원형을 비롯한 남곤, 심의, 정순붕 등 공신들은 모함과 권모술수로 얼룩진 악인의 초상으로 형상화되어 있다. 이것은 정쟁의 과정에서 무고하게 희생된 인물들에 대한 동정과 문정왕후를 비롯한 윤원형, 보우 등의 무자비한 보복과 실정에 대한 민중들의 비판의식이 반영된 결과이다.

이 시기의 임꺽정은 봉건질서에 대한 부정보다는 악인을 징치하는 일에 매진하고 있다. 인종을 살해하기 위해 방자를 행하고 있는 윤원형과 김륭을 내습하여 제웅과 국사당을 불태우며, 문정왕후의 신임을 빙자하여 국정을 농단하는 보우를 무차대회장을 찾아가 응징하고 있다. 창녕에서는 "백주 노상에서 부녀를 겁탈"하려는 "중망나니"를 징벌하고, 양주에서는 무고하게 참살되어 "거리 송장"으로 썩어가는 충청감사 이해(이황의 형)의 시신을 수습해 주고 있다. 을묘왜변이 일어나자 단신으로 전장에 뛰어들어 위기에 처한 의형제 이봉학과 방어사 남치근을 구해주고 사라지고 있다. 계급적 한계를 초월한 의기 있는 행동과 무용담은 "영웅소설의 확대판"[56]이라고 할 정도로 전형적인 영웅의 활약상과 일맥상통하고 있다.

그러나 임꺽정의 의협심은 오히려 신분적 차별과 멸시라는 상반된 양상으로 나타난다. 그것은 다름 아닌 봉건사회의 지배 논리에 따른 칭찬과 비난의 전도 현상이다. 양반가의 "대부인이 봉욕" 당하기 직전에 구해 준 일은 "장사 백정놈이 이판서 부인의 결찌"라는 조소의 대상이 되며, 이해의 시신을 수습해준 행동은 백정의 아들로는 "완패 막심"하다는 이황의

일화 · 전기」 부분에 수록되어 있는데, 『임꺽정』 역시 이러한 야담을 기반으로 씌어졌음을 알 수 있다.
56) 조동일, 앞의 책, 313면.

비판과 더불어 양주 관가에 투옥되어 형장을 맞는 "적선하려다가 득죄"
하는 꼴이 되고 있다. 더욱이, 을묘왜변 소식을 듣고 출전을 자원하지만
군총에도 뽑히지 못하는 수모를 당하고 있다. 이처럼 부당한 학대와 차별
을 당하면서 반봉건의식은 구체화되는 데, 이것은 개인적인 차원의 항거
를 넘어 번문욕례적繁文縟禮的인 양반 사회57)에 대한 대립과 투쟁이라는
체제 부정의 논리와 맞닿아 있다. 그만큼 임꺽정은 사회적 갈등과 관련하
여 역사적 진보와 방향성에 의거하여 날카롭게 대립하는 매개적 인물인
"세계사적 개인"58)에 해당된다. 이러한 민중의식은 야담과 야사를 중심
으로 한 전반부의 한계성을 극복하는 동시에 새로운 사회 질서의 생성을
위한 투쟁이라는 동적 개념을 내포한 역사소설로 발전할 수 있는 문제의
식의 기반이 된다.

4. 지배계층의 형성과 봉건의식

임꺽정의 봉건사회에 대한 저항의식은 화적편을 통하여 구체적인 행
동 양식으로 나타난다. 이것은 봉단편에서 의형제편까지의 기술 태도와
는 대비된다. 의형제편까지가 야담을 위주로 한 것이었다면 화적편은 역
사적 사실을 기반으로 전개되고 있다. 임꺽정 사건은 명종 14년(1559) 3
월부터 명종 17년(1562) 1월까지 3년여에 걸쳐 있다.59) 군도 형태의 농민

---

57) 홍명희, 「이조 정치제도와 양반사상의 전모」, 임형택 · 강영주 편, 앞의 책, 132~
133면.
58) 김윤식, 『한국근대문학사상비판』, 일지사, 1987, 249면.
59) 임꺽정에 대한 야담은 『기재잡기(寄齋雜記)』와 『성호사설(星湖僿說)』등에 상술
되어 있다. 그러나 단천령의 신기에 가까운 피리 솜씨를 다룬 제 4장 피리에서만
『동야휘집(東野彙集)』의 「취학경단산탈화(吹鶴脛丹山脫話)」를 그대로 수용하고
있을 뿐 그 밖의 장에서 야담은 부분적으로 삽입되어 있다.

저항의 기록 가운데 다른 어떤 경우보다도 상세하다. 임꺽정 무리의 행각은 정치 체제를 흔들 만큼 커다란 사건으로 조정의 대응도 국가적인 차원에서 진행되고 있다. 이 사건으로 관찰사를 비롯한 수령이 추고될 뿐만 아니라 순경사와 무반 출신의 관리를 연이어 파견하고 있다. 그 때마다 임금이 친견하여 적당을 조속히 체포할 것을 독려하고 있다.

> (1) 상이 인하여 사정전으로 나아가 황해도 관찰사 이탁을 인견하고 전교하기를,
> "경이 오랫동안 은대(승정원의 별칭)에 있었으니, 어찌 나의 뜻을 모르겠는가. 요즈음 도적들이 몹시 성하니 체포할 방법을 특별히 조치해야 할 것이다."[60]
> (2) 황해도 관찰사 김주가 배사하니, 전교하였다.
> "맡은 바 모든 일을 마음을 다해 처리하라. 또 큰 도적이 법망을 피하여 형벌을 주지 못한지 오래되었다. 내가 항상 분하게 여기니, 특별히 조치하여 기필코 붙잡도록 하라"[61]

그럼에도 불구하고 임꺽정 일당의 기세는 꺾이지 않는다. 조정의 조치가 강화될수록 대응 양상도 왕권에 맞선 '강적'으로서의 면모를 드러내고 있다. 패두 이억근이 군사를 동원하여 적소에 들어갔다가 일곱 대의 화살을 맞고 살해[62]당하며, 경성 장통방에서는 도적을 발견하고 추적하던 포도청 부장이 화살을 맞아 부상[63]을 당하고, 관원이나 감사의 일가를 사칭하고 수령 방백을 조롱[64]하는가 하면, 숭례문 밖에서 체포한 서림에 의해

---

60) 『명종실록』, 명종 14년 4월 19일, 임형택 · 강영주 편, 앞의 책, 411면.
61) 『명종실록』, 명종 16년 8월 19일, 위의 책, 430~431면.
62) 『명종실록』, 명종 14년 3월 27일, 위의 책, 410면.
　　이러한 실록에서의 기록은 『林巨正』 6권 제8장 '결의'에서 다루어지고 있다.
63) 『명종실록』, 명종 15년 8월 20일, 위의 책, 414면.
　　실록에서의 이러한 기록은 『임꺽정』 화적편 제3장 '소굴'에서 다루어지고 있다.
64) 『명종실록』, 명종 15년 10월 28일(위의 책), 416~417면.

임꺽정 일당이 봉산 군수 이흠례를 죽일 계획까지 세웠다는 사실[65]이 드러나고 있다. 뿐만 아니라, 왕명을 받고 500여명을 징집하여 출전한 부장 연천령이 7명의 도적이 대항한 평산 마산리 싸움에서 1명도 잡지 못한 채 살해[66]됨으로써 조정의 위신은 여지없이 추락하고 만다.

명종은 삼공, 영부사, 병조·형조의 당상, 좌우 포도대장 등을 불러 비밀회의를 열고 이사증과 김세한을 황해도와 강원도의 순경사로 각각 파견하지만 아무런 성과도 올리지 못한 채 돌아오고 있다. 이사증이 임꺽정을 잡은 것으로 장계를 올리지만 임꺽정이 아닌 가도치로 판명이 난다.[67]

실록에서의 이러한 기록은 『林巨正』 화적편 제 3장 '소굴'에서 다루어지고 있다. 여기서 서림은 금부도사를 가장하고 봉산 군수 박응천을 처치하기 위해서 봉산 관아로 가지만 박응천의 신중한 대처로 실패한다. 그러나 임꺽정은 황해 감사 유지선의 종제인 유도사로 위장하여 평산 부사 장효범, 서흥 부사 김연, 봉산 군수 윤지숙을 차례로 농락한 뒤 윤지숙의 애마까지 편취해서 청석골로 돌아오고 있다.

65) 『명종실록』, 명종 15년 11월 24일, 위의 책, 417~418면.
실록에서의 이러한 기록은 『林巨正』 화적편 제 5장 '평산쌈'에서 다루어지고 있다. 여기서 서림은 임꺼정 무리가 장수원에 모여 그의 처 3인이 투옥되어 있는 전옥서를 부수려 했던 계획과 봉산 군수 이흠례를 살해하기 위한 계획이 진행되고 있음을 포도대장에게 토로하고 있다.

66) 『명종실록』, 명종 15년 11월 29일, 위의 책, 418면.
실록에서의 이러한 기록은 『임꺽정』 화적편 제 5장 '평산쌈'에서 다루어지고 있다. 서림의 자백으로 이흠례 살해 계획을 미리 탐지한 관군이 치밀한 준비를 하여 임꺽정 일당을 잡기 위한 작전에 돌입하지만 부장 연천령의 죽음으로 참패하고 만다. 그 이후의 『林巨正』은 제 6장 '자모산성'으로 이어지고 있지만 『조광』 1948년 10월호를 끝으로 연재가 중단된다. 그러나 이제까지의 과정으로 보아 실록에 기반을 두고 사실성에 입각하여 전개될 것과 연재 중간중간에 『기제잡기(寄齊雜記)』나 『성호사설(星湖僿說)』에서의 관군에게 포위된 임꺽정이 관군으로 위장하여 탈출한다던가, 관군에게 도주 방향을 혼동시키기 위하여 신발을 거꾸로 신고 달아나는 것과 같은 야담을 삽입할 것으로 보인다.

67) 『명종실록』, 명종 16년 1월 3일, 위의 책, 428면.
임형택은 「벽초 홍명희와 임꺽정」(『林巨正』 10권, 사계절, 1995, 157)에서 "작중 오가의 본명이 개도치다. '加都致'는 개도치의 한자 표기임이 분명하다. 이로 미루어 소설에서의 진행은 혼자 남은 오가가 관군에게 붙잡히게 될 것이다."라고 하여 가도치를 오가로 보고 있다.

또한 의주 목사 이수철이 임꺽정과 한온을 잡았다고 장계를 올리지만 윤희정과 윤세공을 조작한 것으로 판명되어 파직[68] 당하고 있다. 임꺽정의 저항은 황해도 토포사 남치근의 휘하 군관인 곽순수와 홍성언에 의해 서흥에서 포착[69]될 때까지 지속되었는 데, 이 과정에서 수없이 많은 군사와 백성이 얼어 죽은 것으로 되어 있다.

> 사신은 논한다: 당당한 국가의 위엄으로 한 도적에게 꺾였으니, 조정에 기강이 있다고 말할 수 있겠는가. 황해도 백성들로 하여금 도적이 두려운 줄은 알고 국가가 있는 줄은 모르게 하였으니, 방백 중에 그 사람이 있었다고 말할 수 있겠는가. 관찰사는 한 지방을 순찰하고 경계시키기 위하여 보내는 것인데, 임금을 속여 요행이 상을 받으려는 마음을 가지고 도리어 군대를 적의 손에 죽게 하였으니, 국가를 욕보인 죄는 사형을 받을 만하다.[70]

임꺽정 사건은 오랜 기간과 광범위한 지역에 걸쳐 조직적으로 이루어졌다. 그 근본 요인은 황해도라는 특수한 지역적 배경에 있었다. 조선 초까지 미개척지였던 황해도는 중종과 명종 2대에 이르러서는 농업 기술의 보급과 교통수단의 발달로 중요한 곡창지대로 발전했다. 그런데 이것은 민중들의 경제적 향상보다는 빈궁의 악순환을 가속화하는 요인으로 작용했다. 국가 및 훈구 대신들에 의한 공납이나 토지 침탈 등 경제적 수탈[71]이 가혹하게 자행되었다. 중종 때부터는 도적 무리를 형성한 양민들의 소

---

68) 『명종실록』, 명종 16년 9월 26일, 위의 책, 435면.
69) 『명종실록』, 명종 17년 1월 3일, 위의 책, 448면.
70) 『명종실록』, 명종 16년 8월 19일, 위의 책, 431면.
71) 그 대표적인 예로 인종의 외척인 윤임은 "황해도 봉산에 넓은 田庄을 만들어 서해의 백성들에게 원망"(『명종실록』 권3, 명종 1년 2월 정사)을 맺게 했고, 명종의 외척 윤원형은 "연해에 田庄을 많이 조성하고 또 내지에 있는 良田을 많이 점령하여 地癖이라고 까지 비판"(『명종실록』 권31, 명종 20년 8월 정묘)받고 있다.

요와 저항이 끊임없이 발생했다. 명종 조에는 한종, 오연석 등과 같은 무리가 관군에 대항하여 인마를 사살하는 지경에 이르렀듯이 지배계층에 대한 저항이 집단적인 양상으로 전개되었다. 이런 지역적 특성과 관련하여 임꺽정의 무리도 "훈척勳戚·관금官禁세력 등에 의해" "민에 대한 수탈이 집중적"으로 이루어졌던 "수운교통을 중심"으로 활동하고 있다.[72]

이와 더불어 가담 계층의 다양성이다. 임꺽정은 서민층뿐만 아니라 각종의 수공업자, 상인, 역리층 등을 규합해 대도적의 무리를 결성했다. 이들이 관군의 토벌에 맞서 오랜 기간에 걸쳐 대항할 수 있었던 것은 병장기로 무장한 조직이 있었기 때문에 가능한 일이었다. 또한 약탈한 장물을 운반하여 개성과 서울 등지에서 처분하였으며, 서울에 잠입하여 정보수집 활동을 전개할 정도로 연계망을 갖추고 있었다. 이처럼 삶을 연명하기 위한 군도의 형태를 벗어나 물산의 유통과 군사적 편제를 갖춘 무장 집단으로 발전하고 있다. 임꺽정의 사건은 봉건 지배층의 가혹한 수탈의 대상이었던 황해도 백성들의 "정치적 행동에 의해 식량의 확보를 기도했던 미소동未騷動이라는 일면적 성격"[73]을 지니고 있었다.

임꺽정은 실록에 의하면 "반역의 극적劇賊"[74]이다. 봉건제도는 왕을 정점으로 한 지배 계층과 백성이 중심이 된 피지배 계층으로 구성된 엄격한 반상班常 제도에 의하여 이루어진다. 봉건제도 아래서 "백성들은 양반의 식에 대립하는 구조로서의 백성의식을 가질 수가 없었고 인종, 공순의 윤리에 바탕이 되어 인정을 기대하며 나라님을 받드는 정치 객체로서의 분分에 안존하는 백성의식"[75]을 지니고 있을 뿐이었다. 그러나 임꺽정은 화

---

72) 이정수, 「16세기 황해도의 미곡생산과 상품유통 – 임꺽정 난과 관련하여」, 『부산사학』 19집, 1995, 284면.
73) 위의 논문, 288.
74) 『명종실록』, 명종 15년 12월 1일, 앞의 책, 420면.
75) 정창렬, 「백성의식, 평민의식, 민중의식」, 『한국민중론』, 한국신학연구소, 1983, 158면.

적패의 대장으로 추대된 직후부터 봉건적 신분제도에 맞서기 위한 무력적 투쟁을 구체화하고 있다. 화적패의 무리를 군사적인 편제로 개편하고 도회청을 설치하여 모든 일을 관과 같은 형식으로 처리하고 있다. 아침의 조사를 보는 과정에서 국궁 의식을 행할 뿐만 아니라 구성원들이 지켜야 할 군령까지 정함으로써 조직 체계를 완성한다. 이것은 왕권과의 정면적인 대결을 위한 '반역'적 편제로서 청석골 화적패의 정치적인 집단화를 의미하는 것이다.

> 꺽정이가 대장 칭호를 받은 뒤에 오가의 말을 들어서 서림이를 종사관으로 정하고, 또서림이의 의견을 쫓아서 신불출이와 곽능통이를 대장 좌우에 서위할 군관으로 정하였다.…(중략)… 도회청에서 전좌하는 석차를 고쳐 정하고 매일 아침에 조사 보는 절차를 새로 정하였다. …(중략)… 이것이 고쳐 정한 석차이고 대장이 아침 일찍이 도회청에 나와서 자리에 앉은 뒤에 먼저 여러 두령이 대장 앞에 와서 국궁하고 자리에 가서 앉고 두 시위가 좌우에 뫼신 뒤에 두목들이 대청에 올라와서 국궁하고 내려가고 나중에 졸개들이 마당에 들어와서 국궁하고 물러가는데 국궁 진퇴의 창까지 있었다. 이것은 새로 정한 조사절차니 도회청 석차와 조사 절차만으로도 대장의 위풍이 나타나고 …(중략)… 여러 두령와 두목에게 명령하고 지휘하게 되니 대장의 권력은 그 위풍에서 더 지났다.[76]

그럼에도 불구하고 임꺽정은 세계사적 개인이 되기에는 많은 한계성을 드러내고 있다. 그는 천민이기는 하지만 양반인 이장곤과 친인척 관계를 맺고 있었기 때문에 같은 부류의 사람들에 비해 상당한 수혜집단에 해당된다.[77] 이런 그의 한계성은 화적패에 가담하게 되는 과정에서 명확하게 나

---

76) 『林巨正 7』, 10～11면.
77) 이런 사실은 양주 군수와 임꺽정의 누이와의 다음과 같은 대화(『林巨正 6』, 93면)만을 보아도 자명하게 드러난다.

타난다. 마흔이 다 되도록 일체의 경제 활동에 종사하지 않고 무위도식하고 있다. 당시의 백성들은 양반의 수탈과 거듭된 흉년으로 "북망산에는 굶어죽은 송장들이 늘비"할 정도로 궁핍한 삶을 연명하고 있었다. 이에 비해 그는 "농사도 않구 장사도 않구 소두 안잡구"하면서도 비교적 여유 있는 삶을 꾸려가고 있다. 이러한 생활은 이웃한 최가로부터 의심을 살뿐만 아니라 밀고로 평양 진상 봉물이 발각되어 가족들이 투옥된다. 이것이 계기가 되어 양주 관아를 습격하여 가족들을 구출하고 화적패에 가담하고 있다.

> 도적놈의 힘으로 악착한 세상을 뒤집어엎을 수만 있다면 꺽정이는 벌써 도적놈이 되었를 사람이다. 도적놈을 그르게 알거나 미워하거나 하지는 아니하되 자기가 늦깎이로 도적놈이 되는 것도 마음에 신신하지 않거니와 외아들 백손이를 도적놈 만드는 것이 더욱 마음에 싫었다.78)

임꺽정이 화적패가 되는 근본 동인은 계층간의 갈등이나 경제적인 착취와 같은 사회적인 문제와는 관계가 없다. 이것은 계층의 문제를 떠나 정상적인 삶을 살아갈 수 없는 한계 상황에서의 부득이한 선택에 불과하다. 이런 측면은 박유복·곽오주·길막봉·황천왕동·배돌석·이봉학

"백정의 자식과 상종하는 양반이 어디 있단 말이냐?"
"소인네가 천한 백정이오나 소인네 아버지는 이찬성 부인과 내외종 남매간이옵고 소인네 친시아버지는 서울 재상님네와 친분이 있었삽고 소인네 동생도 여러 양반님네와 상종이 있삽는데 소인네는 다 압지 못하오나 지금 함경감사께도 친좁게 다닌다고 하옵디다."
"함경감사가 누구란 말이냐?"
"전라감사와 경기감사를 지냅시고 함경감사로 나갑신 양반 말씀이옵시다."
"백정의 자식으론 발이 대단 너르구나."
하고 군수는 고개를 끄떡인 다음에
"네 동생은 어디를 갔느냐?"
하고 말을 고쳐 물었다.
78) 『林巨正』 6권, 124면.

등 그와 의형제를 맺은 모든 인물들의 경우도 마찬가지이다. 이들 가운데 농민 계층이나 황해도와 연고를 맺고 있는 인물은 없다. 이들은 하나같이 원한에 대한 보복, 아내의 살해, 진상품의 포흠 등 사사로운 원한이나 이해관계로 죄를 짓고 형벌을 피해 화적패에 가담하고 있다. 개인적인 문제에서 비롯된 것으로 사회로부터 도피의 성격이 강하다. 그런 만큼 역사의 사사화私事化라는 비판을 받을 여지79)가 많다.

이와 더불어 임꺽정의 성격의 형상화이다. 소설의 사건과 행동은 인물의 성격에 의해 규정된다. 『林巨正』이 "역사소설을 계급적 관점에서 원용한 작품"80)으로 평가되는 근본 요인은 봉건사회에 대한 임꺽정의 저항의식과 행동 양식에 있다. 이것은 이광수나 김동인 같이 "영웅적 인물을 역사에서 빌어와 그 영웅을 한국민족의 인격체로 파악"한 이념형 역사소설과는 달리 "작가의 현실적 관심을 역사에서 빌어온" 의식형 역사소설에 해당된다.81) 그런데 임꺽정은 대척적인 귀함과 천함의 속성이 동시에 공존하는 "성격의 양가성"82)의 인물로 형상화되어 있다. 그 중에서도 스승인 양주팔이나 친구인 서기와 같이 천민 출신이라는 공통점을 지니고 있으나 "양주팔과 같은 도덕도 없고 서기와 같은 학문도 없는 까닭"에 "성질만 부지중 괴상하여져서 서로 뒤쪽되는 성질"이라는 부정적인 성향이 강조되어 있다.

임꺽정에게서 핍박받는 백성들에 대한 배려는 드러나지 않는다. 화적패의 대장으로 추대된 직후 서울에 올라와서는 "난봉이 나서 갖은 오입을 다하고 종내 계집을 셋씩이나 얻어서 각 살림"을 차리는 방탕한 생활로

---

79) 이 훈, 「역사소설의 현실반영-『임꺽정』을 중심으로」, 『벽초 홍명희 『임거정』의 재조명』(임형택 · 강영주 편), 169~170면.
80) 이재선, 앞의 책, 홍성사, 1982, 395면.
81) 김윤식, 『한국근대소설사연구』, 을유문화사, 1986, 416면.
82) 박종홍, 「<임꺽정>의 '양가성' 고찰」, 『우리말 글』, 우리말글학회 2007, 306면.

일관하고 있다. 이들이 감옥에 갇히자 그녀들을 구출하기 위해 감옥을 깨트리는 일이 무모하다고 직언하는 부하를 그 자리에서 물고를 내고 있다. 범죄소설에 드러나는 "살인과 살인적인 파괴충동 등의 폭력의 고양화"[83] 양상이 농후하다. 비록 배신이나 밀고와 같은 행위가 있었다고 하더라도 많은 백성들과 무죄한 양민들을 무참하게 살해하고 있다.[84] 백성들에게 있어서 관군보다도 무섭고 잔인한 공포의 대상으로 군림하고 있다. 이런 폭압성은 신진사의 비판을 통해 구체적으로 제시되고 있다.

> "의적이 되려면 의로운 자를 도웁기 위하여 불의한 자를 박해하고 약한 자를 붙들기 위하여 강한 자를 압제하고 또 부자에게서 탈취하면 반드시 빈자를 구제하여야 할 것인데그대네의 소위는 빈부와 강약과 의·불의를 가리지 않고 한결같이 박해하고 압제하고 탈취하되 인가에 불놓기가 일쑤요, 인명을 살해하는 게 능사라 하니 이것이 그대의 수치가 아닐까. 그대네가 전일 소위를 다 고치고 의적 노릇을 해볼 생각이 없는가. 다 고쳐야 할일이지만 그중에도 지중한 인명을 무고히 살해하는 건 천벌을 받을 일이니 단연코 고치라고."[85]

임꺽정은 역동적인 서림과 여러 면에서 대비된다. 서림은 작중인물들 가운데서도 가장 개성적인 인물이다. 금교역에서의 평양 봉물의 탈취, 가짜 금부도사 행세, 봉산군수 윤지숙의 행차 습격 등에서부터 관군과의 대처에 이르기까지 서림의 치밀한 계획에 의해 이루어지고 있다. 청석골 화

---

83) 이재선, 앞의 책, 135면.
84) 『林巨正』 7권, 47면.
　　「꺽정이가 이것을 알고 두목과 졸개들에게 분부하여 본곳 사람들을 모조리 잡아서 묶어놓게 한 뒤에 십여 호 집을 일행 상하가 차지하고 들도록 분배하였다. 묶어놓은 사람들을 놓아버리자고 말하는 두령도 있었고 두고 부리자고 말하는 두령도 있었으나 꺽정이가 그 말을 좇지 않고 죽여 없애라고 하여 광복산에 살던 사람들은 뜻밖에 참혹한 화를 받았다.」
85) 『林巨正 9』, 31면.

적패의 활동은 "임꺽정의 성격 소치보담도 서림이라고 하는 중요인물의 계책에서 발생하고 진전되는 것"으로 "서림의 견식이나 책략으로 보아 작자의 현현"86)으로 평가되기도 한다. 이에 반해 임꺽정은 도덕이나 학문뿐만 아니라 책략마저도 없다. 상당한 부분에 있어서 서림 위에 군림하는 것이 아니라 서림에 의해서 조종되고 있다. 주동인물로서의 의식이나 행동의 한계성을 드러내고 있다. 이것은 경향문학 퇴조 이후의 "말하려는 것과 그릴랴는 것과의 분열"87)이라는 한국문단의 현상이 그대로 반영된 것이다. 이점에서 『林巨正』은 "묘사기술의 진보는 이 과정에서 기대할 수 있었다 할지라도 사고력의 쇠퇴는 은폐할 여지가 없"88)는 세태소설로, "조선적 삶의 심층적 정서에 근거한 삽화적 풍속사"89)로 각각 평가되고 있다.

이와 같이 『林巨正』은 홍명희가 집필 당시에 의도했던 '계급 해방'이나 '백정의 단합'과 같은 의식화된 행동을 펼쳐 보이기에는 한계성을 드러내고 있다. 이것은 화적패의 대장이 되기 이전과 이후의 행동 양식을 비교해 보면 명료해 진다. 전자는 소박하지만 양반 계층에 대한 저항의식을 일관되게 견지했다. 그러나 후자는 신분제도의 모순점을 타파할 수 있는 위치임에도 불구하고 실제의 행동 양식은 봉건제도의 생활상을 그대로 모방하고 있다. 청석골의 화적패는 계층적으로 대장·두령·두목·졸개 등으로 구성되어 있다. 이처럼 봉건사회의 신분제도 이상으로 철저하게 상하 계층으로 나누어져 있다. 그 중에서도 임꺽정은 "진사립에 탕건"을 바쳐 쓰고 "홍포"를 입고 생활하며, 두령들과 식사를 할 때에도 언제나 따로 떨어져 "외상"을 받는 차별성을 보이고 있다. 이런 제도 속에서 부조리한 반상제도에 맞선 계급 해방의 의미를 찾는다는 것은 처음부터

---

86) 이원조, 「『임꺽정』에 관한 소고찰」(임형택 · 강영주 편), 앞의 책, 187~188면.
87) 임　화, 『문학의 이론』, 학예사, 1940, 604면.
88) 위의 책, 415면.
89) 신재성, 「풍속의 재구: 『임꺽정』」(임형택 · 강영주 편), 앞의 책, 150면.

무의미한 일이 아닐 수 없다.

　여기서『林巨正』이 추구하는 의식은 명료해 진다. 그것은 봉건 제도에 맞선 투쟁이 아니라 신분 상승에의 강렬한 욕구이다. 이것은 신분적으로 백정 출신이라는 열등감 콤플렉스에 대한 유효보상으로 극단적인 권위주의를 지향한 결과이다. 그는 관상쟁이로부터 "귀자"를 두겠다는 말에 흐뭇해하는 한편, 백손의 벼슬이 "병수사 감"이라는 말에는 실망감을 나타내고 있다.90) 그리고 백손이를 장가들여야 할 근심과 장래에 대한 걱정으로 잠을 이루지 못하고 있는 데, 백손은 관상쟁이가 "풍상을 많이 겪은 뒤에 부인직첩夫人職牒을 받으리라"고 예언한 박연중의 딸과 결혼하는 것으로 암시되어 있다. 그런데 이때의 귀자나 병수사란 지배계층인 양반으로의 신분 상승을 의미한다는 점에서 봉건의식의 발로91)에 다름이 아니다. 작가는 '계급 해방'이라는 이름아래 임꺽정을 내세워 소설화했지만 세계사적 개인과는 거리가 먼 도둑 집단의 두목으로 형상화되어 있다. 이것은 반봉건을 지향한 소설이 봉건 왕조의 실록보다도 오히려 후퇴한 양상으로『林巨正』이 지니고 있는 한계성이자 아이러니에 해당된다.

---

90)『林巨正』6권, 205〜206면.
　「서림이 묻는 말에 상쟁이는 대답 않고
　"성명은 천하 후세에 전하시겠구 또 귀자를 두시겠소."
　하고 말하니 꺽정이가 빙그레 웃으면서
　"백손이 놈이 장래 귀인이 될 모양인가?"
　하고 옆에 앉은 이봉학이를 돌아보았다.
　…(중략)…
　"그래 귀자라구 하던 것이 한껏 병수사 감이란 말이오?"
　"평지돌출루 병수사할 인물이 좋은 가문에서 태어났으면 장상 감이지요."」
91) 이 문제와 관련하여 홍명희는 「『임꺽정전』의 본전(本傳) 화적 임꺽정」(『조선일보』1934. 9. 8)에서 "화적 임꺽정이 끝난 뒤에도 임꺽정의 아들 백손의 유락된 것을 짤름하게 써서 붙이려고 생각하므로 한참 장차게 쓰게 될 것입니다."라고 하여 백손의 후일담을 중심으로 『임꺽정』의 대미를 장식할 것을 예고하고 있다.

5. 맺음말

홍명희의『林巨正』은 13년여에 걸쳐 연재되는 동안에 '林巨正傳' '火賊林巨正' '林巨正' 등 3번이나 제목이 바뀌고 있다. 이것은 작품의 내용을 함축적으로 드러내고 있을 뿐만 아니라 작가의식의 반영이라는 점에서 중요한 의미를 지닌다. 전통적인 사대부 계층인 홍명희가 천민계급인 임꺽정을 문학적 탐구의 대상으로 삼은 근본 요인은 봉건사회에 대한 계급적 저항의식과 투쟁정신에 있었다. 이것은 한 국가나 사회의 운명이 왕이나 양반을 중심으로 전개된다는 왕권 중심의 역사관에서 벗어나 소외 계층인 민중을 역사의 주체로 파악했다는 것을 의미한다. 이처럼 과거의 역사적 사실에 대한 단순한 재현이 아니라 역사의 진보를 향한 현재에 대한 참된 전사前史를 제시하는데 초점을 맞추고 있다.

이 문제와 관련하여 홍명희의 의식은 보수와 진보라는 양면성으로 드러난다. 이것은 그의 삶은 물론 문학을 지배하는 일관된 원리이다. 전자가 계층적인 측면에서 전통적인 사대부 가문의 후예라는 출신 배경과 관련이 있다면 후자는 시대적인 측면에서 일제 강점기의 조선의 현실과 연관되어 형성된 진보적인 의식이다. 그가 사회주의에 대하여 관심을 갖게 된 것은 기미독립운동으로 옥고를 치른 직후부터 였다. 이것을 계기로 사회주의적 성향의 단체를 중심으로 활동하고 있다. 그러나 신간회 사건으로 옥고를 치른 1932년 이후부터 월북 직전까지는 대부분의 사회 활동을 중단한 채『林巨正』의 집필에만 몰두하고 있다. 이 시기의 문학론이나 문학 대담에서 사회주의와 연관된 의식이나 사상은 거의 찾아 볼 수 없다. 그보다는 조선적인 정조로 대표되는 민족적 전통의 계승과 확립에 더 큰 비중을 두고 있다. 이런 의미에서 그는 사회주의와 민족주의의 양면성을 지닌 중간자적 성향의 인물로 볼 수 있다.

『林巨正』의 전반부는 왕에서부터 천민에 이르기까지 조선 사회의 다양한 계층과 인물들이 제시되어 있다. 이 부분은 각 장을 별개의 작품으로 보아도 무방할 정도로 메인 플롯이 없다. 이것은 당시의 사회 분위기를 총체적으로 재구성하기 위한 의도가 내재된 것이다. 전반부의 특징은 이장곤과 양주팔에서 보듯 봉건적 계급의 경계 허물기에 있다. 그런데 이들은 봉건제도의 모순점을 명확하게 인식하고 있지만 그것을 변혁하기 위한 의식이나 행동을 보여주지 못하고 있다. 더 나아가, 야담의 음양 술수·방술 등에 의존하고 있어서 현실성이 결여되어 있다. 이에 반해 임돌은 냉소적인 부정의식으로 일관하는 반항적인 인물로 형상화되어 있다. 사실적인 성격 묘사는 천민 계층의 삶의 양상과 의식의 재구성으로써 사실성을 제고시키는 요소가 된다. 임돌의 저항적인 기질을 물려받은 임꺽정의 행동 양상은 의인의 면모를 갖추고 있다. 이 과정에서 부당한 학대와 차별을 당하면서 비판의식은 구체화되는 데, 이것은 개인적인 차원의 항거를 넘어 '세계사적 개인'으로서의 체제 부정의 논리와 맞닿아 있다. 이점에서 새로운 사회 질서의 생성을 위한 투쟁이라는 동적 개념을 내포한 저항의식의 기반이 된다.

『林巨正』의 후반부는 임꺽정이 관군과 맞서는 과정이 실록을 바탕으로 하여 전개되고 있다. 그가 봉건적인 정치 체제를 위협할 만큼 '강적'으로 부상함에 따라 조정의 대응 양상도 왕권의 차원에서 진행되고 있다. 그런데 이 시기의 홍명희는 정론성을 띤 주제론보다는 조선 정서의 묘사론에 기울어졌듯이 임꺽정의 반봉건의식도 상당히 변모된 양상으로 나타난다. 이것은 실록과 소설과의 차이점을 통해 명확하게 드러난다. 임꺽정은 무려 3년간이나 황해도를 중심으로 왕권에 맞서 저항 활동을 전개하고 있다. 단순한 도적의 수괴가 아니라 민중들의 호응을 받은 '세계사적 인물'이다. 그 결과 조정에서는 이완된 민심을 수습하기 위한 조치로써 전세·요역·포조 등 각종 세금을 탕감해 주고 있다. 이에 반해 작품에서는 수탈한 재물로 축첩 행위에 몰두하는 호색한 내지는 모든 일을 서림에게 의존하는 책략이 없는 인물로 그려져 있다. 또한 죄 없는 민중들에 대한 보복과 살해 장면이 사실史實보다도 빈번하고 잔인하게 묘사되어 있다. 왕조 사관의 반영물인 실록보다도 잔악한 화적패의 수괴로 형상화되어 있는 것이다. 작가가 집필 당시에 밝힌 '의적'의 면모나 진보적인 관점에서 왕조와 맞선 '반역의 극적'과 같은 민중의식은 찾아볼 수 없다. 따라서 전반부의 반봉건적인 저항의식과는 반대로 양반 계층으로의 신분상승 욕구라는 봉건의식으로 후퇴하는 아이러니를 드러내게 된다.

▌참고문헌

1. 기본자료

『고향』(상)(하) (풀빛, 1987), 『김동인선집』(어문각, 1979), 『김팔봉 전집』 I (문학과 지성사, 1989), 『낙동강』(슬기, 1987), 『농민소설집』(별나라, 1933), 『단재 신채호 전집』(단재 신채호선생 기념사업회, 형설출판사, 1977), 『단재 신채호 시집』(박정규 엮음, 한컴, 1999), 『무정』(문학과 지성사, 2006), 「물!」 (『카프대표소설선』, 사계절, 1988), 『서화』(풀빛, 1992), 『식민지시대 농민소설선』(민족과 문학, 1988), 어머니』(최민영 역) (석탑, 1985), 『임거정 1～10』 (사계절, 1995), 『카프비평자료총서』 III～VII (태학사, 1990), 『포석 조명희 선집』(소련과학원 동방도서출판사, 1959), 『포석 조명희 전집』(동양일보 출판국, 1995), 『황혼』(풀빛, 1989)

2. 참고논저

강영주, 『벽초홍명회 연구』, 창작과 비평사, 1999.

_____, 『한국 역사소설의 재인식』, 창작과 비평사, 1991.

곽승미, 『1930년대 후반 한국문학과 근대성』, 푸른사상, 2004.

권보드래, 『연애의 시대』, 현실문화연구, 2004.

계 북, 『<고향>과 <황혼>에 대하여』, 조선작가동맹출판사, 1958.

김경일, 『북한 학계의 1920, 30년대 노동운동 연구』, 창작과 비평사, 1989.

김병민, 『신채호문학연구』, 아침, 1989.

김우종, 『한국현대소설사』, 선명문화사, 1973.

김우창,『지상의 척도』, 민음사, 1985.

김윤식,『한국근대문학사상사』, 한길사, 1984.

_____,『한국근대문학사상비판』, 일지사, 1987.

_____,『한국근대문예비평사』, 일지사, 1976.

_____,『한국근대문학사상 비판』, 일지사, 1987.

_____,『한국근대문학사상사』, 한길사, 1984.

_____,『한국근대소설사연구』, 을류문화사, 1986.

_____,『한국 현대 현실주의 소설 연구』, 문학과 지성사, 1990.

김윤식・김현,『한국문학사』, 민음사, 2005.

김인환,『한국문학이론의 연구』, 을유문화사, 1986.

김외곤,『한국근대 리얼리즘문학 비판』, 태학사, 1995.

_____,『충북의 근대 문학』, 역락, 2002.

김준엽・김창순,『한국공산주의 운동사』, 고대 아세아문제연구소, 1967.

김재남,『김남천』, 건국대학교 출판부, 1994.

김진옥,「신채호 문학 연구」, 서울대학교 대학원 석사학위논문, 1993.

김진석,『한국현대작가론』, 태학사, 2005.

김홍규,『문학과 역사적 인간』, 창작과 비평사, 1980.

단재 신채호선생 기념사업회,『신채호의 사상과 민족독립운동』, 형설출판사, 1987.

대전대학교 지역협력연구원,『단재 신채호의 현대적 조명』, 다운샘, 2003.

백 철,『조선신문학사조사-현대편』, 백양당, 1949.

유기환,『노동소설, 혁명의 요람인가 예술의 무덤인가』, 책세상, 2003,

이상경,『이기영－시대와 문학』, 풀빛, 1994.

_____,『한국근대문학사론』, 소명출판, 2002.

이상일,『축제의 정신』, 성균관대학교 출판부, 1998.

이재선,『한국현대소설사』, 홍성사, 1984.

_____,『현대소설의 서사시학』, 태학사, 2002.

임 화,『문학의 이론』, 학예사, 1940.

임형택・강영주 편,『벽초 홍명희『임거정』의 재조명』, 사계절, 1988.

_____,『벽초 홍명회와『임거정』의 연구 자료』, 사계절, 1996.

조남현,『한국지식인소설 연구』, 일지사, 1984.

조동걸,『일제하 한국농민운동사』, 한길사, 1979.

조동일,『한국문학통사 3』, 지식산업사, 1992.

_____,『한국문학통사 5』, 지식산업사, 1989.

조연현,『한국현대문학사』, 성문각, 1973.

장석홍,『한설야 소설 연구』, 박이정, 1997.

정한모,『한국 현대시사』, 일지사, 1974.

정호웅 편,『이기영』, 새미, 1995.

조광제,『몸의 세계, 세계의 몸』, 이학사, 2004.

조남현,『한국지식인소설연구』, 일지사, 1984.

채진홍,『홍명회의「林巨正」연구』, 새미, 1996.

최혜실,『신여성들은 무엇을 꿈꾸었는가』, 생각의 나무, 2000.

한국여성연구회 여성사분과 편,『한국여성사』(근대 편), 풀빛, 1992.

홍일식,『한국개화기의 문학사상연구』, 열호당, 1980.

3. 외국논저

Anthony Giddens, 『현대사회의 성·사랑·에로티시즘』(배은경·황정미 공역), 새물결, 2003.

A. 하우저, 『예술과 사회』(한석종 역), 홍성사, 1981.

Albert K. Cohen, *Deviance and Control*, New York; Prentice Hall of India Private Limited, 1970.

Bernard Spolosky, 『언어사회학』(김재원·이재근·김성찬 공역), 박이정, 2001.

Damian Grant, 『리얼리즘』(김종운 역), 서울대학교 출판부, 1983.

E. M. Forster; *Aspects of Novel*, Brace & Company, Inc, 1954.

E. 푹스, 『풍속의 역사 Ⅰ : 풍속과 사회』(이기웅·박종만 옮김), 까치, 2007.

Hugo Rahner, Man at Play, trans. *Brian Battershaw and Edward Quinn,* New York: Herder and Herder, 1967.

H. 마르쿠제, 『에로스와 문명』(김종호 역), 박영사, 1975.

J. D. 윌킨슨, 『지식인과 저항』(이인호·김태승 역), 문학과 지성사, 1984.

L. K. 뒤프레, 『종교에서의 상징과 신화』(권수경 옮김), 서광사, 1996.

Marshall B. Cliinard, Daniel J. Abbott: *Crime in Developing Countries; John Wiley Sons*, New York, 1973.

M. 레위, 『마르크스주의와 민족문제』(배동문 역), 한울, 1986.

M. 스로님 외, 『러시아문학과 사상』(김규진 역), 신현실사, 1980.

M. 푸코, 『성의 역사 1』(이규헌 역), 나남출판, 2006.

P. 브룩스, 『육체와 예술』(이봉지·한애경 옮김), 문학과 지성사, 2007.

Peter N. Skrine & Lilian R. Furst, 『자연주의』(천승걸 역), 서울대학교 출판부, 1985.

Stephen Kern, 『사랑의 문화사』(임재서 역), 말글빛냄, 2006.

V. I. 레닌, 『레닌 문학예술론』(이길주 역), 논장, 1988.

W. 딜타이, 『체험과 문학』(한일섭 역), 중앙일보사, 1979.

4. 참고논문

김남천, 「지식계급 전형의 창조와 「고향」 주인공에 대한 감상」, 조선중앙일
　　　보, 1935. 6. 30.

＿＿＿, 「창작방법에 있어서의 전환의 문제」, 『형상』 1권 2호.

김동환, 「『고향론』」, 『민족문학사 연구』 창간호, 민족문학사연구소, 1991.

김동환, 「1930년대 한국 전향소설 연구」, 서울대학교 석사논문, 1987.

김병구, 「1930년대 리얼리즘 장편소설의 식민성 연구」, 서강대 박사학위 논문, 2000.

김성수, 「이기영 소설 연구-식민지시대 소설의 리얼리즘적 성격을 중심으로」,
　　　성균관대 박사학위 논문, 1991.

김우철, 「낭만적 인간탐구」, 조선중앙일보, 1936. 6. 4~24.

김윤식, 「농촌 현실의 형상화와 소설적 의의-이기영론」, 『한국현대장편소설
　　　연구』, 삼지원, 1989.

＿＿＿, 「문제적 인물의 설정과 그 매개적 의미」, 『한국리얼리즘소설연구』,
　　　탑출판사, 1987.

＿＿＿, 「임화와 김남천」, 『문학사상』 1988, 10.

김재영, 「한설야 문학 연구」, 연세대학교 석사 논문, 1990.

＿＿＿, 「『임꺽정』 연구 Ⅰ-이장곤 이야기의 변개를 중심으로」, 『다시 읽는
　　　역사문학』, 평민사, 1995.

김재용, 「일제시대의 노동 운동과 노동 소설」, 『변혁의 주체와 한국문학』, 역
　　　사와 비평사, 1989.

김　철, 「황혼과 여명-한설야의 "황혼"에 대하여」, 『황혼』, 풀빛, 1989.

김팔봉, 「대중문학론」, 동아일보, 1929.4. 15.

＿＿＿, 「투르게네프와 빠르뷰스」, 『사상계』 1958년 5월호.

김홍식, 「이기영 소설 연구」, 서울대 박사학위 논문, 1991.

박영희, 「예술의 형식과 내용의 합목적성」, 『해방』 2권 5호.

박종홍, 「<임꺽정>의 '양가성' 고찰」, 『우리말 글』, 우리말글학회, 2007.

류보선, 「1920~1930년대 예술대중화론 연구」, 서울대학교 석사논문, 1987.

서경석, 「리얼리즘소설의 형성」, 『한국리얼리즘소설연구』, 탑출판사, 1987.

＿＿＿, 「한설야론」, 『한국 근대리얼리즘 소설 연구』(김윤식・정호웅 편), 문
　　　학과 지성사, 1989.

＿＿＿, 「한설야 문학 연구」, 서울대학교 박사 논문, 1992.

송기섭, 「김유정 소설과 만무방」, 『현대문학이론 연구』, 현대문학이론학회,
　　　2008. 4.

신재성, 「1920~1930년대 한국역사소설 연구」, 서울대학교 대학원, 1986.

안　막, 「창작방법의 재검토를 위하여」, 동아일보, 1933. 11. 29~12. 6.

안함광, 「농민문학 문제에 대한 일고찰」, 조선일보, 1931. 8. 13.

＿＿＿, 「「로만」논의의 제 과제와 「고향」의 현대적 의의」, 『인문평론』 1940년 1월호

＿＿＿, 「시사문학의 옹호와 타합 나이브-리얼리즘」, 『형상』 1권 2호.

우찬제, 「이기영의 <고향>의 욕망 현시 양상 연구」, 『한국문학이론과 비평』,
　　　한국문학이론과 비평학회, 1999. 12.

이강옥, 「조명희의 작품세계와 그 변모과정」, 『한국근대 리얼리즘 작가 연구』, 문학과 지성사, 1988.

이기영, 「문예적 시감」, 조선일보, 1933. 10. 25.

_____, 「사회적 경험과 수완」, 조선일보, 1934. 1. 25.

_____, 「「고향」의 평판에 대하여」, 『풍림』 1937년 1월호.

이남호, 「벽초의 『林巨正』 연구」, 『문학의 위족 2』, 민음사, 1990.

이정수, 「16세기 황해도의 미곡생산과 상품유통－임꺽정 난과 관련하여」, 『부산사학』 19집, 1995.

장성수, 「이기영 소설과 농촌현실의 발견」, 『한국현대소설 연구』, 새문사, 1990.

조동일, 「개화・구국기의 애국시가」, 『한국근대문학사론』(임형택・최원식 편), 한길사, 1982.

정창렬, 「백성의식, 평민의식, 민중의식」, 『한국민중론』, 한국신학연구소, 1983.

이종하, 「철학으로 읽는 축제」, 『축제와 문화콘텐츠』, 다홀미디어, 2006.

이주영, 「1930년대 한국장편소설 연구」, 서울대 박사학위 논문, 1983.

임규찬・한기형 편, 『카프비평자료총서 I~Ⅷ』, 태학사, 1990.

정칠성, 「적련 비판－콜론타이의 성도덕에 대하여」, 『삼천리』 1929. 8.

정호웅, 「이기영론－리얼리즘 정신과 농민문학의 새로운 문제」 『한국근대리얼리즘 작가 연구』, 문학과 지성사, 1988.

차원현, 「<황혼>과 1930년대 노동문학의 수준」, 『한국 근대 장편소설 연구』, 모음사, 1992.

채호석, 「김남천 창작방법론 연구」, 서울대학교 석사논문, 1987.

하웅백, 「김남천 문학연구」, 경희대학교 대학원 박사학위 논문, 1993. 2.

한형구, 「경향소설의 변모과정」, 『한국리얼리즘소설 연구』, 탑출판사, 1987.

한 효, 「문학상의 제 문제」, 조선중앙일보, 1935. 6. 2 ~ 12.

_____, 「소화 9년도의 문예운동의 제 동향」, 『예술』 1권 2호.

_____, 「「카프」의 해산과 문단」, 조선중앙일보, 1935. 6. 12.

▌ 찾아보기

1930년대 한국 프롤레타리아 문학 연구

| 초판 1쇄 인쇄일 | 2015년 1월 25일 |
| 초판 1쇄 발행일 | 2015년 1월 26일 |

지은이	김진석
펴낸이	정진이
편집장	김효은
편집/디자인	우정민 김진솔 박재원
마케팅	정찬용 정진이
영업관리	한선희 이선건
책임편집	우정민
표지디자인	박재원
인쇄처	월드문화사
펴낸곳	국학자료원 새미(주)
	등록일 2005 03 15 제25100−2005−000008호
	서울시 강동구 성내동 447−11 현영빌딩 2층
	Tel 442−4623 Fax 6499−3082
	www.kookhak.co.kr
	kookhak2001@hanmail.net

| ISBN | 979−11−954640−6−7 *93800 |
| 가격 | 16,000원 |

* 저자와의 협의하에 인지는 생략합니다.
  잘못된 책은 구입하신 곳에서 교환하여 드립니다.
  국학자료원 · 새미 · 북치는마을 · LIE는 국학자료원 새미(주)의 브랜드입니다.